Klarant Verlag

W0183861

Die gebürtige Ostfriesin ***Sina Jorritsma*** aus der Krummhörn studierte in Hamburg Germanistik und Philosophie, bevor sie wieder in ihre Heimat zurückkehrte. Sie veröffentlicht unter Pseudonym, weil sie ihre Umgebung genau beobachtet und Ereignisse aus ihrem Leben in ihre Geschichten einfließen. Das Romaneschreiben ist ihr kleines Geheimnis, das nur wenige Menschen kennen. Bei einer großen Kanne Ostfriesentee mit Sahne und Kluntjes kann sie halbe Nächte durchschreiben, tagsüber hält sie sich mit Joggen fit. Sina Jorritsma lebt mit ihrer Familie in einem kleinen Ort bei Emden.

Sina Jorritsma

Friesenlist

Ostfrieslandkrimi

Klarant Verlag

Copyright © 2019 Klarant GmbH, 28355 Bremen
Klarant Verlag, www.klarant.de – www.ostfrieslandkrimi.de
ISBN: 978-3-95573-934-8
1. Auflage 2019
Umschlagabbildung: Klarant Verlag
Alle Rechte vorbehalten. Das Werk darf – auch auszugsweise – nur mit Genehmigung des Verlages wiedergegeben werden.
Ähnlichkeiten in dem Ostfrieslandkrimi „Friesenlist“ mit real existierenden Personen sind rein zufällig und nicht beabsichtigt.
Printed in the EU.

Kapitel 1

„Moin. Ich will einen Mord melden."

Kommissarin Mona Sander und Oberkommissar Enno Moll blickten auf, als eine ihnen unbekannte Frau diesen Satz aussprach. Zuvor war die Tür geöffnet worden. Die beiden Kriminalisten der Borkumer Inselwache saßen in ihrem gemeinsamen Büro und hatten sich gerade mit den Dienstplänen für die bevorstehenden Feiertage beschäftigt.

Polizeimeisterin Grietje Smit hatte die Besucherin zu den Ermittlern geführt.

„Frau Andringa behauptet, dass ihr Ehemann umgebracht worden wäre", meinte die junge Kollegin. „Da dachte ich, dass ihr den *Fall* am besten gleich selbst übernehmt."

Grietjes Betonung schien Frau Andringa zu missfallen. Sie warf der sommersprossigen jungen Polizistin einen vernichtenden Blick zu.

„Nehmen Sie meine Anzeige etwa nicht ernst?"

Grietje zuckte mit den Schultern. Wenigstens hat sie momentan kein Kaugummi im Mund, dachte Mona.

„Das habe ich nicht gesagt", beteuerte die Polizeimeisterin. „Aber es kommt nicht so oft vor, dass uns ein Totenschein eines Ermordeten vorgelegt wird, auf dem eine natürliche Todesursache angegeben ist."

Sie schien der Meinung zu sein, dass sie mit diesem Hinweis ihre Schuldigkeit getan hätte. Jedenfalls machte Grietje auf dem Absatz kehrt und ging nach vorn ins Wachlokal zurück.

„Schließen Sie doch bitte die Tür und nehmen Sie Platz, Frau Andringa", sagte Enno freundlich. Mona war ihrem Kollegen dankbar, dass er als der Ranghöhere von ihnen sich mit der Frau beschäftigen wollte. Die Kommissarin hatte gerade eine nervenaufreibende Fortbildung in der Landeshauptstadt hinter sich gebracht und musste innerlich erst wieder auf Borkum ankommen. Es war Monas erster Arbeitstag auf ihrer geliebten Insel, die ihr nun schon seit einigen Jahren zur Heimat geworden war. Obwohl der Lehrgang nur eine Woche gedauert hatte, war ihr Heimweh sehr groß gewesen.

Während die Melderin auf Ennos Besucherstuhl Platz nahm, konnte Mona sie unauffällig mustern. Momentan sah sie nur Frau Andringas Hinterkopf, doch bei ihrem Eintreten hatte sie ihr Gesicht erblickt.

Die Kriminalistin schätzte das Alter der Dame auf Mitte bis Ende vierzig. Frau Andringa machte einen sehr gepflegten Eindruck. Sie trug eine gefütterte Designer-Lederjacke, die gewiss gut vor der winterlichen Nordseebrise schützte. Ein eleganter weinroter Pullover, eine beige Leinenhose sowie Lederstiefel mit Absatz vervollständigten das Outfit einer Frau, die bei ihrer Garderobe nicht aufs Geld schauen musste.

Der Name Andringa sagte Mona nichts. Es musste sich bei ihr allerdings auch nicht um eine Einheimische handeln. Auf einer beliebten Urlaubsinsel wie Borkum kamen und gingen die Ferien- und Kurgäste mit schöner Regelmäßigkeit. Auch jetzt, in der Adventszeit, war die Anziehungskraft des Eilands ungebrochen.

Die tiefe Stimme des schwergewichtigen Oberkommissars unterbrach Monas Gedankengang.

„Möchten Sie einen Tee, Frau Andringa?"

Die Besucherin schüttelte heftig den Kopf.

„Nein, danke. Nehmen Sie jetzt bitte endlich eine Strafanzeige gegen die Frau auf, die meinen Ehemann auf dem Gewissen hat!"

Nun konnte Mona ihre Neugierde nicht mehr bremsen. Zurückhaltung war ohnehin nicht ihre starke Seite. Sie stand auf, umrundete den Tisch und stellte sich neben Enno. Andernfalls hätte sie die Melderin von hinten ansprechen müssen.

Der Oberkommissar warf Mona einen Seitenblick zu und sagte: „Das ist meine Kollegin Frau Sander. Mein Name ist Moll. Sie haben also schon einen konkreten Verdacht?"

„Verdacht?", echote Frau Andringa. Sie klang ziemlich schrill. „Ich weiß, dass mein Jan von diesem Biest ermordet wurde!"

Mona wusste aus Erfahrung, dass Angehörige höchst unterschiedlich auf den Verlust eines geliebten Menschen reagierten. Oft erlebte sie tränenreiche Trauer, aber auch Leugnung des Unbegreiflichen. Oder Wut, die sich ein Ziel suchte. So schien es bei dieser Witwe zu sein.

„Könnten wir bitte den Totenschein sehen, von dem eben gerade die Rede war?", bat Enno.

Frau Andringa nickte, öffnete ihre mitgebrachte Ledermappe und legte das Dokument auf den Schreibtisch. Mona beugte sich vor, um ihrem Kollegen über die Schulter zu linsen.

„Der Totenschein wurde von Dr. Jepsen unterschrieben“, stellte sie fest. „Und er stellte eine natürliche Todesursache aufgrund einer Vorerkrankung fest.“

„Mein Mann hatte ein schwaches Herz. Das bedeutet aber noch lange nicht, dass seine Mörderin ungestraft davonkommen darf.“

„Jan Andringas Tod trat vorgestern um 15.03 Uhr ein“, stellte Enno fest. „War die Frau, die Sie beschuldigen, anwesend?“

Die Melderin schaute ihn an, als ob er nicht ganz richtig im Kopf wäre. Das war zumindest Monas Eindruck.

„Natürlich nicht! Dafür ist sie viel zu gerissen.“

Die Kommissarin atmete tief durch. Sie konnte viel Verständnis für Menschen in gefühlsmäßigen Ausnahmesituationen aufbringen. Aber ihr war die Zeit zu kostbar, um sie mit haltlosen Beschuldigungen zu vergeuden.

„Auf welche Art und Weise soll denn die Person, die Sie verdächtigen, Ihren Gatten getötet haben?“, fragte Mona mit erzwungener Ruhe.

Frau Andringa schaute erst die Ermittlerin, dann den Oberkommissar an.

„Sie hat Jan durch eine ihrer verflixten Massagen umgebracht!“

Für einen Moment herrschte Ruhe in dem kleinen Büroraum. Nur draußen auf der Strandstraße hörte man vorweihnachtliche Klänge sowie das Warngeräusch der Bahnübergangsschranken, weil ein Zug vom Fähranleger aus zum Inselbahnhof fuhr.

„Mir sind schon viele Tötungsarten untergekommen, doch davon habe ich noch nie gehört“, platzte Mona heraus.

„Daran können Sie erkennen, wie raffiniert dieses Luder vorgeht!“, rief die Witwe triumphierend. Die Kommissarin schwankte bei ihren Gefühlen für Frau Andringa zwischen Mitleid und Gereiztheit. Einerseits konnte Mona verstehen, dass der Tod des Ehemanns eine tiefe Wunde gerissen haben musste. Andererseits konnte sie es nicht ausstehen, wenn ein Mensch zu Unrecht einer Straftat bezichtigt wurde.

Nun meldete sich auch Enno wieder mit einer Frage zu Wort.

„Wie heißt denn die Verdächtige?“

„Nele Krog. Sie hat ihre Massagepraxis in der Gorch-Fock-Straße. Oder sollte ich besser sagen: ihr Bordell?“

„Wollen Sie damit andeuten, dass diese Frau Krog sich als Prostituierte betätigt?“, hakte der grauhaarige Kriminalist nach.

„Das ist doch ein offenes Geheimnis“, behauptete die Melderin. Und sie fügte spitz hinzu: „Nur die Polizei scheint davon noch nichts mitbekommen zu haben.“

Mona wurde es allmählich zu bunt.

„Wir sind für Hinweise aus der Bevölkerung dankbar“, stellte sie fest. „Doch da der Arzt eine natürliche Todesursache bescheinigt hat, sehe ich keine Möglichkeit für ein polizeiliches Eingreifen.“

Frau Andringa sprang auf. Sie starrte Enno an.

„Das ist ja unglaublich! Sagen Sie doch auch mal etwas!“

„Ich …“

„Wahrscheinlich lassen Sie sich ebenfalls von Nele Krog eine *Spezialbehandlung* verpassen! Und Ihre Kollegin ist viel zu jung und unerfahren, um mit dieser falschen Schlange fertigzuwerden!“

„Am besten beruhigen Sie sich zunächst einmal“, schlug Mona vor. Diesen Ratschlag hätte sie sich auch selbst geben können, denn ihr Blut kochte bereits. Noch schaffte die Kommissarin es allerdings, nicht die Beherrschung zu verlieren. Und Enno? Obwohl Frau Andringa ihn gerade mehr oder weniger deutlich als Bordellbesucher abgestempelt hatte, fuhr er nicht aus der Haut. Entweder hatte der Oberkommissar es während seiner vielen Dienstjahre gelernt, mit schwierigen Menschen umzugehen, oder seine Bärenruhe war ihm angeboren. Nach Monas Vermutung traf wahrscheinlich beides zu.

„Sie sollten vielleicht doch einen Tee trinken“, meinte Enno. Die Witwe schüttelte heftig den Kopf.

„Ich verstehe nicht, wie Sie hier seelenruhig herumsitzen können, während auf Borkum eine Mörderin auf freiem Fuß ist! Ich werde mich über Sie beide beschweren.“

„Das steht Ihnen selbstverständlich frei“, brummte der Oberkommissar. Frau Andringa murmelte etwas Unverständliches und rauschte hinaus. Natürlich nicht, ohne die Tür hinter sich zuzuknallen.

„Fröhliche Weihnachten!“, sagte Mona zu Enno, als die Schritte auf dem Flur verhallt waren. „Man merkt doch allmählich, dass schon bald das Fest der Liebe begangen wird.“

„Sei nicht so streng mit der armen Frau. Sie hat gerade Ihren Ehemann verloren. Der Schmerz vernebelt ihren Verstand.“

„Und zwar nicht zu knapp!“, bekräftigte die rotblonde Kommissarin. „Trotzdem könnte an ihrer Behauptung etwas dran sein.“

Enno hob seine buschigen Augenbrauen.

„Also Mord durch Massage?“

Mona verzog den Mund.

„Nee, natürlich nicht. Aber falls diese Frau Krog sich wirklich als Prostituierte betätigt, sollten wir sie genauer unter die Lupe nehmen. Und sei es auch nur, damit sie ihre Einnahmen ordnungsgemäß versteuert.“

Da Borkum ein anerkannter Kurstandort war, gab es dort einige Massagepraxen. Ein Bordell unter dem Deckmantel von Heilmassagen zu betreiben, wäre jedenfalls zumindest eine Ordnungswidrigkeit.

„Lass uns doch dieser Frau Krog gleich mal einen Besuch abstatten“, schlug Enno vor. „Dann können wir ihr dezent auf den Zahn fühlen. Falls sie ihren Betrieb wirklich unter einer roten Laterne führt, klopfen wir ihr gleich auf die Finger.“

Mona grinste.

„Ja, so machen wir es.“

Die Ermittler zogen ihre Winterjacken an und gingen nach vorn ins Wachlokal, um sich abzumelden. Grietje arbeitete fleißig am Computer.

„Schaust du gar keine YouTube-Videos?“, fragte die Kommissarin augenzwinkernd.

Die uniformierte Polizistin seufzte theatralisch.

„Das kannst du vergessen! Heute ist mein letzter Arbeitstag vor dem Urlaub, und ich muss hier alles auf Vordermann bringen. Ohne mich seid ihr doch verloren.“

„Ich kann dir nicht widersprechen“, lächelte Mona.

Sie hatte sich freiwillig für den Dienst während der Weihnachtsfeiertage gemeldet. Im vorigen Jahr war sie bei ihrer Mutter in Braunschweig gewesen. Doch die resolute Lehrerin hatte sich inzwischen einen Freund angelacht, den Mona nicht ausstehen konnte. Diplomatie war noch niemals ihre Stärke gewesen. Wenn sie bei ihrer Mama und dem blöden Gerhard zu Besuch wäre, würde es garantiert knallen. Daher blieb sie lieber während des Festes auf ihrer geliebten Insel.

Mona und Enno verließen die Polizeiwache und gingen am Neuen Leuchtturm vorbei auf die Gorch-Fock-Straße zu. Trotz des scharfen Nordwindes waren viele Touristen und Kurgäste unterwegs. Die

Ermittler wurden von einer Gruppe Nordic Walker überholt, die den Weg zum Strand eingeschlagen hatten.

„Du kannst gern Weihnachten zu uns kommen, Mona."

Die Kommissarin seufzte.

„Das ist lieb von dir. Aber das Thema hatten wir doch schon abgehandelt. Mir wird schon nicht die Decke auf den Kopf fallen. Ich arbeite während der Feiertage, und abends lege ich ein paar zusätzliche Joggingrunden ein. Weihnachten fällt bei mir also aus, und deshalb müsst ihr mich auch nicht einladen."

„Du könntest wenigstens am zweiten Weihnachtstag zum Essen kommen", beharrte Enno. „Mein Bruder reist dann aus Emden an."

„Ach, und du willst mich als Tischdame für den eingefleischten Junggesellen?", lachte Mona.

„Das wäre nett, und du gehörst ja schon fast zur Familie."

Sie sagte zu, um Enno nicht vor den Kopf zu stoßen. Sie war seinem Bruder nur wenige Male begegnet und fand ihn ganz umgänglich. Allerdings war er fast dreißig Jahre älter als sie. Doch sie ging ohnehin nicht davon aus, dass ihr Kollege sie verkuppeln wollte.

Die Massagepraxis Krog befand sich im ersten Stockwerk eines modernen Klinkerhauses. Im Erdgeschoss war ein Souvenirshop untergebracht, der allerlei Borkum-Andenken im Sortiment hatte. Die Bandbreite reichte vom Plastikseehund *made in China* bis zu Sweatshirts mit dem Inselmotto *Mediis tranquillus in Undis* (Ruhig inmitten der Wogen).

Nele Krogs Behandlungsräume waren über eine eiserne Außentreppe zu erreichen. Es gab zwei Klingelschilder: „Krog privat" und „Praxis". Enno betätigte die letztere Schelle. Daraufhin ertönte ein lauter Gong.

Gleich darauf wurde die Tür von einer außergewöhnlich hübschen Blonden geöffnet. Sie trug eine weite Hose aus Leinenstoff sowie ein hochgeschlossenes Oberteil aus demselben Material, beides weiß. Nach Monas Meinung musste man schon sehr viel schmutzige Fantasie haben, um Nele Krog – falls sie es war – von ihrem Erscheinungsbild her für eine Prostituierte halten zu können.

„Moin!", sagte die Frau im Leinengewand lächelnd. „Wünschen Sie eine Partnermassage? Oder möchten Sie sich zunächst einfach nur informieren?"

„Weder noch", erwiderte Mona, während sie ihren Dienstausweis zeigte und Ennos sowie ihren eigenen Namen nannte. „Es geht um einen Herrn, den Sie behandelt haben. Sie sind doch Frau Krog, nicht wahr?“

„Ja, die bin ich.“ Die Masseurin wirkte völlig arglos. „Treten Sie doch bitte ein, es ist kalt heute. Von wem sprechen Sie denn, wenn ich fragen darf?“

„Es geht um Jan Andringa“, erklärte die Kommissarin. „Er ist verstorben, und …“

Mona konnte ihren Satz nicht beenden, denn Nele Krog verdrehte die Augen, wurde leichenblass und brach zusammen.

Kapitel 2

Die junge Frau wäre hart auf den Boden geknallt, wenn Enno sie nicht zuvor aufgefangen hätte. Mit einer Reaktionsschnelligkeit, die kein Außenstehender dem wuchtigen Ostfriesen zutraute, ging er in die Knie und nahm die Ohnmächtige auf seine Arme.

„Verflixt!", rief Mona, die von Nele Krogs plötzlicher Bewusstlosigkeit überraschter war als ihr Kollege. „Ich werde gleich mal einen Rettungswagen anfordern."

Sie zog ihr Smartphone aus der Tasche und wollte die immer noch offen stehende Praxistür schließen. Doch in diesem Moment wurde die gegenüberliegende Tür zur Privatwohnung aufgestoßen. Ein braunhaariger Mann mit Spitzbart kam heraus. Er setzte eine besorgte Miene auf, als er Enno mit der Masseurin auf den Armen bemerkte.

„Was ist geschehen? Was fehlt meiner Frau?"

Die Kommissarin zeigte ihren Dienstausweis und nannte ihren eigenen Namen sowie den des Oberkommissars. Sie antwortete: „Wir wollten Ihre Frau als Zeugin befragen. Es geht um den Tod von einem ihrer Patienten. Als sie erfuhr, dass er nicht mehr lebt, hat sie das Bewusstsein verloren."

Während Mona sprach, war der Mann an ihr vorbei in den Praxisvorraum geeilt. Die Kriminalistin war nicht sicher, ob er den Sinn ihrer Worte überhaupt verstanden hatte. Er schien nur noch Augen für seine Frau zu haben. Krog hatte ganz offensichtlich große Angst um sie. Er deutete auf eine geschlossene Tür, an der sich ein Ying-Yang-Zeichen befand.

„Dort befindet sich der Behandlungsraum. Wir können Nele auf die Behandlungsliege schaffen und in die stabile Seitenlage drehen."

Krog öffnete die Tür, und Enno trat mit der Ohnmächtigen ein.

Doch nun zog die Masseurin die Nase kraus und bekam einen Hustenanfall. Der Ostfriese legte sie vorsichtig auf die Liege. Nele Krog rang nach Luft. Sie schien sich an ihrem eigenen Speichel verschluckt zu haben. Allmählich beruhigten sich ihre Atemzüge wieder. Ihr zuvor totenbleiches Gesicht war nun krebsrot. Mona fand es äußerst beruhigend, dass sie wieder bei Bewusstsein war. Bei Krog war die Erleichterung zweifellos am größten. Er hatte sich neben das Kopfteil gestellt und strich seiner Frau zärtlich über das Haar.

Die Masseurin bemerkte das Smartphone in Monas Hand.
„Sie müssen keinen Arzt oder Krankenwagen rufen“, sagte sie mit belegter Stimme. „Ich kenne meinen Körper. So schnell werde ich nicht wieder das Bewusstsein verlieren. Es ist nur so, dass Ihre Nachricht von Jans Tod mich wie ein Hammerschlag getroffen hatte. Bei seinem letzten Termin war er noch so voller Zuversicht und Lebensfreude …“
Ihre Augen wurden feucht. Krog beugte sich zu ihr hinab.
„Bist du sicher, dass es dir wieder gut geht? Möchtest du einen Tee?“
Nele Krog lächelte ihrem Mann zu.
„Ja, das ist eine gute Idee. Die Herrschaften von der Polizei möchten bestimmt auch ein Tässchen, oder? Sie sind doch bestimmt nicht nur gekommen, um mich über Jans Tod zu informieren?“
„Wir haben wirklich noch ein paar Fragen an Sie“, entgegnete Enno. „Und einen Tee trinken wir gern mit. Nicht wahr, Mona?“
Die Kommissarin nickte zerstreut. Sie hatte die Zeit genutzt, um sich in dem Behandlungsraum genauer umzuschauen. Außer der Massageliege befanden sich dort zwei Regale, die Handtücher sowie Fläschchen mit Ölen und Tinkturen enthielten. Mona sah auch einen Korb mit abgerundeten Steinen. Das indirekte Licht schuf eine warme und anheimelnde Atmosphäre. Die Wände waren mit chinesischen Rollbildern geschmückt, wie man sie aus großstädtischen Asia-Läden kannte.
Mona war bei einem früheren Einsatz auf dem Festland einmal in einem Bordell gewesen, im Rahmen einer Razzia. Dort hatte es ganz anders ausgesehen. Falls die Praxis von Frau Krog als Tarnung diente, würde sie allerdings jeden zweideutigen Eindruck vermeiden wollen.
Und der Prostitution konnte man auch auf einem Massagetisch nachgehen.
„Lassen Sie uns in meinen Empfangsraum hinübergehen“, schlug die junge Frau vor. Sie schwang ihre Beine von der Liege und ging einige Schritte vorwärts. Ihr Mann wollte sie stützen, doch sie schüttelte den Kopf.
„Danke, Schatz. Ich fühle mich jetzt viel besser.“
Der Empfangsraum sah ebenfalls nicht nach Rotlichtmilieu aus, wie Mona fand. Dort standen mehrere bequeme Lehnstühle um einen

Couchtisch herum. Die Wände waren mit gerahmten Aufnahmen geschmückt, die einsame Strände und Vögel in den Dünen zeigten.

„Mein Mann ist Hobbyfotograf", sagte Nele Krog stolz. „Die Bilder stammen alle von ihm."

„Und was macht Ihr Gatte beruflich?", wollte Enno wissen.

„Malte ist freiberuflicher Computerprogrammierer", erwiderte die Masseurin lachend. „Fragen Sie mich bitte nicht, worin genau sein Job besteht. Von PCs habe ich keine Ahnung!"

Der Kommissarin fiel auf, wie schnell Nele Krog wieder fröhlich sein konnte. Vor wenigen Minuten hatte sie noch wegen Andringas Tod Tränen vergossen, und nun schien sie wieder bester Laune zu sein. Ob diese Frau ihnen eine Komödie vorspielte? Mona wusste noch nicht, was sie von der Masseurin halten sollte. Sie schloss jedenfalls aus, dass man eine Ohnmacht so perfekt simulieren konnte, dass man sogar erbleichte.

Der Ehemann war offensichtlich in die Wohnung zurückgeeilt und hatte Tee gekocht. Jedenfalls kam er wenig später mit einem Tablett herein, auf dem sich eine Kanne, ein Stövchen, Tassen, Sahne und Kluntjes befanden. Malte Krog stellte es auf das Tischchen und schaute seine Frau fragend an.

„Ich glaube, dass die Kommissare mit mir allein sprechen wollen", sagte sie.

„Das wäre wirklich gut", schaltete Mona sich ein. „An Sie haben wir allerdings auch noch einige Fragen, Herr Krog."

Der Ehemann nickte.

„In Ordnung, ich bin nebenan."

Er drehte sich auf dem Absatz um und schloss die Tür hinter sich. Die Masseurin warf erst Enno und dann Mona einen wissenden Blick zu.

„Lassen Sie mich raten: Frau Andringa hat Sie zu mir geschickt, nicht wahr?"

„Die Witwe glaubt, dass Sie etwas mit dem Tod ihres Mannes zu tun haben", erklärte der Oberkommissar. Er fügte hinzu: „Ich teile diese Ansicht nicht. Dennoch wollten wir uns selbst ein Bild von Ihrer Praxis machen."

Nele Krog blinzelte Enno zu.

„Haben Sie sich schon gefragt, wo ich die Kondome und das Gleitmittel aufbewahre?"

„Sie wissen also, dass Frau Andringa Ihnen vorwirft, dass Sie sich prostituieren?“, hakte Mona nach.

„Jans Ehefrau war kürzlich bei mir und hat mich beschimpft. Sie drohte mir mit der Polizei, falls ich nicht aufhöre, ihren Mann zu massieren.“

Die Kriminalistin runzelte die Stirn.

„Wenn diese Frau Sie beleidigt hat, können Sie dagegen vorgehen. Und da Sie offenbar kein Bordell betreiben, wäre auch eine Strafanzeige wegen übler Nachrede möglich.“

„Vielen Dank für die Beratung, Frau Sander. Sie halten mich also nicht für eine Prostituierte?“

Nele Krog stellte diese Frage lächelnd und augenzwinkernd. So, als ob sie die Kommissarin bewusst aufs Glatteis hätte führen wollen. Mona ermahnte sich selbst dazu, ihr Urteil nicht zu voreilig zu fällen. Die Masseurin war ihr auf Anhieb sympathisch, während Mona Frau Andringa nicht ausstehen konnte. Doch sie durfte sich bei ihrer Arbeit als Ermittlerin keinesfalls von Gefühlen leiten lassen. Am Ende des Tages zählten nur die Fakten.

Enno ergriff das Wort.

„Wenn Sie nicht gewerbsmäßig sexuelle Dienste anbieten, ist Ihre Tätigkeit aus polizeilicher Sicht nicht zu beanstanden. Frau Andringa macht Sie für den Tod ihres Mannes verantwortlich.“

Die Masseurin seufzte.

„Das ist wirklich tragisch. Mir war Jans Herzkrankheit natürlich bekannt. Eben deshalb war er ja bei mir in Behandlung.“

Mona runzelte die Stirn.

„Ich bin keine Expertin, aber seit wann helfen Massagen gegen koronale Beschwerden?“

Nele Krog lachte.

„Sie haben recht, Frau Sander. Rein medizinisch betrachtet war die Wirkung meiner Therapie natürlich nicht messbar. Doch man kann das Herz ja auf verschiedene Arten betrachten.“

„Wie meinen Sie das?“

„Einerseits handelt es sich um ein Körperorgan, das mithilfe von Medikamenten oder einer Operation behandelt werden kann. Andererseits ist es etwas Symbolisches. Wenn wir sagen, dass ein Herz gebrochen wurde, dann ist das sinnbildlich gemeint.“

„Und das traf auf Jan Andringa zu?“, wollte Mona wissen.

Die Masseurin hatte die ganze Zeit über gelächelt. Doch nun wurde sie ernst.

„Nein. Jans Herz war nicht gebrochen, sondern ausgetrocknet. Er hat mir erzählt, dass seine Frau ihn seit Jahren nicht angefasst hätte. Ist das nicht traurig? Da ist es doch kein Wunder, dass er sich nach meinen Berührungen gesehnt hatte."

Mona musterte ihr Gegenüber nachdenklich. Sie kannte sich weder mit Heilmassagen noch mit käuflicher Liebe aus. Hatte Jan Andringa vielleicht in den Berührungen dieser jungen schönen Frau etwas anderes gesehen? Hatte sie einfach nur seine Muskeln lockern wollen, während er sich in sie verknallte? Doch man konnte die Sache drehen und wenden, wie man wollte: Kein Mensch bekam durch eine Massage einen Herzstillstand.

„Seit wann haben Sie Jan Andringa massiert?", fragte Enno.

„Er ist vor ungefähr einem halben Jahr zum ersten Mal zu mir gekommen", berichtete Nele Krog. „Er war völlig verspannt und konnte kaum noch gehen. Ehrlich gesagt war er ein schwerer Fall. Der Ärmste kam mir völlig verknotet vor. Doch nach und nach fühlte er sich besser."

„Wie oft kam der Patient zu Ihnen?"

„Jede Woche. Er sagte mir, dass diese Besuche für ihn das Schönste wären, das er seit Langem erlebt hätte."

Ob Andringa sich seiner Frau gegenüber auch so positiv über die Massagen geäußert hatte? Falls ja, dann konnte Mona die Eifersucht der Witwe nachvollziehen. Dadurch wurde Nele Krog allerdings nicht automatisch zur Mörderin.

Die Kommissarin nahm einen Schluck Tee.

„Wann haben Sie Jan Andringa zum letzten Mal massiert?"

„Das muss vor fünf oder sechs Tagen gewesen sein. Wenn Sie es genau wissen möchten, schaue ich in mein Kassenbuch. Dort ist jeder Massagetermin vermerkt."

„Danke, das ist momentan nicht nötig", sagte Mona. Zwischen dem Besuch in der Massagepraxis und dem Tod des alten Mannes lagen auf jeden Fall drei oder vier Tage. Die Kommissarin konnte sich beim besten Willen nicht vorstellen, weshalb Nele Krog für den Herzstillstand verantwortlich sein sollte.

Mona stand auf.

„Danke für den Tee. Wir wollen Sie jetzt nicht länger aufhalten."

Die Masseurin legte den Kopf schief.

„Ich bin also nicht in Schwierigkeiten?“

„Dafür wüsste ich momentan keinen Grund“, versicherte Mona. „Wir sprechen noch kurz mit Ihrem Mann, dann sind wir weg.“

Die Ermittler verließen die Praxis. Enno klopfte an die gegenüberliegende Wohnungstür. Malte Krog öffnete sofort. Seine Lider flatterten.

„Geht es meiner Frau gut?“

„Ja, sie scheint sich von dem Schock erholt zu haben“, meinte Enno. Der Ehemann der Masseurin führte die Kommissare in sein Wohnzimmer. Es war gemütlich eingerichtet, mit warmen Farben und viel Plüsch. Auch hier bestand die Wanddekoration aus vermutlich selbst gefertigten Fotos.

„Sie wissen von den Reibereien zwischen Ihrer Frau und Sigrid Andringa?“, fragte Mona. Malte Krog runzelte die Stirn und nickte.

„Ja, allerdings. Ehrlich gesagt habe ich nicht so eine Engelsgeduld wie Nele, die immer nur das Gute im Menschen sieht. Es ist eine Unverschämtheit, sie als Nutte zu bezeichnen. Natürlich sagt so eine Beleidigung mehr über Sigrid Andringa aus als über meine Frau. Trotzdem, ich würde es mir nicht gefallen lassen.“

„Dann gibt es also keinen Grund für diese Anschuldigungen?“, hakte Enno nach.

„Natürlich nicht! Sie können sich gern hier überall umsehen. Wir haben nichts zu verbergen. Die Witwe dieses verstorbenen Herrn hat eine schmutzige Fantasie, das ist alles.“

Mona konnte sich Malte Krog beim besten Willen nicht als Zuhälter seiner Ehefrau vorstellen. Es war ihr inzwischen schon unangenehm, das junge Paar überhaupt behelligt zu haben. Enno schien es genauso zu gehen, wie ihr ein Seitenblick auf sein Gesicht bewies.

„Wir wollen Ihrer Frau nichts unterstellen“, betonte die Kommissarin. „Aber Sie verstehen hoffentlich, dass wir allen Hinweisen nachgehen müssen.“

„Selbstverständlich“, sagte der Programmierer. „Ich versichere Ihnen, dass Nele mit ihren Patienten nichts Zweideutiges anstellt.“

„Ihre Frau ist sehr attraktiv“, stellte Mona klar. „Da könnte so mancher Mann auf falsche Gedanken kommen.“

„Ja, das ist denkbar. Doch Nele verfügt über eine gute Menschenkenntnis und würde niemanden massieren, der sich Hoffnungen auf eine Affäre macht.“

Die Kommissare hatten genug gehört. Sie verabschiedeten sich von Malte Krog und gingen die Eisentreppe hinunter. Mona musste sich am Geländer festhalten, weil die Windböen so heftig waren.

„Diesen Besuch können wir unter polizeilicher Zeitverschwendung verbuchen“, fauchte sie. Enno nickte.

„Zur Sicherheit können wir ja noch mit dem Arzt sprechen, dann haben wir unsere Schuldigkeit getan.“

Dr. Jepsen war ein erfahrener Allgemeinmediziner, der seine Praxis an der Geert-Bakker-Straße hatte, unweit des ehemaligen Wasserturms. Sein Wartezimmer war gefüllt mit Grippepatienten. Doch da die Ermittler nur eine kurze Frage hatten, fand der Doktor zwischendurch Zeit für sie.

Enno als gebürtiger Borkumer kannte den Arzt natürlich. Er stellte ihm seine Kollegin vor. Dr. Jepsen saß hinter seinem Schreibtisch und schaute die Ermittler skeptisch an.

„Ich weiß nicht, wie ich Ihnen helfen soll.“ Der Arzt zuckte mit den Schultern. „Sie wissen, dass ich an die Schweigepflicht gebunden bin.“

„Es handelt sich um die Untersuchung eines möglichen Mordes“, betonte der Oberkommissar. „Wenn ein solcher Verdacht im Raum steht, sind Sie nach Paragraf 34 Strafgesetzbuch von Ihrer ärztlichen Schweigepflicht entbunden.“

Der Mediziner nickte langsam.

„Ja, das ist mir bekannt. Allzu oft kommt so etwas zum Glück nicht vor. Also gut, ich werde kooperieren. Was möchten Sie denn wissen?“

Mona kam sofort auf Jan Andringa und dessen Todesumstände zu sprechen. Der Mediziner strich sich nachdenklich über seinen grauen Schnurrbart.

„Ja, es ist immer traurig, wenn ein Patient verstirbt“, sagte er. „Doch bei Herrn Andringa war es absehbar, dass er nicht mehr lange leben würde. Ich hatte ihn medikamentös gut eingestellt, aber eine Herztransplantation wäre bei ihm zu riskant gewesen. Es war nur eine Frage der Zeit, bis das Organ nicht mehr funktionieren würde.“

„Seine Witwe glaubt, dass die Massagen von Frau Krog ihn getötet hätten“, erklärte Mona.

Der Mediziner nickte.

„Ich kenne ihre Theorie, aus ärztlicher Sicht ist das allerdings kompletter Unsinn. Die Massagen haben seine Durchblutung gefördert. Da Herr Andringa sowieso zu niedrigen Blutdruck hatte, waren diese Behandlungen seiner Gesundheit eher förderlich. Als ich seiner Frau diesen Zusammenhang zu erklären versuchte, wollte sie davon nichts wissen. Sie behauptete, ich hätte meinen Beruf verfehlt und wäre ein Scharlatan. Sie drohte damit, mich wegen eines Behandlungsfehlers bei der Ärztekammer anzuschwärzen."

Das scheint Sigrid Andringas Marotte zu sein, dachte Mona grimmig.

„Wie lange war der Patient bei Ihnen in Behandlung?", fragte Enno.

„Vor zwölf Jahren wurde seine Herzerkrankung festgestellt, er war dann kurz bei einem Spezialisten auf dem Festland. Danach war ich für ihn zuständig. Sein Gesundheitszustand war im Allgemeinen gut, in letzter Zeit hatte er sich sogar verbessert."

Mona wurde stutzig.

„Worauf führen Sie das zurück, Herr Doktor?"

„Wollen Sie meine persönliche Meinung hören?", fragte er zurück.

Die Kriminalistin machte eine auffordernde Handbewegung.

„Ich habe die Ehe der Andringas nicht für besonders glücklich gehalten", fuhr der Arzt fort. „Die Termine bei Frau Krog ließen meinen Patienten förmlich aufleben. Er hat mir immer wieder vorgeschwärmt, wie gefühlvoll sie wäre. Und er deutete an, dass er von seiner Frau in dieser Hinsicht nichts mehr zu erwarten hätte."

Enno hakte nach.

„Sie haben also definitiv keinen Hinweis auf Fremdeinwirkung bei Jan Andringas Tod bemerken können?"

Der Mediziner schüttelte den Kopf.

„Glauben Sie mir, ich habe während meines langen Berufslebens schon oft genug ein Herzversagen erkannt. Dieser Mann hatte einen friedlichen Tod, er wurde nicht umgebracht."

Die Kriminalisten verließen die Praxis. Mona zog ihre Wollkappe mit der Aufschrift MOIN über ihre rotblonden Haare, denn ihr wehte eine eisige Brise ins Gesicht.

„Nun können wir diesen Fall abschließen, bevor wir ihn richtig begonnen haben."

Enno nickte.

„Wir müssen nur noch Frau Andringa die für sie nicht so frohe Botschaft überbringen."

„Die Witwe wird im Dreieck springen", mutmaßte Mona. „Weißt du, wo sie wohnt? Bei uns hat sie doch weder Adresse noch Telefonnummer hinterlassen."

„Die Andringas besitzen ein Ferienhaus am Jakob-van-Dyken-Weg. Da fahren wir mit dem Wagen hin."

Die Ermittler holten an der Polizeistation ihren zivilen Opel Vectra. Enno setzte sich ans Lenkrad, schaltete die Heizung ein und fuhr Richtung Reedestraße. Der Wind brachte nun Pulverschnee mit, der in den Gärten und auf den Dächern liegen blieb. Noch war das Gestöber nicht dicht genug, um den Straßenverkehr zu behindern.

„Weißt du Genaueres über das Ehepaar, Enno?"

„Nicht viel. In der Zeitung stand mal ein Artikel über Jan Andringa, weil er in seiner aktiven Berufszeit einen patentierten Gurkenschäler entwickelt hat. Und der Reporter fand es eine Meldung wert, dass so ein genialer Erfinder sich auf unserer Insel zur Ruhe setzt."

Mona grinste breit.

„Ja, es ist nicht leicht für die Provinzpresse, genügend interessante Themen zu finden."

„Die Gurken haben Andringa jedenfalls reich gemacht", brummte der Ostfriese. „Er besaß einen mittelständischen Betrieb für Haushaltswaren auf dem Festland. Das Geschäft wird inzwischen von seinem Sohn geführt, soweit ich weiß."

Enno parkte vor einem Ferienhaus im friesischen Baustil. Es war größer als die umliegenden Gebäude und wurde offenbar mit viel Geld in Schuss gehalten. Der Oberkommissar betätigte den bronzenen Türklopfer.

Ein hochgewachsener junger Blonder öffnete. Er trug einen Jogginganzug.

„Haben Sie den Weihnachtsbaum im Wagen?", fragte er Enno.

Monas Kollege schüttelte den Kopf und zeigte seinen Dienstausweis.

„Nein, wir sind von der Polizei."

„Oh, verzeihen Sie. Ich dachte, Sie würden den Tannenbaum liefern."

„Sind Sie Frau Andringas Sohn?", wollte Mona wissen.

„Nein, ich bin ihr Personal Trainer. Mein Name ist Lars Benner. Kommen Sie doch bitte herein."

Der Mann war höflich und entgegenkommend, doch das Misstrauen der Kriminalistin war trotzdem erwacht. Es war nicht ungewöhnlich, dass jemand Anfang Dezember einen Weihnachtsbaum zur Hauslieferung bestellte. Aber welche Rolle spielte dieser Fitnesscoach bei der Familie?

Benner führte die Ermittler in den modern eingerichteten Wohnraum. Mona schaute sich suchend um.

„Wo ist denn Frau Andringa?", wollte sie wissen.

Eine Tür klappte, und die Hausherrin kam dazu. Die Witwe trug offenbar nur einen Bademantel. Ihr Haar war feucht.

„Hier bin ich, Frau Sander. Haben Sie endlich Vernunft angenommen und dieses mörderische Biest hinter Schloss und Riegel gebracht?"

Die Kriminalistin schüttelte den Kopf.

„Ihr Ehemann wurde nicht zum Opfer eines Verbrechens", stellte sie klar. „Das ist womöglich schwer zu akzeptieren, doch so lauten nun einmal die Fakten."

Sigrid Andringa schnaubte ironisch.

„Sie liegen völlig falsch. Jan ist nicht der Einzige, den dieses Miststück auf dem Gewissen hat. Und das werde ich Ihnen beweisen."

Kapitel 3

Nachdem die Ermittler zur Polizeiwache zurückgekehrt waren, sprachen sie mit dem Dienststellenleiter Hinrich Oltbeck über die Sache. Mona hatte jedenfalls Probleme damit, Jan Andringas Herztod als einen Fall oder als eine Ermittlung zu betrachten.

Der Chef wiegte seinen kahlen Kopf, nachdem die Kriminalisten auf seinen Besucherstühlen Platz genommen hatten.

„Frau Andringa hat sich bereits telefonisch über Sie beide beschwert", sagte Oltbeck, wobei er nur Mona anschaute. Das wunderte sie nicht, denn im Gegensatz zu ihrem bedächtigen Kollegen konnte sie ihre Zunge nicht immer im Zaum halten. Doch diesmal lagen die Dinge anders.

„Die Witwe hat auch Dr. Jepsen mit der Ärztekammer gedroht", warf Enno ein. „Sie schlägt blindwütig um sich, weil sie den Tod ihres Gatten einfach nicht akzeptieren will."

„Obwohl Frau Andringa sich sehr schnell mit ihrem jungen knackigen Personal Trainer getröstet hat."

Diesen Seitenhieb konnte Mona sich nicht verkneifen. Enno machte eine unbestimmte Handbewegung.

„Wir wissen nicht, ob Benner wirklich ihr Liebhaber ist."

„Nee, aber ich gehe jede Wette ein, dass zwischen den beiden etwas läuft. Dafür habe ich ein Gespür!"

Oltbeck verfolgte den kurzen Wortwechsel zwischen seinen Ermittlern mit wachsender Unruhe.

„Haben Sie diesen Verdacht der Witwe gegenüber etwa geäußert, Frau Sander?"

Die Kommissarin schüttelte den Kopf.

„Nee, aber ich musste mich wirklich zurückhalten. Ich nehme Sigrid Andringa nicht ab, dass sie um ihren Mann trauert. Aus irgendeinem Grund ist Nele Krog ihr ein Dorn im Auge. Und sie tut alles, um die Masseurin mit Schmutz zu bewerfen."

Enno ergänzte: „Wir waren in der Praxis und konnten keinen Hinweis darauf entdecken, dass Frau Krog heimlich als Prostituierte arbeitet."

„Sehr gut", seufzte Oltbeck. Die Erleichterung war ihm anzumerken. Mona wusste, dass er eigentlich ihre kriminalistischen Fähigkeiten schätzte. Doch mit ihrer ungestümen Art schaffte sie es immer wieder, den Blutdruck ihres Vorgesetzten in besorgniserregende Höhen zu treiben.

Der Chef fuhr fort: „Frau Andringa will bei der Staatsanwaltschaft eine Obduktion ihres Gatten beantragen. Ich bezweifle allerdings, dass sie damit durchkommt. Dr. Jepsen ist ein erfahrener Mediziner, der schon zahlreiche Totenscheine ausgestellt hat. Wir unternehmen jetzt erst mal nichts und hoffen, dass die Dame sich von selbst wieder beruhigt. Daher sollten Sie beide jetzt wieder Ihren normalen Zivilstreifendienst aufnehmen. Auch in diesem Jahr dürfte die Adventszeit wieder zur Hochsaison für Taschendiebe werden."

Mona nickte. Borkum war auch in der Wintersaison ein beliebtes Reiseziel. Da kurz vor Weihnachten der Urlauberstrom anschwoll, nutzten auch mehr Kleinkriminelle die Gunst der Stunde. In der kalten Jahreszeit war ein Diebstahl nicht ganz so einfach wie im Sommer, wenn sorglose Touristen ihre Wertsachen einfach auf ihrem Strandlaken liegen ließen. Doch erfindungsreiche Langfinger machten auch im Winter ihren Schnitt.

Außer, wenn die beiden Ermittler ihnen vorher das Handwerk legten.

Da die Besprechung beendet war, machten sich die Kriminalisten gleich an die Arbeit. Die Polizeiwache befand sich mitten im Zentrum von Borkum, nur einen Steinwurf weit vom Inselbahnhof entfernt. Mona und Enno schlenderten langsam durch die Fußgängerzone Richtung Rathaus, wobei sie wie normale Urlauber zu wirken versuchten. Doch ihre Augen waren überall.

Die Kommissarin musste sich eingestehen, dass sie innerlich mit dem seltsamen Mordvorwurf noch nicht abgeschlossen hatte. Warum verfolgte Sigrid Andringa Nele Krog mit ihrem Hass? Sie wusste doch, dass ihr Ehemann schon seit Langem an einer Herzkrankheit gelitten hatte. Also wäre genügend Zeit gewesen, um sich auf das Unvermeidliche einzustellen. Oder konnte die Witwe es nicht ertragen, dass ihr Gatte von einer anderen Frau berührt wurde? Doch weshalb konstruierte sie daraus gleich ein Tötungsdelikt? Ganz abgesehen davon, dass Sigrid Andringa nach Monas Ansicht garantiert selbst einen Liebhaber hatte.

„Du bist ja so still."

Ennos Feststellung riss die Kriminalistin aus ihren Überlegungen. Sie lächelte und warf ihm einen Seitenblick zu.

„Ja, die besinnliche Vorweihnachtszeit färbt auch auf eine Plaudertasche wie mich ab.“

„Soso“, erwiderte der Ostfriese schmunzelnd. „Und ich dachte schon, du würdest dich innerlich immer noch mit deiner neuen Freundin Sigrid Andringa beschäftigen.“

„Ist es wirklich so offensichtlich, dass ich sie nicht mag?“

„Für mich schon.“

„Enno, normalerweise gilt allen Angehörigen von Verstorbenen mein Mitgefühl. Bisher war das immer so, das ist dir bekannt. Doch diese Frau spielt mit gezinkten Karten. Ich frage mich einfach, was sie im Schilde führt.“

„Solange Frau Krog die Witwe nicht wegen Verleumdung oder Beleidigung anzeigt, sind uns die Hände gebunden.“

„Das weiß ich auch, aber … hey, das ist sie doch!“

Die beiden Ermittler waren soeben bei der Nordsee Apotheke in die Neue Straße abgebogen. Sie sahen die Witwe, wie sie soeben ein Farbengeschäft verließ. Sigrid Andringa bemerkte die Kriminalisten nicht, weil sie ihnen den Rücken zugedreht hatte und sich von ihnen fortbewegte. Und Mona hatte auch nicht das Bedürfnis, diese Frau anzusprechen.

„Jetzt macht sie schon wieder Einkäufe, dann wird sich ihre Stimmung gewiss bald normalisieren“, brummte Enno.

„Dein Wort in Gottes Ohr“, seufzte Mona.

Wenige Minuten später wurde ihre Aufmerksamkeit durch einen Jugendlichen in Anspruch genommen, der sich aus der offen stehenden Handtasche einer Frau bediente. Nach einer kurzen Verfolgungsjagd konnte Mona ihn stellen und dem verblüfften Diebstahlsopfer die Geldbörse zurückgeben.

Die Kriminalisten schafften den jungen Dieb zur Wache, wo sie seine Personalien aufnahmen. Da er in Emden polizeilich gemeldet war, chauffierten sie ihn später zum Fährhafen, damit er die Insel möglichst schnell wieder verließ.

„Auf Nimmerwiedersehen“, murmelte Mona, als das große weiße Schiff der AG Ems ablegte.

„Ja, diesen Herrn sehen wir so schnell nicht wieder“, mutmaßte Enno. „Da wir nur ein Portemonnaie bei ihm sicherstellen konnten, wird das wohl sein erster Klauversuch am heutigen Tag gewesen sein.“

Es war natürlich auch möglich, dass der Dieb andere Geldbörsen ausgeleert und weggeworfen hatte. Doch dann wäre gewiss mehr Bares in seinen Taschen gewesen. Die Polizisten konnten bei ihm gerade mal elf Euro sicherstellen, außerdem die Rückfahrkarte nach Emden. Es kam öfter vor, dass Kriminelle mit einem Tagesticket die Urlaubsinsel heimsuchten, um Beute zu machen. Doch zumindest diesem Bürschchen hatten die Ermittler die Suppe versalzen.

Im Lauf des Tages führten Mona und Enno noch einige Personenkontrollen durch, doch weitere Verdächtige gingen ihnen nicht ins Netz. Als die Ermittler sich beim Feierabend voneinander verabschiedeten, hatte die Kommissarin den merkwürdigen Mordvorwurf schon beinahe vergessen.

Am nächsten Morgen konnte Mona sich trotz des leichten Schneefalls und der Dunkelheit zu einer halbstündigen Joggingrunde aufraffen. Sie hielt sich selbst nicht für besonders diszipliniert, doch sie wusste aus Erfahrung, wie gut sie dank des morgendlichen Power-Trainings durch den Tag kommen würde. Außerdem war es auch im Winter immer wieder ein tolles Erlebnis, am breiten Borkumer Strand entlangzulaufen. Sturmböen wehten Gischt über den harten Sand. Es war, als ob graue Wattebäuschchen vor ihr herfliegen würden.

Nach einer weiten Runde bis zum nordwestlichsten Punkt Deutschlands kehrte Mona über die Hindenburgstraße zu ihrer Wohnung an der Walfangerstrate zurück. Frisch geduscht traf Mona pünktlich zum Dienstbeginn auf dem Polizeirevier ein. Im Wachlokal war Polizeimeisterin Aiske Berend gerade dabei, eine Strafanzeige aufzunehmen. Ein Herr in rot-schwarz karierter Winterjacke und mit schütterem Haar stand vor der Empfangstheke.

„An der westlichen Wand meines Hauses in der Gorch-Fock-Straße“, sagte er gerade.

Gorch-Fock-Straße? Monas Interesse war geweckt. Sie gesellte sich zu ihrer Kollegin und nickte dem Mann zu.

„Moin, ich bin Kommissarin Sander. Und Sie sind …?“

„Mein Name ist Tobias Gröne. Ich bin das Opfer, mein Haus wurde in der vergangenen Nacht durch ein Graffiti verunstaltet. Und das auf Borkum, wo man diese Schmierereien selten sieht.“

Die Kommissarin hakte nach.

„Um welches Haus geht es?“

„Im Erdgeschoss befindet sich ein Souvenirshop, den ich selbst betreibe. Das erste Stockwerk habe ich an das Ehepaar Krog vermietet, Frau Krog unterhält dort eine Massagepraxis. Glauben Sie, dass die Wandmalerei auf sie gemünzt war?“

„Wie kommen Sie darauf?“

Gröne errötete, bevor er antwortete. Sein Blick wechselte zwischen Mona und Aiske Berend hin und her. Schließlich kam er mit der Sprache heraus.

„Dort steht in großen Lettern HURE. Ich zitiere nur, normalerweise gehören solche Begriffe nicht zu meinem Wortschatz.“

Daran hatte die Kriminalistin keinen Zweifel. Gröne machte einen sehr zurückhaltenden und scheuen Eindruck. Er konnte weder Mona noch ihrer uniformierten Kollegin in die Augen sehen. Es musste ihn große Überwindung gekostet haben, überhaupt die Polizeiwache zu betreten. Doch um eine Strafanzeige gegen unbekannt kam er nicht herum, wenn seine Versicherung für den Schaden aufkommen sollte.

Gegen unbekannt?

Mona hatte bereits einen sehr konkreten Verdacht, wer die Wand zu nachtschlafender Zeit besprüht haben könnte.

„Leben außer Frau Krog noch weitere weibliche Personen in dem Haus, Herr Gröne?“

Er schüttelte den Kopf.

„Ich bin Junggeselle. Meine Mutter ist vor drei Jahren verstorben. Sie hat ein kleines Hotel besessen, ich habe es zu einem guten Preis losgeschlagen und mir das Haus in der Gorch-Fock-Straße gekauft. Warum ist das wichtig, wenn ich fragen darf?“

„Wir müssen uns einen Gesamteindruck verschaffen“, erklärte Mona. „Und ich versichere Ihnen, dass wir Ihre Strafanzeige sehr ernst nehmen. Kommen Sie, wir sprechen in meinem Büro weiter.“

Gröne linste zu der Uhr, die im Wachlokal hing.

„Ich muss bald meinen Laden aufmachen, ich arbeite heute allein.“

„Es wird nicht lange dauern“, versicherte die Kommissarin. „Trinken Sie einen Tee mit mir?“

Ihr Gegenüber nickte, doch seine Begeisterung schien sich in Grenzen zu halten. Mona wollte die Gelegenheit nicht ungenutzt lassen, Gröne intensiver auszuhorchen. Und das konnte sie besser hinter verschlossenen Türen tun als vor dem Wachlokal-Tresen, wo jederzeit andere Leute hereingeschneit kommen konnten.

Die Körpersprache des Mannes war ihrer Meinung nach eindeutig. Er setzte sich kerzengerade auf die äußerste Kante von Monas Besucherstuhl, nachdem sie ihn in ihr Büro gebeten hatte. Enno war noch nicht da. Die Kommissarin holte für Gröne und für sich selbst jeweils einen Becher Tee. Seine Hand zitterte, als er das Trinkgefäß zum Mund führte. Sie fragte sich, was das zu bedeuten hatte. Fürchtete er sich vor der Polizei? Oder vor Frauen?

Mona tippte auf die zweite Möglichkeit. Wäre seine Angst vor der Ordnungsmacht so groß gewesen, dann hätte er ganz einfach den Graffitischaden auf eigene Rechnung beseitigen und auf eine Strafanzeige verzichten können.

Sie lächelte ihn an.

„Entspannen Sie sich, Herr Gröne. Ich beiße nicht – außer, wenn man mich darum bittet."

Die Ermittlerin hatte versucht, durch einen Scherz die Atmosphäre aufzulockern. Dieses Vorhaben ging gründlich daneben. Gröne hatte die Hände im Schoß gefaltet. Seine Anspannung war so groß, dass die Fingerknöchel weiß hervortraten.

„I-ich weiß wirklich nicht, was ich noch sagen soll, Frau Sander. Die Schmiererei muss irgendwann zwischen neunzehn Uhr gestern Abend und dem heutigen Morgen angebracht worden sein. Ich wollte den Shop aufschließen, als ich die Bescherung gesehen habe. Daraufhin bin ich sofort zur Polizeistation gelaufen."

„Und das war richtig so", bestärkte Mona ihn. „Ich habe bereits einen Verdacht, wer für die Sachbeschädigung verantwortlich sein könnte. Es gibt eine Person, die Frau Krog der Prostitution bezichtigt."

„Das ist eine üble Unterstellung!", gab der Hausbesitzer zurück. „Frau Krog betreibt eine Massagepraxis und nichts anderes."

„Wohnen Sie selbst in dem Gebäude?"

„Nein, das nicht. Ich lebe in meinem Elternhaus, in der Süderstraße. Meine Mutter hat immer gesagt, dass man Arbeit und Leben trennen sollte. Deshalb wohnten wir auch niemals in unserem eigenen Hotel."

„Ich verstehe. Aber wenn Sie tagsüber in Ihrem Souvenirshop sind, dann werden Sie doch mitbekommen, wenn Frau Krog Patienten empfängt."

Gröne nickte. Nachdem er wegen des Vorwurfs gegen seine Mieterin richtig empört gewesen war, zog er sich nun wieder in sein Schneckenhaus zurück.
„Ja“, erwiderte er zögernd.
„Ist Ihnen etwas Außergewöhnliches aufgefallen?“
„Nein.“
Mona kniff die Augen zusammen. Es kam ihr plötzlich so vor, als ob Gröne ihr etwas verheimlichen würde. Ob es für Frau Andringas Unterstellungen doch Gründe gab?
„Behandelt Ihre Mieterin eigentlich ausschließlich Männer oder auch Frauen?“
„Das weiß ich nicht.“
„Sie sind aber sicher, dass Frau Krog keine erotischen Dienstleistungen anbietet?“
„Ich weiß nur, dass meine Wand beschädigt wurde. Und daran trifft Frau Krog gewiss keine Schuld.“
„Wir werden diese Sachbeschädigung so schnell wie möglich aufklären“, versprach die Kommissarin. Plötzlich wurde die Tür geöffnet, und Enno trat ein. Gröne zuckte zusammen.
„Moin, Tobias“, sagte der ostfriesische Oberkommissar freundlich. „Was macht das Souvenirgeschäft?“
„Es läuft, Enno. Deshalb bin ich allerdings nicht hier.“
Mona öffnete den Mund und berichtete von Grönes Strafanzeige. Der Ladenbesitzer schaute auf seine Armbanduhr und erhob sich.
„Falls ich nicht mehr gebraucht werde, möchte ich mich jetzt verabschieden. Ich muss dringend meinen Laden aufschließen.“
Mona gab ihm die Hand. Seine Finger fühlten sich so kalt und feucht an wie ein toter Fisch.
„Wir benachrichtigen Sie, sobald es etwas Neues gibt, Herr Gröne. Bitte unterschreiben Sie bei meiner Kollegin noch die Strafanzeige, bevor Sie gehen.“
Der Melder nickte und verließ fluchtartig das Büro. Enno blickte ihm kopfschüttelnd nach.
„Tobias ändert sich auch nicht mehr.“
„Du kennst ihn schon länger“, stellte die Kommissarin fest.
„Ja, die Grönes sind keine gebürtigen Borkumer. Seine Eltern kauften das Hotel, als er zehn Jahre alt war. Tobias hatte Probleme damit, sich auf der Insel einzugewöhnen. Er war stets ein Sonderling und Einzelgänger. Die Hotellerie lag ihm überhaupt nicht. Nachdem

erst sein Vater und dann seine Mutter starb, wurde er den alten Kasten schnell los."

„Und sein Souvenirgeschäft floriert?", fragte Mona skeptisch. „Gröne scheint menschenscheu zu sein oder zumindest Frauen gegenüber äußerst verklemmt. Ich kann mir nicht vorstellen, dass er viel Umsatz macht."

Ihr Kollege zuckte mit den Schultern.

„Wenn er nur so Borkum-Schnickschnack an Laufkundschaft verkauft, kann er gewiss davon leben. Außerdem hat er ja noch die Mieteinnahmen der Wohnung und der Massagepraxis. – Mit seinen Produkten hat Tobias jedenfalls eine Gemeinsamkeit."

„Welche denn?"

„Sie sind fremd auf der Insel. Tobias Gröne stammt ursprünglich aus Leverkusen und seine Plastik-Andenken aus China."

Die Ermittler lachten, wurden aber gleich darauf wieder ernst.

„Knöpfen wir uns jetzt die Witwe vor?"

„Worauf du dich verlassen kannst, Enno! Wir haben ja beide beobachtet, wie sie gestern in dem Farbengeschäft gewesen ist. Sigrid Andringa hat Motiv und Gelegenheit. Ihre Trauer in allen Ehren, aber deswegen kann sie nicht damit anfangen, unseren Ort zu verunstalten."

„Ganz meine Meinung", bestätigte Enno.

Die Ermittler meldeten sich bei Aiske ab und fuhren zu Sigrid Andringa. Als Enno an der Tür des Ferienhauses klopfte, öffnete wieder der Personal Trainer.

Ist der Bursche nicht nur ihr Liebhaber, sondern auch ihr Butler?

Diese Frage schoss Mona durch den Kopf. Aber momentan konnte sie sich noch beherrschen, obwohl sie wirklich sauer war.

„Moin, wir müssen noch einmal mit Frau Andringa sprechen", sagte der Oberkommissar.

Benner nickte.

„Wenn es sein muss … kommen Sie herein, wir sitzen noch beim Frühstück."

Der Fitnesscoach trug wieder einen Jogginganzug. Die Kriminalisten folgten ihm in die modern eingerichtete Wohnküche, wo Sigrid Andringa an einem üppig gedeckten Tisch saß und es sich schmecken ließ. Sie war nur mit einem Bademantel bekleidet, der tiefe Einblicke gewährte.

Mona fand es ein starkes Stück, dass die Witwe ungeniert mit ihrem Liebhaber frühstückte. Man musste nicht Sherlock Holmes sein, um zu erkennen, wo Benner die Nacht verbracht hatte.

Sigrid Andringa blickte auf, als die Ermittler die Küche betraten.

„Haben Sie das Miststück endlich verhaftet?“

Meint sie damit sich selbst?, dachte Mona. Enno begann zu sprechen.

„Es gab in der vergangenen Nacht eine Sachbeschädigung am Haus von Herrn Gröne in der Gorch-Fock-Straße. Haben Sie etwas damit zu tun?“

Die Witwe hob ihre sorgfältig gezupften Augenbrauen.

„Wie kommen Sie auf mich, Herr Moll?“

„Meine Kollegin und ich haben Sie gestern beim Verlassen eines Farbengeschäfts gesehen. Und Sie haben nicht versucht, Ihre Abneigung gegen Frau Krog zu verbergen.“

Sigrid Andringa stieß ein hartes Lachen aus.

„Sie wollen ein Geständnis? Das können Sie haben. Ich habe höchstpersönlich das Wort HURE an die Wand dieses Bordells gesprüht. Damit jeder Borkumer weiß, mit wem er es dort zu tun hat.“

„Der Hausbesitzer hat bereits Strafanzeige wegen Sachbeschädigung gestellt“, sagte Mona mit mühsam unterdrücktem Zorn. „Falls Frau Krog ebenfalls juristisch gegen Sie vorgeht, können Sie sich auf weitere Anklagen wegen Verleumdung und Rufmord einstellen.“

Die Witwe zuckte mit den Schultern.

„Na, und wenn schon! Letztlich wird die Wahrheit ans Licht kommen. Spätestens bei der Obduktion dürfte sich herausstellen, dass dieses Luder meinen Ehemann getötet hat. Und dann wird man auch fragen, weshalb die Polizei Nele Krog gedeckt hat.“

„Das tun wir ganz gewiss nicht!“, blaffte Mona. Ihr platzte allmählich der Kragen. Sie fand die Selbstgerechtigkeit dieser Frau einfach fürchterlich. Andererseits schien Sigrid Andringa felsenfest überzeugt davon zu sein, dass ihr Gatte auf unnatürlichem Weg ums Leben gekommen war.

Und plötzlich fiel der Kommissarin eine Möglichkeit ein, wie Nele Krog ihren Patienten tatsächlich hätte ermorden können. Nicht direkt durch eine Massage, aber im Zusammenhang damit.

Ihre Verwirrung spiegelte sich offenbar auf ihrem Gesicht wider, denn Enno warf ihr einen prüfenden und besorgten Blick zu. Mona musste unbedingt mit ihm reden, natürlich unter vier Augen.

Die Kommissarin schaffte es, die Fassung zu bewahren.

„Sie geben also zu, das Graffiti in der Gorch-Fock-Straße gesprüht zu haben?“

„Ja, und ich bereue es nicht!“, erwiderte die Witwe und schaute Mona trotzig an.

„Kommen Sie bitte heute oder morgen zur Polizeistation, um Ihr Geständnis schriftlich niederzulegen“, brummte Enno. „Und wenn ich Ihnen einen persönlichen Rat geben darf: Versuchen Sie nicht, den Tod Ihres Ehemanns durch weitere Straftaten zu rächen. Damit schaden Sie sich nur selbst.“

„Soll das eine Drohung sein?“, fauchte Sigrid Andringa.

„Keineswegs. Aber Sie können sich nicht über das Gesetz stellen.“

Die Witwe schnaubte verächtlich. Bevor sie noch einen weiteren Kommentar vom Stapel lassen konnte, nahm der Personal Trainer ihre Hand. Diese Berührung schien sie zu beruhigen.

Die Ermittler waren erleichtert, als sie wieder draußen auf der Straße standen.

„Was ist mit dir los?“, forschte Enno. „Du scheinst einen Geist gesehen zu haben.“

„Verflixt, konnte man mir meine Verwirrung wirklich so deutlich anmerken? Du weißt, dass ich Frau Andringa überhaupt nicht mag. Trotzdem könnte es theoretisch möglich sein, dass sie mit ihrem Mordvorwurf recht hat.“

Enno war skeptisch.

„Wie soll das funktioniert haben? Der Doktor hat doch eindeutig festgestellt, dass Jan Andringa nicht an einer Massage gestorben ist.“

„Nicht *direkt*“, betonte Mona. „Nehmen wir mal an, dass Nele Krog sich wirklich für Liebesdienste bezahlen lässt. Sie muss ja keine Dessous tragen oder überall Kondome herumliegen lassen, um die Männer zu befriedigen. Nun war Andringa aber in einem Alter, in dem manche Dinge nicht mehr so richtig klappen wollen …“

Die Kriminalistin verstummte, doch nun spann Enno den Gedanken weiter.

„Und deshalb könnte sie ihm illegale Potenzmittel verabreicht haben! In den Niederlanden kann man sich das Zeug problemlos besorgen. Erst kürzlich ist ein Ehepaar im Landkreis Emsland verhaftet worden, weil sie im großen Stil mit diesen Pillen gehandelt haben."

„Und die Eemshaven-Fähre legt täglich in Borkum an", stellte Mona fest. „Bei unseren Drogen-Stichproben achten wir auf Marihuana, Ecstasy und Crack. Aber weniger auf gefälschte Medikamente."

„Auf Borkum kommt man an diese Potenzmittel einfacher heran als anderswo", meinte Enno. „Die Frage lautet, ob sich die Substanzen bei der Obduktion noch nachweisen lassen."

„Das weiß ich auch nicht so genau. Es waren ja schon einige Tage zwischen Andringas letztem Massagetermin und seinem Tod vergangen. Falls unser Verdacht sich erhärtet, wird sie die Pillen auch anderen männlichen Patienten verabreicht haben."

„Schon klar, dass du in dem Zusammenhang von *Erhärten* sprichst", schmunzelte der Oberkommissar. Mona kicherte und knuffte ihm mit dem Ellenbogen zwischen die Rippen. Doch als sie wieder den Mund öffnete, war das Lächeln von ihren Lippen verschwunden.

„Selbst wenn wir richtigliegen, unterstelle ich ihr keine Mordabsicht. Es dürfte sich eher um fahrlässige Tötung handeln. Warum sollte Frau Krog einen regelmäßig zahlenden Patienten umbringen? Das ergibt keinen Sinn."

„Für einen Durchsuchungsbefehl für ihre Praxis reicht unser Verdacht keinesfalls aus", meinte Enno. „Es kann trotzdem nichts schaden, sie ins Gebet zu nehmen. Womöglich verwickelt sie sich in Widersprüche."

„Ja, das sollten wir tun", murmelte Mona. Insgeheim hoffte sie, dass ihre eigene Theorie sich als heiße Luft erwies. Die Kommissarin fand die Masseurin sehr sympathisch. Es wäre schade gewesen, wenn Nele Krog wirklich etwas mit illegalen Medikamenten zu schaffen hatte. Trotzdem – sie musste ihren Verdacht einfach überprüfen, das war sie der Wahrheitsfindung schuldig.

Als die Ermittler ihr Fahrtziel erreicht hatten und die Außentreppe zur Massagepraxis hochstiegen, riss Frau Krog bereits die Tür auf. Ihre Augen waren gerötet, die Wangen blass. Sie schien geweint zu haben.

„Sie kommen ja wie gerufen! Ich wollte gerade eine Vermisstenanzeige aufgeben. Mein Mann – er ist seit gestern Abend spurlos verschwunden!"

Kapitel 4

„Wir sollten darüber nicht auf der Treppe sprechen“, sagte Mona. Sie warf unwillkürlich einen Blick über die Schulter, um sich die nähere Umgebung anzuschauen. Die Kommissarin traute es der Witwe zu, dass sie sich unweit der Massagepraxis auf die Lauer legte, um ihre Feindin auszuspionieren. Doch von Sigrid Andringa fehlte jede Spur.

„Ja, selbstverständlich“, murmelte Nele Krog. „Treten Sie bitte ein.“

Die Ermittler folgten der Masseurin in ihre Praxisräume. Sie deutete auf Sessel und Sofa, nahm aber selbst nicht Platz. Stattdessen lief Nele Krog hin und her wie ein Tier im Käfig.

„Wann haben Sie Ihren Gatten zuletzt gesehen?“, fragte Enno.

„Gestern, gegen achtzehn Uhr. Ich habe mit Malte in unserer Wohnung einen Tee getrunken. Es gab noch einen späten Massagetermin, der Patient wollte um halb sieben Uhr abends kommen. Also ging ich rechtzeitig hinüber.“

„Was geschah dann?“, wollte Mona wissen.

„Die Massage dauerte sechzig Minuten. Doch während der Behandlung hörte ich, dass jemand an unserer Wohnungstür klingelte.“

„Wer?“

„Das kann ich Ihnen nicht sagen, Frau Sander. Es war ein Mann, so viel steht fest. Malte und er wurden laut, sie stritten. Die Worte konnte ich allerdings nicht verstehen. Dann wurde unsere Wohnungstür zugeschlagen. Ich nehme an, dass Malte mit seinem Besucher zusammen weggegangen ist. – Oh Gott, wenn er meinem Mann etwas angetan hat …“

Nele Krog begann zu weinen. Die Ermittler warteten, bis sie sich wieder einigermaßen beruhigt hatte. Mona beugte sich vor.

„Und Ihr Gatte hat Ihnen zuvor nicht gesagt, dass er noch jemanden erwartet?“

Die Masseurin schüttelte den Kopf.

„Nein. Vielleicht war es ein Auftraggeber, der an Maltes Arbeit etwas auszusetzen hatte und deshalb spontan vorbeikam.“

„Was genau macht Ihr Mann eigentlich?“, erkundigte Enno sich.

„So genau kann ich Ihnen das auch nicht sagen, Herr Moll. Ich habe kein großes Interesse an Computern. Ich bin froh, wenn ich eine Mail schreiben und abschicken kann. – Was werden Sie denn nun unternehmen, um meinen Mann zu finden?“

„Mit Vermisstenfällen haben wir Erfahrung“, versicherte Mona. Sie erinnerte sich mit Schaudern an die schurkische junge Braut, die ihre eigene Entführung vorgetäuscht hatte. Die Kommissarin fuhr fort: „Haben Sie mitbekommen, dass ein Graffiti ans Haus gesprüht wurde? Könnte das Verschwinden Ihres Mannes damit in Verbindung stehen?“

Die Masseurin schüttelte den Kopf.

„Das kann ich mir nicht vorstellen. Natürlich sah ich die Schmiererei, als ich den Müll runtergebracht habe. Dahinter wird diese Witwe stecken, aber ich halte die arme Frau für verwirrt. Jedenfalls möchte ich sie nicht anzeigen.“

„Das hat Herr Gröne schon erledigt, schließlich wurde die Wand seines Hauses beschädigt“, erklärte Mona. „Gab es andere Personen, die Sie beleidigt oder bedrängt haben? Menschen, von denen Sie sich bedroht fühlen?“

Nele Krog zögerte mit ihrer Antwort für den Geschmack der Kommissarin einen Moment zu lange.

„Nein, da gab es nichts.“

„Sie müssen auf niemanden Rücksicht nehmen“, betonte Mona eindringlich. „Wenn wir herausfinden sollen, was mit Ihrem Mann geschehen ist, benötigen wir so viele Fakten wie möglich.“

„Ich weiß Ihre Hilfe zu schätzen, aber hier geht es ja gar nicht um mich. Malte ist derjenige, den ich vermisse. Dem vielleicht etwas Schlimmes zugestoßen ist.“

Die Masseurin kämpfte erneut mit den Tränen.

Enno schaltete sich ein.

„Was ist mit dem Smartphone Ihres Mannes?“

„Daran habe ich auch schon gedacht, Herr Moll. Es lag auf dem Couchtisch in unserem Wohnzimmer.“

„Wir müssten das Gerät zur Auswertung mitnehmen“, sagte Mona. „Womöglich hat Ihr Gatte Notizen hinterlassen, die Schlussfolgerungen erlauben.“

„Ich kenne sein Passwort nicht.“

„Das ist nicht schlimm, die Polizei hat technische Möglichkeiten, um eine solche Sperre zu umgehen. Seinen Computer werden wir ebenfalls auslesen.“

Die Masseurin seufzte.

„Malte wird sauer sein, schließlich verdient er mit dem PC seinen Lebensunterhalt. Doch das ist mir egal, wenn er bloß zu mir zurückkommt …“

Nele Krog putzte sich geräuschvoll die Nase.

„Verstehen Sie mich nicht falsch, aber gab es in Ihrer Ehe Probleme?“, wollte Mona wissen. „Ich kann mir vorstellen, dass es nicht ganz einfach für einen Mann ist, wenn seine Ehefrau ständig unbekleidete Fremde berührt.“

Die Masseurin zeigte ein trauriges Lächeln.

„Es wundert mich nicht, dass Sie auf diesen Gedanken kommen, Frau Sander. Aber Malte ist kein eifersüchtiger Sizilianer. Er hat nie an meiner Treue gezweifelt, zumindest glaube ich das. Er war ja auch meistens da, wenn ich Patienten behandelt habe. Mein Mann hätte nur hereinkommen müssen, um zu sehen, dass ich mit den Männern keinen Sex hatte.“

„Können Sie mir denn Namen von seinen Geschäftspartnern nennen?“, wollte Mona wissen.

„Leider nein. Malte und ich hatten uns darauf geeinigt, dass er sich nicht um mein Gewerbe kümmert und ich mich nicht um seines. Wenn wir uns morgens beim Frühstück oder abends getroffen haben, ließen wir unsere jeweilige Arbeit außen vor. Ich glaube, das hat unserer Ehe gutgetan. Bis jetzt.“

„Wie lange sind Sie verheiratet?“

„Fünf Jahre, Herr Moll.“

„Gab es schon frühere Gelegenheiten, bei denen Sie Ihren Mann vermisst haben?“

Die Masseurin beantwortete Monas Frage mit einem Kopfschütteln.

„Nein, und deshalb bin ich ja so aufgewühlt. Als ich gestern Abend meine Massagepraxis abschloss, ging ich davon aus, dass Malte bald wiederkommen würde. Vielleicht war er ja mit seinem Besucher in einer Bar auf der Bismarckstraße, um sich wieder mit ihm zu versöhnen? Mein Mann ist nämlich ein sehr umgänglicher Mensch. Gestern hatte ich einen sehr anstrengenden Arbeitstag, deshalb bin ich bald eingeschlafen. Und als ich heute Morgen aufwachte, war Malte immer noch nicht heimgekommen, sein Bett hatte er nicht angerührt. Da bekam ich einen tüchtigen Schreck, das können Sie mir glauben. Ich wollte gerade selbst zum Polizeirevier gehen, als Sie zu mir kamen.“

Enno erhob sich.

„Ich hole den Wagen, damit wir den Computer gleich abtransportieren können.“

Der wuchtige Ostfriese verschwand. Nele Krog warf Mona einen flehenden Blick zu.

„Bitte tun Sie alles, um meinen Mann zu finden!“

Die Kriminalistin nickte. Ihr war gerade eine Möglichkeit eingefallen, die ihr gar nicht behagen wollte. Noch war der Gedanke zu unausgegoren. Sie wollte später Enno nach seiner Meinung fragen. Ihr lag sehr viel am Urteil ihres erfahrenen Kollegen. Zunächst widmete Mona sich wieder Nele Krog:

„Und Sie sind hundertprozentig sicher, dass Ihr Gatte Besuch von einer männlichen Person bekommen hat?“

Die Masseurin legte nachdenklich die Stirn in Falten.

„Ich kann es nicht beschwören, denn ich war ja gerade bei der Arbeit und deshalb auf meinen Patienten konzentriert. Doch ich bin sicher, dass es sich nicht um ein weibliches Wesen handelte.“

Sigrid Andringas Stimme klang hell und schrill. Mona konnte sich nicht vorstellen, dass jemand ihr Organ für ein männliches halten würde.

„Ich benötige den Namen Ihres Patienten, Frau Krog. Womöglich hat er die Stimme erkannt oder kann eine andere Beobachtung beitragen.“

„Ja, natürlich. Er heißt Gisbert Rahe und kommt in jedem Winter ein paar Wochen lang nach Borkum. Er ist seit drei Jahren bei mir in Behandlung. Bei seinen Aufenthalten lässt er sich meist mehrere Male massieren.“

Mona notierte sich die Angaben. Es würde kein Problem sein, über die Touristinformation seine Urlaubsadresse zu erfahren.

„Ehrlich gesagt kommt es mir nicht so vor, als ob Sie mir die ganze Wahrheit gesagt haben.“

Mit diesen Worten blickte Mona ihrem Gegenüber direkt ins Gesicht. Nele Krog wich ihrem Blick aus.

„Na ja, da gab es mal einen Mann … mein Ex-Freund, mit dem ich vor Malte zusammen war. Er behandelte mich wie sein persönliches Eigentum und ließ niemanden in meine Nähe. Aber ich kann mir nicht vorstellen, dass er nach so langer Zeit wieder bei uns auftaucht.“

„Manche Menschen sind sehr nachtragend und können mit Zurückweisung nicht umgehen", stellte Mona fest. „Haben Sie in den letzten Jahren von Ihrem Ex gehört? Hat er Ihnen Ärger gemacht, seit Sie mit Ihrem Mann zusammen sind?"

Die Masseurin wand sich wie ein Aal. Sie schien sich um die Antwort drücken zu wollen. Aber schließlich kam sie doch mit der Sprache heraus.

„Dazu dürfte er wohl kaum Gelegenheit gehabt haben."

„Wieso nicht, Frau Krog?"

„Michael wurde wegen seiner Wahnvorstellungen in eine Nervenklinik eingewiesen."

„Befindet er sich immer noch in der Anstalt?"

„Das weiß ich nicht, Frau Sander. Wie gesagt, ich habe seitdem keinen Kontakt mehr zu ihm."

Der vollständige Name des Ex-Freundes lautete Michael Talermann. Mona schrieb ihn ebenfalls in ihr Notizbuch. Die Masseurin wusste nicht, in welcher Psychiatrie sich der Patient damals befunden hatte. Doch das würde herauszubekommen sein. Es erschien der Kommissarin jedenfalls nicht unwahrscheinlich, dass Talermann auch nach Jahren noch den Kontakt wiederaufleben lassen wollte. Zumindest musste sie herausfinden, ob er während der vergangenen Nacht auf der Insel gewesen war und ob er für die Zeit ein Alibi hatte.

„Warum haben Sie Talermann nicht sofort erwähnt?", wunderte Mona sich.

„Ich wollte nicht schlecht über ihn reden, schließlich habe ich Michael einmal geliebt", murmelte die Masseurin. „Und außerdem denke ich kaum noch an ihn, seit ich mit Malte zusammen bin. Man würde ihn doch nicht aus der Klinik entlassen, wenn er noch gefährlich wäre, oder?"

Hast du eine Ahnung, dachte die Kriminalistin. Sie verkniff sich einen Kommentar und fragte: „Hatte Ihr Ex-Freund schon einmal Ärger mit dem Gesetz?"

Nele Krog nickte.

„Deshalb ist er ja damals mit Gerichtsbeschluss in die Einrichtung geschafft worden. Michael hatte seinen damaligen Chef attackiert. Es gab ein Gutachten, das statt einer Haftstrafe einen Psychiatrieaufenthalt empfahl. Das Gericht hat sich daran gehalten.

Das ist alles sehr unglücklich gelaufen, mein Ex ist kein gewalttätiger Mensch."

„Sie verteidigen ihn", bemerkte Mona.

Die Masseurin schaute sie mit großen Augen an.

„Würden Sie das nicht auch für einen Mann tun, den Sie lieben?"

Die Ermittlerin runzelte die Stirn.

„Hier geht es nicht um mich. Sie haben gerade die Gegenwartsform benutzt. Soll das bedeuten, dass Sie für Michael Talermann immer noch Gefühle haben?"

„Natürlich ist mein Ex mir nicht gleichgültig, schließlich war ich jahrelang mit ihm zusammen. Aber ich begreife nicht, was diese Frage mit Maltes Verschwinden zu tun haben soll."

„Ich versuche zu begreifen, wer Ihrem Mann schaden will."

Nele Krog schüttelte heftig den Kopf.

„Michael ganz bestimmt nicht. Dazu wäre er überhaupt nicht fähig!"

Obwohl er eine gewalttätige Vergangenheit hat?

Diese Frage lag Mona auf der Zunge, doch sie sprach den Satz nicht aus. Sie zweifelte nicht daran, dass die Masseurin ihren Ex durch eine rosarote Brille betrachtete. Womöglich hatte Nele Krog allgemein ein naives Menschenbild. Darüber bildete die Kommissarin sich keine Meinung. Für sie war entscheidend, ob es Malte Krog gut ging oder ihm etwas zugestoßen war. Nun vernahm sie Ennos Schritte auf der Eisentreppe. Wenn der schwergewichtige Oberkommissar die Stufen erklomm, bekam man seinen bevorstehenden Besuch auch durch die geschlossene Tür mit. Das brachte Mona auf eine weitere Überlegung.

„Können Sie immer hören, wenn jemand in Ihre Wohnung oder in Ihre Praxis will?"

Die Masseurin grinste verkniffen.

„Bei einem so stattlichen Herrn wie Ihrem Kollegen schon. Also, ganz ernsthaft: Es kommt natürlich auf das Schuhwerk an. Wenn jemand Sportschuhe mit weicher Sohle trägt und normalgewichtig ist, kann er die Treppe fast lautlos erklimmen. In dem Fall bekomme ich von dem Besuch erst dann etwas mit, wenn bei unserer Wohnung oder meiner Praxis geläutet wird."

„Haben Sie also den Besucher Ihres Mannes erst dann bemerkt, als die beiden sich lautstark stritten?"

Nele Krog nickte. Dann eilte sie zur Tür, weil Enno klingelte.

Mona sortierte ihre Überlegungen. Der stämmige Ostfriese kam herein. Die Ermittler nahmen den Computer und das Smartphone des Vermissten mit. Bevor sie sich verabschiedeten, gab die Kommissarin der Ehefrau eine ihrer Visitenkarten.

„Sie können mich Tag und Nacht anrufen, falls Ihnen noch etwas einfällt. Wir melden uns, sobald wir Neuigkeiten haben."

Die Augen der Masseurin schimmerten feucht.

„Danke, Sie sind sehr lieb."

Darauf erwiderte die Kommissarin nichts. Sie und ihr Kollege schafften den PC und das Telefon zur Dienststelle. Mona bat darum, dass der Computer so schnell wie möglich für eine kriminaltechnische Untersuchung nach Oldenburg geschafft werden sollte. Nachdem sie eine Zeit lang vergeblich versucht hatte, das Smartphone-Passwort zu knacken, ließ sie das Handy ebenfalls zu den Spezialisten bringen.

Enno schaute sie fragend an.

„Du hast doch etwas auf dem Herzen, das merke ich ganz deutlich!"

Mona nickte und setzte sich auf die Ecke seines Schreibtischs.

„Ich habe unseren Verdacht bezüglich der illegalen Potenzmittel noch nicht angesprochen."

„Das ist mir nicht entgangen, Mona. Ich nahm an, dass du Nele Krog nicht noch damit konfrontieren wolltest, nachdem ihr Mann verschwunden ist."

„Es erschien mir in dem Moment unpassend, da hast du recht. Doch ich wollte mich zurückhalten, weil ich glaube, dass es einen direkten Zusammenhang zwischen Neles Massagen und Maltes Verschwinden gibt."

Enno hob seine Augenbrauen.

„Inwiefern?"

„Die Masseurin hat mir von einem durchgeknallten Ex-Freund erzählt, den wir genauer unter die Lupe nehmen sollten. Doch ich habe einen viel stärkeren Verdacht, was Lars Benner angeht."

„Der Personal Trainer und Liebhaber der Witwe?"

„Richtig. Ich glaube nämlich, dass er es war, der sich ein Wortgefecht mit Neles Mann geliefert hat. Wir haben diesen Knaben bisher immer nur in Joggingklamotten und mit Sportschuhen an den Füßen gesehen. Mit diesem Schuhwerk konnte er die Metalltreppe hochkommen, ohne von der Masseurin gehört zu werden. Zwischen den Männern bricht ein Streit aus, und Malte folgt Lars Benner mit unbekanntem Ziel."

Der Oberkommissar war noch nicht überzeugt.

„Weshalb sollte er das tun?"

„Weil der Fitnesscoach womöglich ebenfalls erkannt hat, dass Jan Andringa durch ein illegales Potenzmittel starb! Wenn er in seinem Job gut ist, wird er zumindest über medizinische Grundkenntnisse verfügen. Also konfrontiert er Malte Krog mit dem Vorwurf."

Enno faltete die Hände über seinem imposanten Bauch und nickte langsam.

„Ah, und er rannte mit seinem Verdacht nicht zu uns, weil er die Krogs erpressen wollte?"

Mona machte eine unbestimmte Handbewegung.

„Das wäre zumindest eine Möglichkeit. Die Witwe ist blind vor Wut, sie will Nele Krog buchstäblich vernichten. Sie gibt ja ganz offen zu, das Graffiti gesprüht zu haben! Ihr Liebhaber betrachtet die Sache hingegen mit einem gewissen Abstand. Er hält nach seinem eigenen Vorteil Ausschau. Vielleicht hat Benner sogar schon Beweise, mit denen er das Ehepaar Krog hinter Gitter bringen könnte. Ich bin nämlich sicher, dass Malte von den Potenzmitteln weiß. Immer vorausgesetzt, dass seine Frau den Kerlen wirklich diese Spaßpillen verabreicht."

Enno hatte auf seinem Notizblock herumgekritzelt, während Mona sprach. Nun schaute er seiner Kollegin direkt ins Gesicht.

„Deine Theorie ist in sich schlüssig. Allerdings stellt sich die Frage, weshalb Malte Krog spurlos verschwunden ist. Wäre es nicht naheliegender, wenn Benner bei ihm eine Schweigegeldforderung vom Stapel lässt und sich dann wieder zurückzieht, damit Krog die Scheinchen erst einmal besorgen kann?"

„Ja, das verstehe ich auch noch nicht so ganz", murmelte Mona.

Es klopfte an der Tür. Gleich darauf trat Aiske Berend ein.

„Habt ihr gerade Zeit? Eine Spaziergängerin meldet einen Leichenfund."

Kapitel 5

Die Ermittler sprangen auf.

„Ist die Frau noch vor Ort?“, wollte Enno wissen.

Die uniformierte Polizistin nickte.

„Wenn ich alles richtig verstanden habe, befindet sich die Melderin auf dem Wanderweg Richtung Aussichtsdüne, ein paar hundert Meter von der *Dünen Klause* entfernt. Die Anruferin heißt Ursula Noske. Ich habe ihr gesagt, dass wir uns sofort darum kümmern.“

„Danke, Aiske“, sagte Mona.

Die Kriminalisten eilten zum Parkplatz hinter der Polizeiwache. Es war nicht weit von der Strandstraße bis zu dem Leichenfundort. Enno parkte hinter der Knappschaftsklinik. Von dort aus liefen die Ermittler den Weg zwischen den mit Strandgras bewachsenen Dünen entlang. Sie erblickten schon von Weitem eine ältere Frau in einem roten Anorak, die aufgeregt winkte.

Mona zeigte ihren Dienstausweis.

„Moin, ich bin Kommissarin Sander, das ist Oberkommissar Moll. Sie sind Frau Noske?“

„Ja“, erwiderte die Dame mit der grauen Dauerwellenfrisur. „Gott sei Dank, dass Sie so schnell kommen konnten. Da, sehen Sie nur!“

Ursula Noske deutete mit zitterndem Zeigefinger auf das Bein einer leblosen Person, das ein paar Meter vom Wegesrand entfernt in einer Mulde zu erkennen war.

„Ich bin hingegangen, weil ich dachte, der Mann wäre vielleicht nur betrunken oder bewusstlos“, fuhr die Zeugin fort. „Doch als ich sah, dass er nicht mehr lebte, habe ich gleich die Polizei angerufen!“

„Das haben Sie gut gemacht“, erwiderte Mona. „Warten Sie bitte? Wir müssen Ihnen noch einige Fragen stellen.“

Frau Noske vergrub ihre Hände in den Taschen ihres Anoraks, denn von der nahen Nordsee wehte nun eine frische Brise. Die Kommissarin konnte sich vorstellen, dass der älteren Dame aus einem ganz anderen Grund kalt wurde. Wer durch die winterliche Natur Borkums wanderte, erwartete nicht, auf einen Toten zu treffen.

Mona ging auf die Leiche zu. Dabei versuchte sie, möglichst keine Spuren zu vernichten. Ihre Befürchtungen bestätigten sich: Malte Krog lag zwischen zwei mit Gras bewachsenen Erhebungen. Seine gebrochenen Augen starrten in den grauen Dezemberhimmel. An seiner linken Schläfe war eine blutige Kruste zu entdecken.

Und er war nackt.
Enno näherte sich ebenfalls. Er beugte sich vor, um den Leichnam genauer betrachten zu können.
„Krog ist nicht hier getötet worden“, stellte er fest. „Wenn das hier der Tatort wäre, müsste Blut in den Boden unter seinem Kopf gesickert sein. Das bisschen Pulverschnee kann die Spuren nicht beseitigt haben.“
Der Körper war nämlich teilweise mit Schnee bedeckt, der wie Puderzucker aussah. Doch der Wind blies die winzigen Flocken immer wieder fort.
„Und er wird gewiss nicht ohne Kleider hier spazieren gegangen sein“, stellte Mona fest. „Der Mörder muss den Toten hier abgelegt haben.“
Enno griff zum Funkgerät, um ein Team der Spurensicherung vom Festland anzufordern. Mona ging zu der Melderin zurück, um sie zu befragen.
Frau Noske war im Gesicht fast so bleich wie der Ermordete.
„Das ist ja furchtbar, Frau Kommissarin! Ich dachte immer, Borkum wäre so eine friedliche Insel.“
„Normalerweise stimmt dieser Eindruck auch“, versicherte die Ermittlerin. „Wann haben Sie den Körper entdeckt?“
Die Zeugin schaute auf ihre Armbanduhr, bevor sie die Frage beantwortete.
„Vor ungefähr zwanzig Minuten. Ich habe dann sofort bei der Polizei angerufen, und dann sind Sie auch schon gekommen.“
Mona überlegte. Es war jetzt halb zwölf Uhr mittags. Sie vermutete, dass der Leichnam bei Dunkelheit neben dem Wanderweg abgelegt worden war. Hatte vor Frau Noske noch niemand den Toten bemerkt? Möglich war das schon. Wenn man vom Ort aus kam, sah man nur Malte Krogs linke Wade. Falls jemand seinen Blick nicht in Richtung des Inselinneren, sondern zur Nordsee richtete, konnte der Tote leicht übersehen werden. Außerdem traf man im Winter auf Borkum die meisten wandernden Urlauber eher am Strand als auf den Wegen zum Ostland an.
Die Kommissarin wandte sich noch einmal an die Zeugin.
„Haben Sie Personen in der Nähe bemerkt?“
Ursula Noske riss die Augen auf.
„Nein, niemanden. – Der Mörder läuft ja noch frei herum, nicht wahr? Der junge Mann wurde umgebracht, oder?“

Mona ließ die Fragen offen.
„Ich danke Ihnen dafür, dass Sie sich so schnell gemeldet haben. Bitte geben Sie Ihre Aussage im Lauf des Tages noch schriftlich zu Protokoll."
Sie gab der Zeugin eine ihrer Visitenkarten, auf der auch die Adresse der Borkumer Polizeidienststelle stand.
„So hatte ich mir meine Winterferien nicht vorgestellt", murmelte die ältere Dame. „Aber ich werde natürlich kommen."
Als Ursula Noske Richtung Dünen Klause verschwunden war, wandte Enno sich an Mona.
„Spurensicherung und Gerichtsmediziner werden noch heute auf der Insel eintreffen. Wir sollten die Leiche abdecken und einen Kollegen zum Aufpassen hierher holen, damit niemand Spuren kontaminiert."
„Ja, auf jeden Fall. Ich frage mich, wie der Mörder den Toten hierher geschafft hat. Vor allem: Aus welchem Grund? Und weshalb ist Malte Krog nackt?"
„Das Zeitfenster für die Ermordung ist noch ziemlich groß", sagte Enno. „Die Obduktion wird uns genauere Hinweise geben. Fest steht, dass Krog nicht allzu weit von seiner Wohnung entfernt abgelegt wurde. Die Entfernung von der Gorch-Fock-Straße bis zum Leichenfundort dürfte keine tausend Meter betragen."
Mona nickte nachdenklich.
„Ja, zu Fuß schafft man die Strecke innerhalb von zehn Minuten, maximal. Mit dem Fahrrad geht es natürlich noch schneller. Und was denkst du über die fehlende Kleidung?"
„Das ist eine Botschaft", mutmaßte der Oberkommissar. „Entweder an uns oder an Krogs Ehefrau. Wenn die Patienten von der Masseurin behandelt werden, sind sie ebenfalls unbekleidet. Diese Parallele ist unübersehbar. Wenn wir diese Überlegung weiterführen, kommt natürlich eine gewisse Person als Hauptverdächtige infrage.
Und ein Komplize stand ihr auch zur Verfügung."
„Frau Andringa und Lars Benner haben zusammengearbeitet", vermutete die Ermittlerin. „Der Personal Trainer streitet sich mit Malte Krog, aus bisher unbekannter Ursache. Er lockt das spätere Mordopfer aus der Wohnung. Dann wird Krog erschlagen, entweder von Benner oder von Frau Andringa. Sie ziehen dem Toten die Kleider aus …"

„Wo?“, warf Enno ein. „Sie werden es wohl kaum auf offener Straße getan haben. Und das Ferienhaus der Andringas ist für meinen Geschmack viel zu weit vom Leichenfundort entfernt. Das Risiko, den nackten Toten quer durch den Ort bis zu dem Wanderweg zu schaffen, ist viel zu groß. Außerdem hätten sie den Leichnam auch unweit des Andringa-Hauses irgendwo in die Natur werfen können.“

„Ja, das ist ein wichtiger Punkt“, stellte Mona fest. „Allerdings halte ich Frau Andringa nicht für so dumm, den Ehemann der Masseurin auf diese sehr offensichtliche Art zu töten. Und das, nachdem sie die Graffiti-Schmiererei bereits gestanden hat.“

Enno zuckte mit den Schultern.

„Clever war das nicht, aber die Witwe befindet sich in einem emotionalen Ausnahmezustand. Sie will einfach glauben, dass Nele Krog Jan Andringa getötet hat. Sigrid Andringa befindet sich sozusagen auf einem Rachefeldzug.“

„Was aber nicht für ihren Liebhaber gilt“, gab Mona zu bedenken. „Glaubst du, dass Benner seiner älteren Freundin zuliebe als Haupttäter oder Komplize ins Gefängnis geht?“

„Vielleicht ist er dieser Frau hörig“, meinte Enno.

„Das wird sich zeigen. Trotzdem sollten wir auch andere Verdächtige nicht außer Acht lassen. Ich denke an diesen Ex-Freund, von dem ich dir erzählt habe. Es wird sich schnell herausstellen, ob Talermann sich aktuell auf der Insel befindet oder nicht.“

„Als Erstes müssen wir Nele Krog die Todesnachricht überbringen“, sagte der Ostfriese. Vor diesem Moment graute es Mona bereits, doch in ihrem Beruf konnte sie sich nicht nur die Rosinen herauspicken. Sie griff zum Funkgerät und bat darum, dass ein uniformierter Kollege zum Fundort kommen und eine Plane mitbringen sollte.

Die Kriminalisten warteten auf ihre Ablösung. Mona blickte nachdenklich Richtung Aussichtsdüne. Sie hatte ihre Wollmütze tief ins Gesicht gezogen, denn es wehte ein scharfer Ostwind. Sogar die Möwen schienen an diesem Tag keine Lust auf ihre üblichen Flugrunden zu haben.

„Enno, ich komme immer noch nicht darüber hinweg, dass eine nackte Leiche hierher transportiert wurde. Mir ist bekannt, dass auf Borkum im Winter nach Einbruch der Dunkelheit nicht besonders viel los ist …“

„Vor allem in dieser Ecke hier nicht“, ergänzte ihr Kollege. „Jenseits der Dünen Klause findest du keine Beleuchtung mehr. Dort, wo Krog liegt, war es schon am frühen Abend stockfinster.“

„Ob sie ihn getragen haben?“, dachte Mona laut nach. „Der Tote war schlank, er dürfte nicht mehr als siebzig Kilo gewogen haben. Ich halte Frau Andringa nicht für schwächlich, und ihr Liebhaber ist sowieso fit. Andernfalls hätte er wohl seinen Beruf verfehlt.“

„Wobei nach wie vor die Frage zu klären bleibt, wo Krog erschlagen wurde“, gab Enno zu bedenken. „Außerdem deutet deine Theorie mit den zwei Tätern wieder auf Frau Andringa und Benner. Oder spricht etwas dafür, dass dieser Ex-Freund einen Komplizen hat?“

Bevor Mona etwas entgegnen konnte, näherte sich Polizeimeister Hinderk Ekhoff aus Richtung Dünen Klause. Er hatte eine graue Kunststoffplane unter dem Arm. Mona begrüßte den stillen jungen Kollegen und führte ihn zur Leiche.

„Ich hoffe, dass du nicht allzu lange in der Kälte ausharren musst, bis das Team aus Oldenburg eintrifft.“

„Keine Sorge, ich habe eine Thermoskanne mit Tee dabei“, entgegnete Ekhoff. „Außerdem ist es ganz erholsam, mal etwas Ruhe zu haben.“

Das konnte die Kommissarin sich gut vorstellen. Der junge Polizist war nämlich dienstlich meist gemeinsam mit Grietje Smit unterwegs, und die Gesellschaft dieser ständig quasselnden Kollegin konnte auf die Dauer vermutlich sehr anstrengend sein.

Mona blinzelte ihm zu.

„Dann wirst du Grietje während ihres Weihnachtsurlaubs nicht vermissen?“

„Es ist eine nette Abwechslung, einfach nur mal den Wind im Dünengras zu hören.“

Nach Ekhoffs fast schon philosophischer Bemerkung verabschiedeten sich die Ermittler von ihm und gingen zu ihrem Wagen.

„Ich kann auch allein mit Nele Krog sprechen“, bot Enno an.

„Danke, aber ich werde schon nicht aus den Latschen kippen.“

Mona überspielte mit dieser flapsigen Entgegnung, dass ihr das Überbringen der Todesnachricht diesmal besonders schwerfiel. Sie musste sich eingestehen, dass sie bereits so etwas wie freundschaftliche Gefühle für die Masseurin empfand. Vielleicht lag das daran, dass beide Frauen ungefähr im gleichen Alter waren. Außerdem hatte Nele nach Monas Meinung dieselbe Wellenlänge wie sie selbst.

Die Kommissarin versuchte stets, Beruf und Privatleben getrennt zu halten. Aber sie war eben auch nur ein Mensch.

Monas Pulsschlag beschleunigte sich, als sie wenig später an der Wohnungstür der Krogs klingelte. An der Praxistür befand sich ein Zettel mit der Aufschrift HEUTE GESCHLOSSEN.

Die Masseurin riss die Tür auf und schaute die Kriminalistin erwartungsvoll an.

Monas Magen krampfte sich zusammen, während sie den nächsten Satz aussprach.

„Wir haben leider keine guten Nachrichten.“

Nele Krog taumelte zurück, als ob sie einen Tritt bekommen hätte. Sie torkelte rückwärts ins Wohnzimmer und landete auf dem Sofa. Ihre Tränen flossen in Strömen. Mona setzte sich neben sie und legte tröstend einen Arm um ihre Schultern.

„Ich mach mal einen Tee“, bot Enno an. Er verschwand in der Küche, wo die Kommissarin ihn rumoren hörte. Es dauerte einige Minuten, bis die Ehefrau des Toten sich verständlich machen konnte. Ihre Nase war verstopft, die Augen gerötet.

„Wie … was ist mit Malte geschehen?“

„Nach unserem momentanen Erkenntnisstand wurde Ihr Mann ermordet.“

Mona fand, dass ihre eigene Stimme sich viel zu kalt anhörte und ihre Worte distanziert und gefühllos klangen. Beamtensprache eben. Doch sie durfte sich von ihren eigenen Emotionen nicht mitreißen lassen. Wenn sie Nele wirklich helfen wollte, musste sie einen kühlen Kopf bewahren.

Die Masseurin rang nach Atem.

„Wer tut denn so etwas? Malte hatte keine Feinde, er verstand sich mit allen Menschen gut.“

Ob dieser Eindruck stimmte? Nach Meinung der Kommissarin betrachtete die Frau neben ihr die Welt durch eine rosarote Brille. Diesen Eindruck hatte Mona zumindest bisher gewonnen. Jetzt war allerdings der falsche Zeitpunkt, um Nele Krogs Worte zu hinterfragen.

„Wir werden alles tun, um den Täter zu ermitteln“, versicherte die Kommissarin.

Die junge Frau nickte nur. Sie weinte jetzt nicht mehr, sondern starrte stumpf zur gegenüberliegenden Zimmerecke hinüber. Die Masseurin stand offenbar unter Schock.

„Ich habe für heute bereits alle meine Termine abgesagt“, erklärte sie mit tonloser Stimme. „Vielleicht ahnte ich ja, dass dieser Tag böse enden würde.“

„Und Ihnen fällt wirklich niemand ein, der Ihren Mann gestern Abend besucht haben könnte?“

Mona hätte diese Frage lieber später gestellt, wenn Nele Krog sich etwas beruhigt hatte. Doch es half nichts, die Ermittler mussten jetzt nachfassen. Der Mörder hatte bereits einen Zeitvorsprung. Mit jeder Minute, die ergebnislos verstrich, erhöhten sich seine Chancen. Die Kommissarin wollte ihn auf keinen Fall entkommen lassen.

„Nein, Frau Sander. Malte hatte hier auf Borkum keine Freunde. Er war mehr ein Einzelgänger, und seinem Job konnte er von seinem Homeoffice aus nachgehen. Die Freizeit hat er immer gemeinsam mit mir verbracht …“

Ihre Augen füllten sich erneut mit Tränen. Enno kam mit dem Tee herein. Nele Krog nahm eine Tasse von ihm entgegen und schaffte es wirklich, einige Schlucke zu trinken. Ihre Hand zitterte, als sie das Porzellangefäß auf den Tisch stellte.

Mona trank ebenfalls von dem Tee. Er schmeckte wie flüssige Galle, doch das lag wahrscheinlich an ihrer Stimmung. Sie schaute die Masseurin prüfend von der Seite an.

„Wir müssen jetzt gehen, um die Todesumstände Ihres Mannes aufzuklären. Ich finde nicht, dass Sie allein bleiben sollten. Haben Sie jemanden, zu dem Sie gehen könnten? Wir Frauen verfügen doch meist über eine beste Freundin, auf die wir uns hundertprozentig verlassen können.“

Nele Krog nickte.

„Meine beste Freundin lebt auf dem Festland, wir sehen uns nur ein oder zwei Mal pro Jahr. Wenn ich sie anrufe, wird sie frühestens morgen hier sein können. Das heißt, falls sie sich überhaupt so schnell von der Arbeit freimachen kann.“

Mona durchforstete ihr Gehirn nach einer Lösung.

Die Masseurin fuhr fort: „Ich könnte ja Sigrid Andringa besuchen. Zugegeben, ich kenne sie nicht so gut, und sie scheint mich nicht zu mögen. Doch wir haben ja beide auf tragische Art unsere Ehemänner verloren. Womöglich schweißt uns diese Erfahrung zusammen, und wir können uns gegenseitig Trost spenden."

Bei der Kommissarin schrillten innerlich sämtliche Alarmsirenen. Im ersten Moment glaubte sie, dass Nele Krog sie auf den Arm nehmen wollte. Aber die junge Frau meinte ihren Vorschlag offenbar todernst. Ganz abgesehen davon, dass dies gewiss nicht der Moment für dumme Scherze war. Mona schaute zu Enno hinüber. Er war von der Idee offenbar genauso wenig begeistert wie sie selbst. Jedenfalls ließ sein Gesichtsausdruck darauf schließen.

Hatte die Masseurin schon vergessen, dass sie von Sigrid Andringa öffentlich beleidigt worden war? Oder war ihr Herz so groß, dass sie der älteren Witwe das Graffiti bereits verziehen hatte?

Wie auch immer, für Mona kam diese Möglichkeit nicht in Betracht.

„Ich glaube, Frau Andringa möchte lieber ihre Ruhe haben", behauptete die Ermittlerin. „Entschuldigen Sie mich einen Moment, ich möchte etwas in Erfahrung bringen."

Mona gab ihrem Kollegen mit einer Geste zu verstehen, dass er die Masseurin im Auge behalten sollte. Die Kommissarin flitzte die Treppe hinunter und stürmte in Grönes Souvenirshop. Dort befand sich gerade keine Kundschaft, was nicht verwunderte. Im Winter verlief das Geschäft für die meisten Gewerbetreibenden auf Borkum eher schleppend, wenn man die Weihnachtsfeiertage und Silvester ausklammerte.

Gröne zuckte zusammen. Entweder hatte er gerade vor sich hin gedöst oder es erschreckte ihn, plötzlich ein weibliches Wesen in seinem Laden zu haben.

„F-frau Sander! Konnten Sie den Schmierfink schon verhaften?"

„Wir haben ein Geständnis, also wird Ihre Versicherung den Schaden übernehmen und sich das Geld von der Täterin zurückholen", sagte Mona schnell. „Doch deshalb bin ich nicht gekommen. Frau Krogs Ehemann lebt nicht mehr. Wie Sie sich denken können, geht es ihr nicht gut. Könnten Sie bitte ein Auge auf die Frau haben und mich anrufen, falls es Probleme gibt? Das wäre eine große Erleichterung für uns."

„Herr Krog lebt nicht mehr? War das ein Unfall?"

„Wir gehen eher von einem Tötungsdelikt aus. – Also, helfen Sie?"

„Selbstverständlich", betonte der Hausbesitzer. „Frau Krog kann gern zu mir herunterkommen. Später wäre es auch möglich, dass ich ihr in ihrer Wohnung Gesellschaft leiste. Momentan muss ich den Laden weiter offen halten."

Die Kommissarin lächelte ihm zu.

„Vielen Dank für Ihre Unterstützung."

Sie drehte sich auf dem Absatz um und lief wieder die Metalltreppe zur Krog-Wohnung hoch. Mona konnte sich angenehmere Gesellschaft als diesen etwas menschenscheuen Tobias Gröne vorstellen. Doch sie hielt ihn für harmlos, und immerhin kannte er die Masseurin ein wenig.

Nele Krog war bei ihm zweifellos besser aufgehoben als bei ihrer Erzfeindin. Mona lächelte verkrampft, als sie sich wieder zu Enno und Nele Krog gesellte.

„Herr Gröne würde sich freuen, wenn Sie ihn in seinem Souvenirshop besuchen."

„Das ist eine gute Idee", erwiderte die Masseurin schniefend, während sie sich erhob. „Er war immer nett zu uns und ich weiß so wenig über ihn, obwohl er ein Stockwerk unter mir arbeitet."

Die Kriminalisten versprachen, sie über ihre Ermittlungen auf dem Laufenden zu halten. Mona sog gierig die kalte Luft in ihre Lungen, als sie endlich wieder die Wohnung verließen. Sie zog sich ihre Wollmütze über die Ohren. Während Enno den Opel Vectra aufschloss, hing sie ihren Gedanken nach und schaute auf das Graffiti an der Hauswand.

„Wollen wir losfahren, Mona?"

Sie zuckte zusammen.

„Entschuldige, ich war innerlich gerade ganz woanders."

„Das habe ich bemerkt", gab der stämmige Ostfriese schmunzelnd zurück.

„Für den Mord an Malte Krog kommt höchstwahrscheinlich die Witwe infrage. Allerdings sollten wir diesen gewalttätigen Ex-Freund Michael Talermann ebenfalls überprüfen, sofern er auf der Insel ist."

„Ja, das wissen wir bloß noch nicht. Jetzt knöpfen wir uns zunächst Frau Andringa vor, oder?"

„Worauf du dich verlassen kannst, Enno!"

Kapitel 6

Diesmal wurde den Kriminalisten von der Dame des Hauses persönlich geöffnet. Sigrid Andringa maß Mona und Enno mit einem arroganten Blick.

„Was wollen Sie denn schon wieder von mir? Ich habe doch bereits ein Geständnis abgelegt."

„Nur, was die Sachbeschädigung angeht", sagte die Kommissarin und warf ihrem Gegenüber einen harten Blick zu. „Wollen Sie uns an der Tür abfertigen? Wir können Ihnen unsere Fragen auch gern auf der Wache stellen!"

„Mir gefällt Ihr Ton nicht, junge Frau", murrte die Witwe. Doch sie gab die Tür frei, und die Ermittler traten ein. Es roch nach Rosmarin, denn in der offenen modernen Küche betätigte der Personal Trainer/Liebhaber sich momentan mit vorgebundener Schürze als Hobbykoch. Es sollte offenbar einen Kaninchenbraten geben, denn Benner bereitete das Fleisch auf einer Arbeitsplatte vor, während die Gemüsebeilage bereits auf dem Ceranfeld vor sich hin köchelte.

Mona hätte die Atmosphäre idyllisch gefunden, wenn sie nicht wegen einer Mordermittlung hier gewesen wäre. Sie drehte sich zu Sigrid Andringa um und sagte: „Wir haben die Leiche von Malte Krog gefunden. Er wurde ermordet."

Die Kommissarin beobachtete die Witwe genau, während sie diese Sätze aussprach. Doch es war Benner, der als Erster eine Reaktion zeigte. Er schnitt sich nämlich in den Finger und schrie auf.

„Haben wir Sie nervös gemacht?", fragte Enno und trat auf ihn zu. „Legen Sie das Messer bitte weg, dann redet es sich besser."

Der Personal Trainer gehorchte nicht sofort. Er lutschte das Blut von seinem Finger. Mona hatte bereits ihre Winterjacke aufgeknöpft und umfasste den Griff ihrer Dienstwaffe, die noch im Holster steckte.

„Hören Sie schwer?", rief sie. „Weg mit dem Messer!"

Benner trat von der Arbeitsfläche weg und ließ das Küchengerät dort liegen.

„Was soll dieser Auftritt?", fauchte Sigrid Andringa. „Glauben Sie vielleicht, wir hätten etwas mit dem Tod dieses Mannes zu tun?"

„Diese Frage wollten wir Ihnen tatsächlich stellen", sagte die Kommissarin.

„Selbstverständlich haben weder ich noch mein Fitnesscoach das Opfer umgebracht“, behauptete die Witwe. „Warum hätten wir das tun sollen? Falls Krog nichts von der Tätigkeit seiner Frau gewusst hat, konnte er einem höchstens leidtun.“

„Wo waren Sie beide zwischen achtzehn Uhr gestern Abend und heute Morgen elf Uhr?“, wollte Enno wissen.

„Hier, im Ferienhaus“, sagte Sigrid Andringa. „Ich bin allerdings gestern Abend für eine halbe Stunde an die frische Luft gegangen. Zu Lars sagte ich, dass ich einen Spaziergang zum Strand machen und allein sein wollte. In Wirklichkeit habe ich die Zeit genutzt, um ein Graffiti an dem Haus in der Gorch-Fock-Straße anzubringen. Dann kehrte ich zurück.“

Mona runzelte die Stirn.

„Gibt es jemanden, der Sie dabei beobachtet hat?“

„Nein, Frau Sander. Nicht, dass ich wüsste.“

„Um welche Uhrzeit haben Sie die Wand besprüht?“

„Gegen zweiundzwanzig Uhr.“

„Ist Ihnen etwas aufgefallen?“

„Ich weiß nicht, was Sie meinen.“

„Brannte beispielsweise in der Wohnung der Krogs noch Licht? Oder in den Praxisräumen?“

„Darauf habe ich nicht geachtet. Ich wollte nur möglichst schnell die Farbe anbringen und dabei nicht erwischt werden.“

Enno wandte sich nun an den Personal Trainer, der inzwischen seinen Finger mit einem großen Pflaster versehen hatte.

„Können Sie diese Aussage bestätigen, Herr Benner? Denken Sie daran, dass wir eine Morduntersuchung führen. Wenn Sie uns nicht die Wahrheit sagen oder etwas verschweigen, dann wirft das kein gutes Licht auf Sie.“

Der junge Mann zögerte und warf der Witwe einen hilfesuchenden Blick zu.

„Was sollen diese Einschüchterungsversuche?“, ätzte Sigrid Andringa. „Ich werde mich über Sie beschweren!“

„Das haben Sie schon mal angekündigt“, erinnerte Mona. „Mein Kollege hat Herrn Benner eine Frage gestellt, die er beantworten sollte.“

„Es war so, wie Frau Andringa gesagt hat“, murmelte der Fitnesscoach. „Ich glaubte, dass sie an den Strand gegangen wäre.“

Mona trat auf den jungen Mann zu, der sich immer noch in der offenen Küche befand, die einen Teil des geräumigen Wohnzimmers bildete. Sie zog ihr Smartphone aus der Tasche.

„Soso. Und – haben Sie diese Person schon einmal gesehen?"

Mona zeigte Benner ein Foto von Malte Krogs Gesicht, das sie am Leichenfundort gemacht hatte. Der Personal Trainer zuckte zusammen.

Hatte die Kommissarin den Mörder vor sich, der nur das Ergebnis seiner blutigen Tat nicht ertragen konnte? Oder waren die Witwe und ihr Liebhaber an diesem Verbrechen komplett unschuldig?

Die Kriminalistin erkannte, dass sie mehr Indizien benötigte. Abgesehen von der halben Stunde gegen zweiundzwanzig Uhr konnten die beiden sich gegenseitig Alibis geben, die aber nicht viel wert waren.

„Herr Krog hatte gestern Abend einen Besucher", erklärte sie. „Waren Sie es, Herr Benner?"

„W-was hätte ich von dem Mann gewollt haben können?", fragte er stammelnd zurück. „Ich kannte ihn doch gar nicht. Und ich hätte keinen Grund gehabt, ihn zu töten."

Die Ermittlerin bezweifelte, ob Benners Liebe zu Sigrid Andringa wirklich so groß war. Würde er für sie morden und eine lebenslange Haftstrafe riskieren? Oder hatte die Witwe Malte Krog getötet, und ihr Liebhaber war lediglich bei der Beseitigung der Leiche behilflich gewesen? Mona musste noch viel tiefer graben, das hatte sie nun erkannt.

„Das wäre dann wohl alles." Sigrid Andringas Stimme klirrte vor Kälte. „Wenn Sie das nächste Mal mit uns reden wollen, werden wir einen Rechtsanwalt hinzuziehen."

„Wir wünschen Ihnen noch einen schönen Tag", sagte Enno und schob Mona hinaus, bevor sie eine unbedachte Bemerkung fallen lassen konnte. Draußen trat sie wütend gegen einen Laternenpfahl.

„So ein Mist, die lügen doch wie gedruckt!"

„Meinst du, dass wir es diesmal mit einem Mörderpaar zu tun haben?"

„Wenn ich das wüsste!", seufzte die Kommissarin. „Frau Andringa ist hartgesotten, aber Benner wird im Verhör gewiss schnell zusammenbrechen. Er verschweigt uns etwas. Ob er allerdings Malte Krog erschlagen hat, weiß ich nicht. Als dieser Fitnessfan das Bild des Toten sah, ist er im Gesicht kreidebleich geworden."

„Ja, das habe ich auch bemerkt. Es ist natürlich möglich, dass ihm der Anblick des Leichnams an die Nieren ging. Die meisten Menschen kriegen ja nicht allzu oft einen Toten zu Gesicht, außer im Fernsehen."

Mona schob ihre Hände in die Taschen ihrer Winterjacke.

„Du und ich sind uns einig, dass Frau Andringa und ihr Fitnessfreak sich gegenseitig ein falsches Alibi geben, oder? Die Staatsanwaltschaft wird davon leider nicht so leicht zu überzeugen sein. Momentan haben wir noch nichts in der Hand, um einen Haftbefehl zu rechtfertigen."

„Lass uns weitere Fakten sammeln", schlug Enno vor. „Ich hoffe auf das Obduktionsergebnis und auf die Analysen von Krogs Computer und Smartphone. Außerdem hast du selbst gesagt, dass wir uns nicht ausschließlich auf Sigrid Andringa einschießen sollten. Wie lautete noch mal der Name dieses verwirrten Ex-Freundes?"

„Michael Talermann."

„Es wird wohl nicht viele Männer geben, die so heißen. Schauen wir mal nach, ob einer von ihnen sich aktuell auf Borkum befindet."

Die Ermittler fuhren zur Touristinformation und checkten die Daten der Touristen, die sich aktuell auf Borkum befanden. Sie alle mussten ihren Gästebeitrag zahlen, der früher Kurtaxe hieß. Und sie wurden schnell fündig.

„Bingo!", rief Mona, als sie auf den Namen stieß. „Talermann ist vor einer Woche angereist. Und er hat sich bei deiner alten Schulfreundin eingemietet."

„Lass Elske nicht hören, dass du sie für alt hältst", brummte der Ostfriese grinsend. „Sie ist im Herzen stets jung geblieben, jedenfalls sagt sie das von sich."

Die resolute Pensionswirtin vermietete Fremdenzimmer in ihrem gemütlichen *Oude Hus*. Sie war genauso alt wie der kurz vor dem Ruhestand stehende Enno. Bevor die Kriminalisten dort vorbeischauten, kehrten sie zur Dienststelle zurück.

„Krogs gewaltsamer Tod wird für den Chef eine Hiobsbotschaft sein", mutmaßte die Kommissarin. Und mit dieser Einschätzung behielt sie recht. Oltbeck schlug die Hände über dem Kopf zusammen, als die Ermittler ihm Bericht erstatteten.

„Ein Mordfall so kurz vor Weihnachten? Sie müssen den Täter baldmöglichst aus dem Verkehr ziehen, andernfalls traut sich niemand mehr auf unsere schöne Insel!"

„Spätestens zu Silvester wird Borkum wieder komplett ausgebucht sein, selbst wenn ein Serienkiller hier frei herumlaufen würde“, gab Mona trocken zurück.
„Das ist nicht lustig, Frau Sander.“
„Ich wollte mir auch keinen Scherz erlauben, Herr Oltbeck. Wir haben einen konkreten Verdacht, es fehlen uns leider die handfesten Beweise. Ich hoffe auf die Kleidung des Opfers, da es nackt aufgefunden wurde …“
„Auch das noch!“, stöhnte der Chef.
„Hinweise auf ein Sexualdelikt gab es bisher nicht, wir warten auf das Obduktionsergebnis“, sagte Enno. „Frau Sander und ich glauben, dass es sich bei dem Mord an Malte Krog um eine Art Racheakt für den Tod von Jan Andringa handeln könnte. Krog war ja mit der Masseurin verheiratet, die von Sigrid Andringa für das Ende ihres Gatten verantwortlich gemacht wird.“
„Die Witwe und ihr mutmaßlicher Liebhaber geben sich gegenseitig ein Alibi für die Tatzeit“, ergänzte Mona. „Immerhin hat die Dame gestanden, sich als Graffitikünstlerin versucht zu haben.“
Oltbeck schien den ersten Schock überwunden zu haben.
„Wie wollen Sie weiter vorgehen?“, erkundigte er sich.
„Es gibt noch eine andere Person, die uns verdächtig erscheint, nämlich der Ex-Freund von Nele Krog“, gab Mona zurück. „Er ist polizeilich schon in Erscheinung getreten und wurde nach einer Gewalttat in die Psychiatrie eingewiesen. Momentan hält er sich in einer Borkumer Pension auf.“
„Worauf warten Sie noch? Nehmen Sie sich diesen Menschen vor“, forderte der Chef.
„Ich persönlich halte Sigrid Andringa für die Täterin und den Personal Trainer Benner für ihren gehorsamen Erfüllungsgehilfen“, sagte Mona beim Hinausgehen.
„Soso. Trotzdem müssen Sie alle Möglichkeiten berücksichtigen. Wir halten uns an die Fakten und lassen keinen Ermittlungsansatz beiseite“, schnarrte der Dienststellenleiter.
Die Ermittler gingen kurz in ihr Büro und ließen den Namen Michael Talermann durch die Datenbanken laufen. Die erkennungsdienstlichen Fotos zeigten eine Person mit wirrem dunklem Haar und leerem Blick. Die Unterlippe war besonders ausgeprägt. Dadurch schien es, als ob Talermann ständig schmollen würde.

„Der Knabe ist mit Vorsicht zu genießen“, murmelte die Kommissarin, nachdem sie die elektronische Ermittlungsakte überflogen hatte. „Er hat sein Opfer damals mit einer Eisenkette schwer verletzt.“

„Dann wollen wir mal hoffen, dass die Nervenärzte sich nicht täuschten, als sie ihn wieder auf die Menschheit losgelassen haben“, gab Enno zurück.

„Dein Wort in Gottes Ohr.“

Mona druckte ein erkennungsdienstliches Foto von Talermann aus und steckte es ein. Die Kriminalisten verließen die Wache und gingen zu Fuß vom Polizeirevier zur Pension hinüber. Der Georg-Schütte-Platz war genau wie der Inselbahnhof und die meisten anderen Gebäude mit Lichterketten vorweihnachtlich geschmückt. Bei dem diesigen Wetter brannte die Beleuchtung schon tagsüber und verbreitete adventliche Vorfreude.

Pulverschnee überzuckerte die schmale Straße, die Bahnhofspfad hieß.

„Oltbeck hätte es am liebsten, wenn Talermann der Mörder wäre“, meinte Mona. „Sigrid Andringa ist eine gut situierte Unternehmerwitwe, sie kann sich einen teuren Verteidiger leisten und wird vermutlich auch die Medien gegen uns aufhetzen. Diese Möglichkeiten dürfte Talermann nicht haben.“

„Sei nicht ungerecht“, brummte Enno. „Der Chef würde nie einem Unschuldigen etwas anhängen wollen.“

„Trotzdem scheint Talermann sein Wunschkandidat zu sein“, beharrte sie.

Es waren nur noch wenige Schritte bis zur Pension Oude Hus. Nachdem Enno geklopft hatte, öffnete seine Schulfreundin höchstpersönlich.

„Moin“, sagte Elske Fokken strahlend. „Ihr kommt wie gerufen, um meinen Rosinenstollen zu probieren.“

„Eigentlich sind wir dienstlich hier“, wandte Mona ein.

„Papperlapapp, ihr müsst auch mal Pause machen“, bestimmte die Pensionswirtin. Elske Fokken war fast so groß wie der hünenhafte Enno. Sie trug sommers wie winters eine altmodische Kittelschürze, aktuell allerdings mit einem dicken Rollkragenpullover darunter.

„Es geht um deinen Gast Michael Talermann“, sagte der Ostfriese, während die Ermittler eintraten und der Gastgeberin in die Küche folgten. Es roch verführerisch nach frischem Backwerk.

„Der ist sowieso nicht da, also könnt ihr mir auch erst mal Gesellschaft leisten."

Die Pensionswirtin nötigte die Ermittler dazu, in ihrer gemütlichen Wohnküche am Tisch Platz zu nehmen. Mona sagte sich, dass es nichts schaden konnte, Elske Fokken auszuhorchen. Die resolute Frau bekam normalerweise immer viel von dem mit, was sich in ihrer Pension und im restlichen Borkum ereignete. Die Gastgeberin kochte Tee und stellte den Rosinenstollen sowie Butter, Teller, Tassen und Besteck bereit. Enno nahm sich eine Scheibe von dem Gebäck, bestrich sie dick mit Butter und biss hinein.

Elske Fokken schaute ihn erwartungsvoll an.

„Köstlich", versicherte er. Diese Antwort gefiel der Wirtin.

„Also, was wollt ihr wissen?"

„Es geht wie gesagt um Talermann", stellte Mona klar. „Wie findest du ihn?"

Elske Fokken schaute nachdenklich auf ein altes gerahmtes Foto, das einen Mann mit einer Harpune zeigte. Mona wusste, dass es sich um den Großvater der Wirtin handelte. Er hatte sein Brot als Walfänger verdient, wie so viele Borkumer in früheren Jahrhunderten. Doch von einer Reise ins Polarmeer war er nicht zurückgekehrt.

„Er ist ein falscher Fuffziger", sagte die Pensionswirtin mit Bestimmtheit. „In meinem Beruf lernst du in den Gesichtern der Menschen zu lesen wie in Romanen. Talermann gibt sich freundlich und bescheiden, doch ich möchte ihm nicht im Dunklen begegnen. Und vor allem möchte ich ihm nicht den Rücken zukehren, wenn ein Messer in der Nähe ist."

„Verhält er sich aggressiv?"

„Nein, überhaupt nicht, Mona. Aber ich traue ihm nicht über den Weg."

„Aus welchem Grund?", fragte die Kommissarin und nahm einen Schluck Tee.

Elske Fokken zuckte mit den Schultern.

„Also, einen direkten Anlass hat er mir nicht gegeben. Talermann bezahlte sein Zimmer gleich am ersten Tag für zwei Wochen im Voraus, Geld schuldet er mir also nicht. Aber auf mein Bauchgefühl kann ich mich verlassen. In seiner Gegenwart ist mir immer unwohl. Zum Glück habe ich nicht allzu oft solche Gäste. Sonst hätte ich meinen Beruf schon längst an den Nagel gehängt."

„Was macht Talermann den ganzen Tag lang?“, forschte Enno. „Kannst du uns Genaueres sagen? Hat er sich womöglich nach bestimmten Leuten erkundigt?“

„Nein, daran könnte ich mich erinnern“, murmelte die ältere Frau.

Wozu auch?, dachte Mona. Sie ging davon aus, dass Talermann sich wegen seiner Ex-Freundin auf der Insel befand. Und die Adresse der Massagepraxis war nun wirklich kein Staatsgeheimnis. Nele Krog besaß eine Homepage, über die man bequem einen Termin buchen konnte. Und dort stand auch die Anschrift mitsamt Wegbeschreibung. Der Ex-Freund musste wirklich keine detektivische Meisterleistung vollbringen, um die Masseurin aufzustöbern.

Elske Fokkens Stimme riss die Kommissarin aus ihren Überlegungen.

„Jetzt fällt mir doch noch etwas ein! Man wird doch allmählich alt, ich hätte es fast vergessen. Talermann wollte heute beim Frühstück von mir wissen, ob man auf Borkum auch im Winter schwimmen könnte. Ich antwortete: Falls Sie keine Lust auf das traditionelle Neujahrsschwimmen in der Nordsee haben, empfehle ich Ihnen den Pool im *Gezeitenland.* Auf die dortige Sauna wies ich ihn auch hin.“

„Was sagte er dazu?“

„Talermann bedankte sich und bat mich um ein zusätzliches Handtuch.“

„Womöglich wird er noch dort sein“, vermutete Mona und stand auf. „Bis bald, Elske.“

„Nimm wenigstens ein Stück Stollen als Wegzehrung mit“, bot die Pensionswirtin an. Die Kriminalistin konnte nicht widerstehen, denn die Backkünste der alten Ostfriesin waren legendär.

Mona mampfte ihr gebuttertes Rosinenstollenstück auf dem Beifahrersitz, während Enno den Opel Vectra Richtung Gezeitenland lenkte. In dem modernen Freizeitzentrum gab es nicht nur Schwimmbad und Sauna, sondern auch eine Gastronomie mit Nordseeblick.

Die Ermittler betraten das Gebäude und gingen zum Kassenbereich. Mona ließ ihren Dienstausweis sehen und zeigte der Angestellten die Kopie von Talermanns Foto.

„Moin, hat diese Person heute das Gezeitenland besucht?“

„Ja, der Gast wollte in die Sauna, und – da ist er ja!“

Die Kassiererin drehte sich halb zu einem Mann um, der gerade mit einem Beutel unter dem Arm den Wellnessbereich verlassen wollte. Sein Haar war feucht. Er schien sofort kapiert zu haben, dass die Kriminalisten wegen ihm gekommen waren. Talermann begann zu laufen. Er rannte auf der anderen Seite am Kassentresen vorbei und eilte auf der Treppe ins Erdgeschoss hinunter.

„Polizei! Bleiben Sie stehen!“, rief Mona mit gellender Stimme, während sie die Verfolgung aufnahm. Enno konnte nicht so schnell laufen wie sie. Er würde den Dienstwagen nehmen und versuchen, damit dem Verdächtigen den Weg abzuschneiden. Außerdem hatte er den großen Vorteil, dass er sich auf Borkum hervorragend auskannte. Talermann hingegen war ortsfremd.

Nele Krogs Ex-Freund schien sich auf keinen Fall einholen lassen zu wollen. Als er das Gezeitenland verlassen hatte, blieb er einen Moment lang stehen, um sich zu orientieren. Dann rannte er weiter.

Mona hatte ihr Funkgerät herausgeholt, um mit ihrem Kollegen in Kontakt zu bleiben.

„Enno, er läuft Richtung Kulturinsel.“

„Alles klar, sei vorsichtig. Ich fordere Verstärkung an.“

Mona war sich darüber im Klaren, dass sie einen mutmaßlichen Mörder vor sich hatte. Ob er bewaffnet war? Aus der Entfernung konnte man unmöglich erkennen, ob Talermann womöglich ein Messer oder eine Schlagwaffe in seiner Jacke mit sich führte.

Der Verdächtige bewegte sich nun auf den Kletterpark zu, der sich hinter der Kulturinsel befand.

Will der sich jetzt als Tarzan versuchen?, dachte die Kommissarin, als Talermann in das Seilgeflecht kletterte. *Dann werde ich wohl Jane spielen müssen!*

Mona hatte Handschuhe an, daher konnte sie die eiskalten Taue gut greifen. Der Flüchtende würde mit der Kälte größere Probleme bekommen als sie selbst, denn er hangelte sich mit bloßen Händen an den Stricken aufwärts. Hinzu kam der böige Ostwind, der sich ein paar Meter über dem Erdboden gefährlich bemerkbar machte. Man musste sich gut festhalten, wenn man nicht in die Tiefe stürzen wollte.

Normalerweise waren die Kletterer, die sich hier in luftige Höhen wagten, mit Helmen und Sicherungsseilen ausgestattet. Weder der Verdächtige noch die Kommissarin waren damit versehen.

„Seien Sie doch vernünftig, Talermann!", rief Mona, während sie sich langsam an ihn heranarbeitete. „Wir wollen nur mit Ihnen reden!"

„Die Tricks kenne ich!", gab er mit sich überschlagender Stimme zurück. „Am Ende lande ich wieder in der Klapsmühle. Was hat Nele über mich gesagt? Sie ist eine elende Lügnerin."

Die Ermittlerin runzelte die Stirn. Talermann wusste oder ahnte also, dass die Polizei wegen seiner Ex-Freundin bei ihm erschienen war. Mona hätte das Thema gern mit ihm vertieft. Sie sah es als ein gutes Zeichen an, dass er überhaupt noch redete. Manche Täter verschlossen sich wie die Austern und drückten sich nur mit Gewalttaten aus.

Doch momentan waren sowohl der Flüchtende als auch seine Verfolgerin voll und ganz damit beschäftigt, sich festzuhalten und nicht aus dem Seilgeflecht nach unten zu stürzen.

Der Wind hatte gewaltig aufgefrischt. Die Borkumer Winterstürme waren schon respekteinflößend, wenn man mit beiden Füßen auf der Erde stand. Hier oben musste man zusätzliche Kraft aufwenden, um der Witterung zu trotzen. Mona drehte den Kopf zur Seite und warf einen Blick auf die nahe gelegene Nordsee. Die Schaumkronen auf den Wellen waren größer als gewohnt, und ein Küstenmotorschiff mit Kurs auf Emden hatte bereits eine bedenkliche Schlagseite.

Doch die Kommissarin musste sich jetzt auf ihr eigenes Problem konzentrieren. Bei Talermann war die Stimmung nämlich umgeschlagen. Während er noch kurz zuvor um jeden Preis hatte entkommen wollen, verharrte er nun und klammerte sich mit Armen und Beinen an einem dicken Seil fest.

„Wir stürzen ab!", jammerte er. „Der Sturm weht uns auf das Meer hinaus!"

Mona arbeitete sich weiter vor. Wenig später hatte sie sich dem Flüchtenden so weit angenähert, dass sie ihn mit ausgestrecktem Arm erreichen konnte.

„So schnell fällt man nicht." Sie versuchte, ihre Stimme beruhigend klingen zu lassen. „Geben Sie mir Ihre Hand, dann steigen wir gemeinsam hinab."

Talermann klang nun noch hysterischer als kurz zuvor.

„Nein! Ich kann nicht loslassen!"

Der starke Wind wehte ihm sein Haar ins Gesicht. Die Augen hatte er weit aufgerissen, seine Wangen waren kaltweiß. Ob er gerade eine

Panikattacke hatte? Mona war keine Ärztin. Doch nach Lage der Dinge gab es momentan niemanden außer ihr selbst, der ihm helfen konnte.

„Schauen Sie mich an!“, forderte sie. „Dieser Kletterpark ist nicht gefährlich. In der Sommersaison vergnügen sich hier unzählige Kinder. Sehen Sie die Sprossen der Strickleiter da neben Ihnen? Dort können Sie festen Halt finden und langsam hinabsteigen.“

„Wollen Sie mich verschaukeln? Die Strickleiter bewegt sich doch!“

„Natürlich bewegt sie sich, es weht schließlich ein ordentliches Lüftchen. Trotzdem wird nichts passieren, wenn Sie Ihren Fuß auf eine der Sprossen stellen.“

„Das kann ich nicht“, behauptete Talermann.

Mona warf ihm einen besorgten Blick zu. Die Böen waren wirklich elend kalt, und die Hände des Verdächtigen waren inzwischen so weiß wie die eines Toten. Sie befürchtete, dass er jeden Moment das Gefühl in seinen Fingern verlieren und dann wirklich unkontrolliert in die Tiefe stürzen würde. Die Kommissarin glaubte nicht, dass sie ihn würde halten können. Er wog schätzungsweise mindestens zwanzig Kilogramm mehr als sie.

Mona bewegte sich noch stärker auf den Verdächtigen zu. Talermann zitterte, seine Unterlippe verfärbte sich bläulich. Die Ermittlerin packte ihn fest am Arm und suchte seinen Blick.

„Wir steigen jetzt gemeinsam hinunter, kapiert? Sie folgen mir einfach. Ich halte Sie fest, es kann Ihnen nichts geschehen.“

Mona war nicht hundertprozentig von ihren eigenen Worten überzeugt. Doch es kam hauptsächlich darauf an, dass Talermann ihr glaubte.

Sie umfasste ihn mit dem linken Arm, während sie die rechte Hand an der Strickleiter hielt. Tastend gelangte sie mit der Fußspitze auf die nächste Tausprosse unter ihr. Talermann hatte recht: Es war wirklich nicht einfach, auf einer sich heftig bewegenden Strickleiter abwärts zu steigen.

Die Kommissarin hätte später selbst nicht sagen können, wie sie zusammen mit Nele Krogs Ex-Freund wieder festen Boden erreichen konnte. Doch als sie endlich von der Strickleiter hinabgestiegen waren, wartete Enno bereits auf sie. Er hatte den Dienstwagen in Sichtweite geparkt.

„Alles in Ordnung, Mona?“

Sie nickte.
„Ja, unser Freund scheint seine Fluchtpläne aufgegeben zu haben", gab sie zurück.
Und wirklich schien Talermann durch seinen Ausflug in das Tauwerk jegliche Energie verloren zu haben. Er wirkte nicht aggressiv, sondern verängstigt. Sein Blick flackerte, wanderte zwischen den beiden Ermittlern hin und her.
„Ich weiß gar nicht, was Sie von mir wollen", stieß Talermann hervor. „Ich habe nichts getan."
„Sie erwähnten eben eine gewisse Nele", gab Mona zurück. „Vermutlich ist damit Ihre Ex-Freundin gemeint, oder?"
Talermann antwortete nicht. Enno machte eine einladende Geste.
„Sie werden jetzt doch gewiss durchgefroren sein, oder? Wir sollten unsere Unterhaltung bei einem schönen heißen Tee auf der Polizeistation fortsetzen."
Der Verdächtige machte keinen begeisterten Eindruck, aber er widersetzte sich auch nicht. Der stämmige Oberkommissar setzte sich zusammen mit Talermann auf die Rückbank des Opel Vectra. Mona fuhr.
Wenig später erreichten sie die Dienststelle und lotsten Talermann in ihr Büro.
„Ich bin übrigens Kommissarin Sander, das ist mein Kollege Oberkommissar Moll. Geht es Ihnen jetzt etwas besser? Warum sind Sie überhaupt weggelaufen?"
Nele Krogs Ex-Freund hockte zusammengesunken auf Monas Besucherstuhl. Das Kinn lag auf der Brust, den Blick hatte er gesenkt. Während er im Klettergarten hysterisch geschrien hatte, klang seine Stimme nun viel leiser. Die Kriminalistin musste sich konzentrieren, um ihn verstehen zu können.
„Meine Nerven sind nicht die besten. Ich habe Angst vor Autorität. Bestimmt ist Ihnen bekannt, dass ich schon mal Ärger mit der Polizei hatte."
„Sie begingen ein Gewaltverbrechen, dagegen haben wir etwas", gab Mona trocken zurück.
„Ich bedaure, was ich getan habe. Doch ich war nicht Herr meiner Sinne. Deshalb wurde ich ja nicht in den Knast, sondern in eine Nervenheilanstalt gesteckt."

Diese Erklärung ging ihm nach Meinung der Kommissarin etwas zu glatt über die Lippen. Ob er seine damalige Tat wirklich bereute, konnte sie nicht beurteilen.

„Sie rannten also davon, um Ärger zu vermeiden? Dadurch haben Sie sich jetzt erst recht Ärger eingehandelt."

Talermann quittierte Monas Bemerkung mit einem Achselzucken. Enno hatte Tee gekocht und brachte nun die Kanne samt Kluntjes und Sahne sowie drei Tassen und Untertassen herein. Natürlich hatte der Ostfriese auch an einen Teller mit Keksen gedacht.

Der Verdächtige trank ein paar Schlucke, woraufhin seine Wangen eine gesündere Farbe annahmen.

„Weshalb bin ich eigentlich hier?", wollte er wissen.

„Frau Krogs Ehemann wurde in der vorigen Nacht tot aufgefunden", sagte Enno.

Talermann schnappte nach Luft wie ein Fisch auf dem Trockenen. Seine Hand zitterte, als er die Tasse abstellte.

„U-und Sie glauben, das hätte ich getan?"

„Haben Sie?", fragte die Kommissarin.

Er schüttelte heftig den Kopf. Aber er konnte ihr nicht in die Augen sehen.

„Nein, das war ich nicht. Weshalb hätte ich ihn umbringen sollen?"

Mona rollte ungeduldig mit den Augen.

„Hallo? Sie waren früher mit seiner Ehefrau zusammen, Eifersucht ist oft ein Motiv für Gewaltverbrechen."

Talermann grinste plötzlich.

„Wieso früher, Frau Sander?"

Sie kniff misstrauisch die Augen zusammen.

„Was meinen Sie mit diesem Satz?"

„Nele liebt mich immer noch", behauptete Talermann. „Daran kann auch ihre Ehe nichts ändern."

Mona führte sich vor Augen, dass ihr Gegenüber psychische Probleme hatte. Man konnte bei ihm nicht dieselben Maßstäbe anlegen wie bei einem geistig normalen Verdächtigen. Womöglich hatte er in seiner eigenen inneren Welt die Trennung von seiner Freundin niemals akzeptiert.

Ob deshalb Malte Krog hatte sterben müssen?

Enno schaltete sich in den Wortwechsel zwischen Mona und Talermann ein.

„Wo waren Sie während der vergangenen Nacht?"

„In meinem Zimmer in der Pension, Herr Moll."
„Gibt es dafür Zeugen?"
„Nein, ich kenne hier auf der Insel niemanden."
„Außer Ihrer Ex-Freundin und ihrem Ehemann", warf die Kommissarin ein.
„Ja, stimmt schon. An die hatte ich gerade nicht gedacht."
Das war nun wirklich eine schwache Behauptung, wie Mona fand. So schnell wollte sie den Verdächtigen nicht vom Haken lassen.
„Warum sind Sie nach Borkum gekommen?"
„Weil Nele mich darum gebeten hat."
„Wirklich?" Diese Behauptung erschien der Kriminalistin ziemlich gewagt. Ihr Eindruck war gewesen, dass sich das Ehepaar Krog sehr gut verstanden hatte.
„Sie können Nele ja fragen, wenn Sie mir nicht glauben."
„Das werden wir tun. Und wir würden auch gern einen Blick in Ihr Pensionszimmer werfen, wenn Sie nichts dagegen haben."
Talermann schob seine Tasse zur Seite.
„Ich *habe* etwas dagegen. Holen Sie sich einen Durchsuchungsbefehl. Ich muss mir von Ihnen nicht alles gefallen lassen, ich kenne meine Rechte. Und falls Sie mich nicht verhaften, werde ich jetzt verschwinden."
Mit diesen Worten stand er auf und verließ das Dienstzimmer der Ermittler. Er wirkte nun nicht mehr ängstlich und verzagt, sondern entschlossen. Enno schüttelte den Kopf.
„Wir werden angesichts der dünnen Beweislage wohl keinen Durchsuchungsbefehl bekommen können."
Mona schnippte mit den Fingern.
„Vielleicht brauchen wir so ein Dokument gar nicht! Was könnte Talermann denn schon in seiner Bude verstecken? Okay, die Mordwaffe. Aber würde er wirklich Malte Krogs Kleider in seinem Zimmer bunkern? Er ist geisteskrank, aber nicht dumm."
„Wir wissen nicht, ob Talermann wirklich nicht fit in der Birne ist", gab Enno zu bedenken. „Was schlägst du vor?"
Mona erhob sich von ihrem Bürostuhl.
„Die Kleider des Opfers können wichtige Beweisstücke sein. Lass uns danach suchen, und wir fangen in der Pension deiner Freundin an."
„Elske ist nicht meine Freundin, lass das nicht meine Frau hören", gab Enno grinsend zurück.

Die Ermittler zogen wieder ihre Winterjacken an und gingen zum Oude Hus hinüber, nachdem sie sich bei Aiske Berend abgemeldet hatten. Enno wollte schon das alte Friesenhaus betreten, doch Mona hielt ihn zurück.

„Nicht so eilig. Lass uns erst einen Blick in die Mülltonnen werfen."

Sie deutete auf die Abfallbehälter, die in einem schmalen Durchgang neben der Schmalseite des Hauses standen.

„Gute Idee", erwiderte der Oberkommissar.

Die Ermittlerin hob den Deckel des Ascheimers. Sie wurde sofort fündig.

In der Tonne lagen die Kleider, die Malte Krog bei seiner ersten Begegnung mit den Kriminalisten getragen hatte.

Kapitel 7

„Ach du Schande!“, stieß Mona hervor. „Hast du Beutel für Beweisstücke dabei, Enno?“

„Klar doch.“

Der Ostfriese knöpfte seine dicke Winterjacke auf und griff in die Innentasche. Sowohl er als auch Mona trugen Handschuhe. Sie tüteten sorgfältig das Hemd, die Hose und die restlichen Textilien ein.

„Scheinbar haben wir gerade den Mörder laufen lassen.“

Mona war niedergeschlagen, doch Enno klopfte ihr tröstend auf die Schulter.

„Du weißt so gut wie ich, dass bei Talermann keine Haftgründe vorlagen – bis jetzt.“

„Ja, die Indizien belasten ihn schwer. Die Staatsanwaltschaft wird mitspielen, wenn wir ihn festsetzen. Allerdings müssten wir den Unglücksraben zuvor erst wieder in die Finger bekommen.“

„Das wird schon werden“, behauptete der erfahrene Kriminalist mit seinem unerschütterlichen Optimismus. Mona hatte die Abfalltonne fast bis zum Boden durchwühlt, aber keinen Gegenstand gefunden, der sich als Tatwaffe geeignet hätte. Die Ermittler nahmen die Beweisstücke mit und klopften erneut an die Pensionstür.

Elske Fokken machte ein verblüfftes Gesicht, als sie die Kommissare schon wieder erblickte.

„Moin, was habt ihr denn mit diesen Tüten vor?“

Enno ging nicht sofort auf die Frage ein.

„Ist Michael Talermann inzwischen zurückgekehrt?“

„Nee, das hätte ich mitgekriegt. Warum bist du denn so ernst, Enno?“

„Wir müssen uns sein Zimmer anschauen, es ist Gefahr im Verzug“, erklärte Mona.

„Ihr könnt einem ja richtig Angst einjagen“, meinte die Pensionswirtin. Sie griff zu ihrem großen Schlüsselbund und ging voraus, um den Ermittlern aufzusperren.

Talermanns Zimmer war genauso gemütlich eingerichtet wie die übrigen Räume im Oude Hus. Der Wandschmuck bestand aus den üblichen Bildern von Segelschiffen auf hoher See und von Leuchttürmen. Helles Holz und pastellfarbene Vorhänge verbreiteten eine angenehme Atmosphäre.

Der Verdächtige reiste offenbar mit leichtem Gepäck, jedenfalls entdeckte Mona nur eine Reisetasche. Im Schrank, unter dem Bett, im Nachtkasten und in den Schubladen des kleinen Schreibtischs gab es nur ein paar Textilien und Alltagsgegenstände, aber nichts Verdächtiges. Enno fand ein Ladekabel, aber kein Smartphone.

„Das Gerät wird er bei sich haben", mutmaßte Mona, bevor sie sich an Elske Fokken wandte. „Hast du seine Mobilfunknummer?"

„Ich muss nachschauen, ob sie auf seiner Gästeanmeldung steht."

Die ältere Frau eilte in das Kabuff, in dem sie ihre Büroarbeiten erledigte. Ihr PC hätte nach Monas Meinung auch im Computermuseum Oldenburg stehen können, schien aber immer noch zu funktionieren.

Die Pensionswirtin schüttelte den Kopf.

„Tut mir leid, auf dem Formular hat er die Rubrik für die Telefonnummer frei gelassen."

Sie waren inzwischen alle drei wieder auf den Korridor hinausgetreten. Enno wandte sich an seine Schulfreundin.

„Kannst du uns einen Gefallen tun und mich sofort anrufen, wenn Talermann wieder auftaucht? Und lass dir ihm gegenüber nichts anmerken, er ist gefährlich."

Elske Fokken nickte und zwinkerte Enno zu.

„Keine Sorge, ich lasse mich nicht so leicht ins Bockshorn jagen. Mit renitenten Gästen hatte ich schon öfter zu tun. Und es dauert ja keine fünf Minuten von der Polizeistation bis zum Oude Hus."

Mona fand es beruhigend, dass die ältere Frau so gelassen auf die Situation reagierte. Die Pensionswirtin verfügte über genügend Lebenserfahrung, um gegenüber diesem unheimlichen Urlauber nicht die Nerven zu verlieren. Davon war die Kommissarin zumindest überzeugt. Besser wäre es natürlich gewesen, das Gebäude durch Einsatzkräfte beobachten zu lassen. Doch Mona wusste jetzt schon, dass ihr Chef sich angesichts der dünnen Personaldecke darauf nicht einlassen würde. Außerdem fand sie es selbst viel sinnvoller, mit möglichst vielen Beamten nach Talermann zu suchen.

„Sei vorsichtig", bat Enno, als er und Mona sich von Elske Fokken verabschiedeten.

„Keine Sorge, ich bin nicht so leicht kleinzukriegen."

Die Kommissare eilten zur Dienststelle zurück und informierten Oltbeck über die neueste Entwicklung.

„Das ist der Beweis, auf den wir gewartet haben.“ Der Hauptkommissar griff zum Telefonhörer. „Ich werde mich um einen Haftbefehl für diesen Talermann kümmern. Veranlassen Sie die Überwachung vom Fährhafen und vom Flugplatz. Außerdem müssen alle Kollegen im regulären Streifendienst ein Foto des Mordverdächtigen bekommen.“

Mona und Enno machten sich sofort an die Arbeit, indem sie zunächst die Kleidungsstücke zur kriminaltechnischen Untersuchung nach Oldenburg schaffen ließen. Die Fahndungsmaschinerie lief an. Nachdem die Kriminalisten alle Maßnahmen in die Wege geleitet hatten, patrouillierten sie selbst in ihrem Opel Vectra durch die Borkumer Straßen, um nach Talermann Ausschau zu halten.

„Irgendetwas an der Sache gefällt mir nicht“, murmelte Mona.

„War es dir zu naheliegend, dass Neles hartnäckiger Verehrer die Klamotten in die Mülltonne hinter dem Haus gestopft hat?“

„Ja, zumal Talermann das Opfer wohl kaum in seinem Pensionszimmer getötet haben wird. Er ist zwar psychisch krank, aber nicht dumm. Es muss ihm doch klar gewesen sein, dass ihm dort jederzeit Zeugen über den Weg laufen können.“

„Wir sollten ohnehin herausfinden, wo der Tatort ist“, meinte Enno. „Und aus welchem Grund der Mörder Malte Krog bis zu dem Dünenpfad geschleift hat.“

„*Der Mörder*, sagst du … also bist du auch nicht hundertprozentig von der Schuld unseres Verdächtigen überzeugt?“

„Momentan spricht einiges gegen Talermann. Was wäre übrigens, wenn er uns nicht angelogen hat?“

„Wie meinst du das, Enno?“

„Laut seiner Aussage wollte seine Ex-Freundin, dass er nach Borkum kommt. Wir sollten diese Information bei Nele Krog checken. Wenn sie wirklich mit ihm in Kontakt stand, könnte sie seine Mobilfunknummer haben.“

„Und dann wäre eine Handyortung möglich“, ergänzte die Kommissarin. Sie war auf sich selbst sauer, weil ihr diese Schlussfolgerung nicht eingefallen war. Enno schlug den Weg zur Gorch-Fock-Straße ein. Er fuhr besonders langsam. Womöglich lauerte Talermann irgendwo in der Nähe seiner Ex-Freundin auf. Doch obwohl die Ermittler mehrfach zwischen Viktoriastraße und

Am Westkaap hin und her fuhren, konnten sie den Verdächtigen nirgendwo entdecken.

Schließlich parkte der Oberkommissar vor dem Haus, das immer noch von dem Graffiti verunstaltet wurde. Sie betraten den Souvenirshop. Dort war kein Kunde in Sicht. Gröne hatte sein Versprechen wahr gemacht und leistete der Masseurin Gesellschaft. Während sie mit einem Teebecher in den Händen hinter der Kasse saß, räumte Gröne Ware in ein Regal. Er blickte auf.

„Gibt es etwas Neues?“

„Wir gehen einer Spur nach“, erwiderte Mona vage. Dann wandte sie sich an Nele Krog.

„Wie geht es Ihnen?“

Die junge Frau lächelte traurig.

„Es kommt mir so vor, als ob ich in einem Alptraum gefangen wäre. So richtig kann ich noch nicht begreifen, was geschehen ist.“

„Frau Krog, wir haben mit Ihrem Ex-Freund Michael Talermann gesprochen. Er behauptet, dass immer noch zwischen Ihnen und ihm Kontakt bestehen würde.“

Die Masseurin blickte zur Seite. Ihre Antwort kam zögernd.

„Ja, das stimmt auch.“

Das hättest du uns ruhig sagen können!, dachte Mona. Doch sie brachte es nicht übers Herz, der jungen Witwe einen Vorwurf zu machen. Offenbar traute Nele Krog ihrem Ex-Freund keine Schlechtigkeit zu. Diesen Eindruck hatte die Kommissarin gewonnen, als sie zum ersten Mal über Talermann gesprochen hatten.

„Haben Sie ihn gebeten, hierher zu reisen?“

„So würde ich das nicht sagen, Frau Sander. Ich telefoniere gelegentlich mit Micha. Er beklagt sich öfter darüber, dass er so allein wäre und mich gern sehen würde. Er weiß ja, dass ich verheiratet bin. Aber ich habe ihm gesagt, dass ich mich grundsätzlich auf einen Kaffee mit ihm treffen würde. Da ist doch nichts dabei, oder?“

„Eigentlich nicht. Doch offenbar hat er sich nach wie vor Hoffnungen gemacht, was Sie angeht. Das spielt jetzt auch keine Rolle. Wir benötigen von Ihnen aber unbedingt seine Mobilfunknummer.“

Nele Krog bekam große Augen.

„Micha ist doch nicht in Schwierigkeiten, oder? Ich kann mir nicht vorstellen, dass er etwas mit … mit Maltes Tod zu tun hat."

Ihre Stimme zitterte. Mona presste die Lippen aufeinander. Es wäre höchst unprofessionell gewesen, der Masseurin den momentanen Ermittlungsstand unter die Nase zu reiben. Außerdem: Es war ja tatsächlich denkbar, dass Talermann unschuldig war. In dem Fall würde die Fahndung nach ihm Nele Krog nur noch tiefer in einen seelischen Abgrund fallen lassen. Und das wollte die Kommissarin verhindern, wenn es irgendwie möglich wäre.

Daher sagte sie: „Wir müssen dringend mit ihm sprechen, und in seinem Pensionszimmer ist er nicht. Haben Sie eine Idee, wo Herr Talermann sich zurzeit aufhalten könnte?"

Nele Krog schüttelte den Kopf.

„Nein, ich habe erst jetzt durch Sie erfahren, dass Micha sich überhaupt auf Borkum aufhält."

Ob diese Behauptung der Wahrheit entsprach? Verbarg die Masseurin am Ende doch etwas vor der Polizei? Die Tatsache, dass sie um ihren Mann trauerte, machte sie nicht automatisch zu einer Unschuldigen. War sie womöglich zweigleisig gefahren und hatte dadurch unabsichtlich zum Mord an ihrem Ehemann beigetragen?

Die Kommissarin musste sich diese Fragen stellen, auch wenn sie persönlich die junge Frau nach wie vor sympathisch fand. Nele Krog diktierte die Telefonnummer, und die Ermittler schrieben die Zahlenfolge in ihre Notizbücher. Dann verabschiedeten sie sich. Beim Hinausgehen nahm Mona Gröne beiseite.

„Rufen Sie mich bitte sofort an, falls jemand mit Frau Krog in Kontakt treten möchte. Das ist sehr wichtig."

„Sind wir in Gefahr?", fragte der Hausbesitzer mit zitternder Stimme.

Die Kommissarin schüttelte den Kopf.

„Nein, wir haben die Lage unter Kontrolle. Trotzdem sollten Sie sich in dem Fall sofort melden."

Als die Ermittler wieder im Auto saßen, stieß Mona langsam die Luft aus den Lungen.

„Es ist wirklich zum Mäusemelken, dass die Inselwache so schwach besetzt ist. Normalerweise müssten wir sowohl das Oude Hus als auch Grönes Laden rund um die Uhr observieren lassen."

„Immer mit der Ruhe“, beschwichtigte Enno. „Wir haben jetzt Talermanns Telefonnummer. Sobald wir ihn geortet haben, ist seine Verhaftung nur noch eine Frage der Zeit.“

„Wollen wir es hoffen“, murmelte Mona.

Als sie zur Dienststelle zurückkehrten und mit der Lokalisierung des Smartphones begannen, lief zunächst alles wie am Schnürchen. Borkum wurde vom niederländischen Mobilfunknetz abgedeckt, was aber technisch keinen Unterschied machte. Die Ortung baute sich langsam auf. Talermanns Telefon wurde auf dem Monitor durch einen blinkenden roten Punkt symbolisiert.

„Er ist am Hundestrand beim Südbad!“, rief Mona verblüfft. „Was will dieser Unglücksrabe denn dort? Er besitzt doch gar keinen Vierbeiner. Jedenfalls haben wir in seinem Zimmer nichts gefunden, das darauf hindeutet.“

Enno griff bereits zum Autoschlüssel.

„Das fragen wir ihn, sobald wir ihn dort überrumpelt haben.“

Die Kommissare rasten mit eingeschaltetem Blaulicht zur Greune Stee. Auf die Polizeisirene verzichteten sie, um Talermann nicht vorzuwarnen. Sie kamen ohnehin gut durch, denn der Autoverkehr hielt sich an diesem Dezembertag in Grenzen. Es dämmerte bereits. Am Horizont über der Nordsee ballten sich Wolken, eine Vorahnung von Schneefall lag in der Luft.

Mona und Enno durchquerten im Laufschritt das Naturschutzgebiet und eilten zum Strand hinunter.

Die Kommissarin ließ suchend ihren Blick schweifen. Einige Urlauber spazierten dick eingepackt und mit Mützen sowie Schals versehen an der Wasserlinie entlang. Doch sie waren meist paarweise oder in kleinen Gruppen unterwegs. Mona konnte niemanden entdecken, der von der Statur oder Körpersprache an Talermann erinnerte.

Und dann sah sie ihn doch.

Er war im Wasser, und zwar vollständig bekleidet!

Die Ermittlerin kniff die Augen zusammen. Der Wind wehte ihr ins Gesicht, die Wolken verdunkelten die Sonne, und doch konnte es keinen Zweifel geben. Die Gestalt, die sich immer weiter vom Ufer entfernte, war der Mordverdächtige!

Mona hatte bereits die Wasserlinie erreicht. Ihre Füße in den Winterstiefeln waren nass und fühlten sich eiskalt an. Sie formte die Hände zu einem Trichter.

„Kommen Sie zurück, Talermann!“, rief sie mit gellender Stimme. Doch entweder konnte er sie nicht hören oder er wollte sich von seinem düsteren Vorhaben nicht abbringen lassen.

Enno erreichte nun ebenfalls die Brandung. Er stapfte an seiner Kollegin vorbei, seinen Blick auf den Lebensmüden gerichtet. Monas Herz krampfte sich zusammen.

„Was hast du vor?“

„Ich hole den Knaben aus dem Wasser, bevor es zu spät ist.“

„Sollte ich das nicht lieber tun?“

Der stämmige Ostfriese schüttelte den Kopf.

„Ich bin größer und stärker als du. Ruf lieber eine Ambulanz. Talermann wird ganz schön durchgefroren sein, wenn ich ihn an Land bringe.“

Die Kommissarin musste zugeben, dass ihr Kollege recht hatte. Sie war zwar sportlich und durchtrainiert, doch an Größe und Kraft konnte sie es mit Enno nicht aufnehmen. Er maß immerhin fast zwei Meter, und unter seiner Fettschicht verbargen sich imposante Muskelpakete. Wenn das Wasser Enno bis zur Brust reichte, würde Mona schon gänzlich in den Fluten verschwunden sein.

Eigentlich hatte sie sich mit ihrer geringen Körpergröße längst abgefunden. Doch in diesem Moment wäre sie gern eins achtzig gewesen, um Talermann selbst retten zu können.

Sie machte sich nämlich große Sorgen um ihren Kollegen.

Enno war nicht mehr der Jüngste. Obwohl er über eine eiserne Konstitution verfügte, war ein Bad in der winterkalten Nordsee seiner Gesundheit gewiss nicht zuträglich. Wenn ihm etwas passierte, würde sie sich das niemals verzeihen.

Während die Kommissarin ängstlich beobachtete, wie der wuchtige Oberkommissar durch die Wogen pflügte und sich Talermann näherte, verständigte sie eine Ambulanz.

„Moin, hier spricht Kommissarin Sander von der Polizei Borkum. Wir haben einen mutmaßlichen Suizidversuch am Südbad-Hundestrand. Mein Kollege versucht, den Mann aus dem Wasser zu ziehen. Wir benötigen dringend eine Ambulanz!“

Obwohl der Wind heulte, schien ihr Gesprächspartner im Stadtkrankenhaus alles verstanden zu haben. Jedenfalls sagte er zu, umgehend eine Ambulanz zu schicken.

Mona hasste es, wenn ihr selbst die Hände gebunden waren. Zu allem Überfluss hatten inzwischen einige Spaziergänger bemerkt, dass sich im Meer etwas Dramatisches abspielte. Sie blieben stehen und glotzten, einige begannen bereits mit ihren Smartphones zu filmen.

Der Kriminalistin platzte der Kragen. Sie hielt ihren Dienstausweis hoch und wandte sich den Schaulustigen zu.

„Hier gibt es nichts zu sehen! Gehen Sie bitte weiter, andernfalls behindern Sie einen Polizeieinsatz!“

Einige Leute murrten, doch Monas resolute Art brachte sie wieder in Bewegung. Außerdem war es durch den ständigen Wind wirklich sehr kalt. Oder kam es der Kommissarin nur so vor, weil ihre Furcht sie innerlich frieren ließ?

Nachdem die Gaffer fort waren, wandte Mona sich wieder der offenen See zu. Ihr Herz setzte beinahe aus, als sie weder Enno noch Talermann entdecken konnte. Waren beide gemeinsam untergegangen? Doch dann sah sie ihren Kollegen und den Mordverdächtigen wieder auftauchen. Eine hochsteigende Welle hatte ihr kurzzeitig die Sicht genommen. Als die Woge sich jetzt brach und Gischt versprühend in der Brandung verebbte, konnte Mona die Männer wieder erblicken.

Enno hatte Talermann nun im Rettungsgriff. Dem Lebensmüden schien die Energie zu fehlen, zumindest leistete er keinen Widerstand. Das war immerhin ein Lichtblick.

Eine Sirene ertönte.

Mona drehte sich um und bemerkte das rotierende Blaulicht des Rettungswagens. Das Fahrzeug kam auf der Promenade in ihre Richtung. Die Kommissarin winkte, um die Sanitäter und den Notarzt auf sich aufmerksam zu machen.

Enno schleppte Talermann taumelnd an Land und fiel mit ihm zusammen in die Brandung.

„Ich weiß schon, warum ich mich nicht mehr am traditionellen Neujahrsschwimmen beteilige“, stieß er hervor. Mona nahm es als ein gutes Zeichen, dass ihr Kollege seinen Humor noch nicht verloren hatte. Vor allem war sie einfach nur erleichtert darüber, dass Enno bei Talermanns Rettung keinen sichtbaren Schaden davongetragen hatte. Allerdings waren beide Männer pudelnass, doch das war nicht anders zu erwarten gewesen.

Und sie schlotterten um die Wette.

„Warum machen Sie so einen Unsinn?", fuhr Mona den Mordverdächtigen an. „Wollten Sie vor den Folgen Ihrer Tat fliehen?"

Doch Talermann murmelte nur ein paar unverständliche Wortfetzen.

Enno hielt ihn immer noch umklammert.

„Ich glaube nicht, dass du jetzt vernünftig mit ihm reden kannst, Mona. Als ich ihn gepackt habe, schien er überhaupt nicht ansprechbar zu sein. Talermann befindet sich momentan wohl in seiner eigenen Welt."

Diesen Eindruck hatte Mona ebenfalls. Nele Krogs Ex-Freund wirkte geistesabwesend. Sein Blick war leer. Der Körper reagierte auf das kalte Wasser mit Zittern, die Lippen waren bläulich gefärbt. Doch innerlich schien dieser Mann ganz weit weg zu sein.

Nun kamen der Notarzt und zwei Sanitäter quer über den Strand auf sie zugeeilt. Mona wandte sich an die Helfer.

„Moin, wir vermuten einen Selbstmordversuch. Diese Person ist ein Mordverdächtiger, wir hatten bereits nach ihm gefahndet. Womöglich sah er keinen anderen Ausweg mehr als den Freitod. Uns ist bekannt, dass er in der Vergangenheit bereits psychische Probleme hatte und stationär behandelt wurde."

Der Mediziner nickte. Er hieß Dr. Andresen. Die Ermittler kannten ihn von früheren Einsätzen.

„Danke, Frau Sander. Das ist hilfreich."

Während der Arzt sich mit Talermann befasste, wandte Mona sich ihrem Kollegen zu.

„So, mein Lieber. Und du wirst jetzt schleunigst ins Auto steigen, nach Hause fahren und dich heiß abduschen. Lass dir von Birte einen steifen Grog brauen. Ich begleite unseren Freund ins Krankenhaus, falls er unterwegs Sperenzchen machen sollte."

Ennos Zähne schlugen beim Sprechen aufeinander.

„In Ordnung, aber den Grog würde ich lieber durch Tee ersetzen. Ich komme zum Krankenhaus, sobald ich trockene Klamotten anhabe."

„Untersteh dich!", drohte Mona. „Ich komm schon allein klar. Und jetzt ab mit dir, du Lebensretter."

Enno stapfte schnell in Richtung des Dienstwagens davon, den sie am Greune-Stee-Weg zurückgelassen hatten.

Die Sanitäter hatten Talermann inzwischen warm eingepackt und auf eine Trage gehievt. Er leistete nach wie vor keinen Widerstand, verhielt sich vollkommen passiv und sprach auch nicht.

Falls er wirklich der Mörder war, würde sich seine DNA womöglich an den Kleidern des Opfers nachweisen lassen. Während Mona den Verdächtigen im Krankenwagen zum Hospital begleitete, versuchte sie, sich den Tathergang vorzustellen.

Talermann hatte sich schon einige Tage auf Borkum aufgehalten. Warum war er erst am zweiten Dezember zu Krog gegangen? Hatte er die Wohnung vorher ausspioniert? Dass er sich mit dem Ehemann seiner Ex-Freundin lautstark gestritten hatte, war nachvollziehbar. Doch wo war Malte Krog letztlich erschlagen worden?

Nach Meinung der Kommissarin blieben zu viele Fragen offen.

Als der Rettungswagen im Krankenhaus eintraf, war es bereits stockfinster. Mona musste auf einer Bank warten, während der Patient behandelt wurde. Zunächst rief sie ihren Chef an und gab Bescheid, dass Talermann gefunden worden war und sich die Fahndung erledigt hatte. Oltbeck bat sie baldmöglichst um einen ausführlichen Bericht.

Ich wüsste selbst gern, was hier gespielt wird, dachte die Kommissarin, nachdem sie das Telefonat beendet hatte. Sie ging den Fall in Gedanken immer wieder durch, bis nach einer Weile eine vertraute Gestalt auftauchte.

„Ich habe dir doch gesagt, dass du zu Hause bleiben sollst, Enno!“

„Es geht mir gut“, behauptete der Oberkommissar. Er setzte sich neben sie, wobei er einen Duft nach Duschgel verbreitete.

Er fuhr fort: „Als junger Mann habe ich oft am Neujahrsschwimmen teilgenommen. Du kannst meine Frau fragen, wenn du mir nicht glaubst.“

„Ich finde es vorbildlich von dir, dass du Talermann ohne Rücksicht auf deine eigene Gesundheit aus der Nordsee gezogen hast. Dafür ziehe ich meinen Hut vor dir.“

„Du hast doch gar keinen Hut.“

Mona grinste.

„Das war sinnbildlich gesprochen. Trotzdem finde ich, dass du in deinem Alter kürzertreten solltest.“

„Mir fehlt nichts.“

Enno nieste.

„Ja, man hört es“, kommentierte Mona. Bevor sie noch mehr sagen konnte, kam Dr. Andresen aus dem Krankenzimmer. Die Ermittler schauten ihn erwartungsvoll an.

„Ich habe dem Patienten ein Beruhigungsmittel verabreicht“, erklärte der Mediziner. „Er hat sich mir gegenüber ein wenig geöffnet. Meiner Meinung nach liegt keine bewusste Selbsttötungsabsicht vor.“

Die Kommissarin war überrascht.

„Wie meinen Sie das? Aus welchem anderen Grund ist der Mann vollständig bekleidet ins Wasser gegangen?“

„Sie selbst hatten mich ja auf seine Vorerkrankung hingewiesen. Ich halte es für möglich, dass der Patient seine Psychopharmaka eigenmächtig abgesetzt hat. Daraufhin kam es bei ihm zu Halluzinationen. Er glaubte felsenfest daran, dass seine Ex-Freundin eine Nixe sei und ihn gelockt hätte, zu ihr ins Meer zu kommen.“

„Halluzinationen“, wiederholte Mona. „Wäre es möglich, dass er in diesem Zustand einen Mord begangen hat?“

Der Arzt hob die Schultern.

„Ausschließen kann ich diese Möglichkeit nicht.“

Kapitel 8

Mona und Enno kehrten noch einmal in die Pension Oude Hus zurück. Diesmal durchsuchten sie das Zimmer des Mordverdächtigen gründlicher. Die Kommissarin fand im Bad eine Tablettenpackung. Sie rief ihren Kollegen herbei.

„Schau dir das an, Enno! Dieses Psychopharmakon soll laut Beipackzettel schizophrene Wahnvorstellungen unterdrücken. Falls Talermann es wirklich eigenmächtig abgesetzt hat …"

„… könnte er in diesem Zustand durchaus Malte Krog erschlagen haben", ergänzte der Oberkommissar. „Als ich ihn aus der Nordsee zog, machte er auf jeden Fall einen verwirrten Eindruck. Er wäre gewiss nicht ins Wasser gegangen, wenn er seine Medizin ordnungsgemäß genommen hätte."

Die Ermittler erstatteten dem Dienststellenleiter Bericht. Oltbeck ordnete an, dass Talermanns Krankenzimmer durch einen uniformierten Kollegen bewacht wurde.

„Der Tatverdächtige muss für eine fachärztliche Begutachtung aufs Festland verlegt werden", stellte der Chef fest. „Bevor ein Psychiater diesen Talermann als vernehmungsfähig eingestuft hat, können Sie sowieso nicht mit ihm reden. Versuchen Sie morgen früh gleich als Erstes, den Tatort zu finden. Falls wir kein Geständnis bekommen, müssen wir die Staatsanwaltschaft wenigstens mit genügend Indizien versorgen. Wo wurde das Opfer erschlagen? Welche Tatwaffe hat der Mörder benutzt?"

„Wenigstens ein Motiv können wir schon liefern", meinte Enno. „Talermann liebt offensichtlich die Frau, mit der Malte Krog verheiratet war."

Mona glaubte noch nicht hundertprozentig an die Schuld des Ex-Freundes. Doch sie schaffte es ausnahmsweise, ihren Schnabel zu halten. Oltbeck hatte im Grunde recht: Sie mussten mehr Fakten sammeln.

Am nächsten Morgen fuhren die Kommissare möglichst nahe an den Leichenfundort heran, der inzwischen von der Spurensicherung untersucht worden war. Mona drehte sich auf dem Wanderweg um und ließ ihren Blick über den hinter ihr liegenden Ort schweifen.

„Wäre Talermann kräftig genug gewesen, um sein totes Opfer hierher zu schleppen?"

Der Oberkommissar nieste und antwortete mit heiserer Stimme: „Eher nicht. Als ich gestern im Meer kurz mit ihm gerungen habe, konnte er mir nicht viel entgegensetzen. Talermann ist nicht stark genug für einen Solo-Leichentransport. Außerdem weißt du selbst, wie schwer ein lebloser Körper sein kann."

„Allerdings. Falls Talermann also keinen Helfer hatte, muss es eine Transportmöglichkeit gegeben haben."

„Ich wüsste nicht, wer sein Komplize hätte sein sollen", meinte Enno. „Außer Nele Krog kannte er niemanden auf Borkum. Wir können Elske fragen, ob sie ihn in Begleitung anderer Personen gesehen hat."

„Man wird keine flüchtige Reisebekanntschaft bitten, bei der Beseitigung eines Ermordeten zu helfen", dachte Mona laut nach. Und sie fügte hinzu: „Jedenfalls nicht, wenn man bei klarem Verstand ist."

„Wenn der Mörder einen Fahrradanhänger oder eine Schubkarre benutzt hat, benötigte er keinen Helfer", behauptete der Ostfriese. Die Kommissarin war skeptisch.

„Die Leiche passt doch nicht in einen Fahrradanhänger."

„Nicht komplett", stimmte Enno zu. „Aber wenn beispielsweise der Oberkörper auf dem Anhänger liegt und die Beine herunterhängen, könnte es klappen."

Die Kommissarin zuckte mit den Schultern.

„Zugegeben, so hätte der Mörder das Opfer transportieren können. Ich frage mich trotzdem, aus welchem Grund er den Toten nicht einfach am Tatort liegen ließ. Offenbar ist Malte Krog seinem späteren Peiniger gefolgt, als er seine Wohnung verlassen hat. Von der Gorch-Fock-Straße bis zu dem Wanderweg sind es noch nicht mal ein Kilometer Luftlinie."

Enno nahm den Gedankengang auf: „Hinzu kommt, dass der Täter den Toten entkleidete, was zusätzlich Zeit gekostet hat. Die Leiche fortzuschaffen war äußerst unlogisch."

Mona antwortete nicht sofort. Sie blieb so lange schweigsam, bis ihr Kollege nachhakte: „Was geht dir durch den Kopf?"

„Es wäre wirklich Unsinn, den Toten zu dem Wanderweg zu schleifen und sich dabei der Gefahr auszusetzen, entdeckt zu werden. Es sei denn, der Tatort wäre ein Fahrzeug."

Der Oberkommissar schnippte mit seinen dicken Fingern.

„Stimmt, daran hatte ich noch gar nicht gedacht! Der Mörder lotst sein Opfer unter einem Vorwand in sein Auto und schlägt zu. Malte Krog ist tot, aber natürlich kann der Täter ihn nicht in dem Wagen lassen. Von dem freien Platz hinter der Klinik bis zum Wanderweg sind es nur wenige Schritte. Vielleicht hat der Verbrecher den Transport sogar ohne Hilfsmittel geschafft, indem er die Leiche geschleift hat."

„Dann müssten entsprechende Spuren an Krogs Fersen zu sehen sein", stellte Mona fest. „Darauf habe ich nicht geachtet, wir müssen den Obduktionsbericht genau anschauen. Falls unsere These mit dem Auto stimmt, scheidet Talermann als Mordverdächtiger übrigens aus."

„Er hat keinen Wagen?", fragte Enno.

„Nicht, dass ich wüsste. Wir können leicht herausfinden, ob er mit eigenem PKW auf die Insel gekommen ist. Und falls ein Fahrzeug gestohlen worden wäre, hätte der Besitzer schon längst Anzeige erstattet."

Mona rief die Dienststelle an und erkundigte sich nach möglichen Autodiebstählen. Das Gespräch dauerte nur kurz.

„Wie ich es mir dachte, Enno. Momentan wird auf Borkum kein Wagen vermisst."

Der Oberkommissar nickte und nahm Kontakt mit der Pensionswirtin auf. Er hatte Elske schon zuvor mitgeteilt, dass ihr Gast sich im Krankenhaus befand und wohl so bald nicht wieder auftauchen würde.

„Moin, Elske. Kannst du mir sagen, ob Talermann mit eigenem PKW angereist ist?"

„Nee, Enno. Auf keinen Fall. Du weißt doch, dass ich keine Parkplätze direkt am Haus habe. Darauf weise ich alle Gäste schon bei der Buchung hin. Als Talermann anrief, war ihm das egal. Er sagte, dass er sowieso kein Auto hätte."

Der Oberkommissar bedankte sich und beendete das Telefonat.

„Lass uns doch überprüfen, wie es bei Sigrid Andringa und ihrem Personal Trainer aussieht", schlug er vor.

Die Ermittler kehrten zur Polizeistation zurück und jagten die beiden Namen durch ihre Datenbanken. Es dauerte nicht lange, bis sie ein Ergebnis bekamen.

„Auf den verstorbenen Jan Andringa ist ein Porsche Cayenne zugelassen. Und Benner ist stolzer Besitzer eines Hymer-Wohnmobils“, stellte Mona fest.
„Ob wir für die Fahrzeuge einen Durchsuchungsbefehl bekommen, bezweifle ich“, sagte Enno. „Aber es kann nichts schaden, diesem ungleichen Paar noch einen Besuch abzustatten. Womöglich verraten sie sich durch ihre Reaktionen.“
Doch bevor die Kommissare aufbrechen konnten, klopfte es an ihre Bürotür. Gleich darauf trat Aiske Berend ein.
„Eben gerade hat jemand eine Anzeige wegen Körperverletzung erstattet“, teilte die uniformierte Polizeimeisterin mit. „Ich dachte mir, dass der Vorgang euch interessieren könnte. Der Melder beschuldigt nämlich Nele Krog.“
Mona wurde hellhörig, und auch Enno war ganz Ohr.
„Was legt er der Masseurin zur Last?“
„Er behauptet, dass sie ihm ein illegales Potenzmittel verabreicht hätte. Daraufhin bekam er Herzrasen und hätte beinahe einen Kreislaufkollaps erlitten. Der Mann konnte auch ein ärztliches Attest vorlegen, das seine Beschwerden bestätigte.“
Enno runzelte die Stirn.
„Wie heißt denn dieser Melder?“
„Klaas Tönning.“
„Alles klar“, gab Monas Kollege zurück. Sie selbst konnte mit dem Namen nichts anfangen. Wenn dieser Tönning ein alteingesessener Borkumer war, würde Enno alles über ihn wissen, inklusive Schuhgröße und Lieblingsfarbe.
„Ist Tönning noch auf der Wache?“
Aiske Berend schüttelte den Kopf.
„Er hat das Formular unterschrieben, danach machte er sich sofort aus dem Staub.“
„Das macht nichts, ich weiß, wo wir ihn finden“, behauptete Enno. „Danke, Aiske.“
„Immer wieder gern“, entgegnete die Polizeimeisterin und verließ den Raum.
Mona warf ihrem Kollegen einen fragenden Blick zu.
„Was für ein Vogel ist dieser Tönning? Nach deinem Gesichtsausdruck zu urteilen, dürfte er nicht zu deinem engeren Freundeskreis zählen.“

„Tönning ist ein Taugenichts“, meinte Enno. „Tut mir leid, wenn ich so ein hartes Urteil fällen muss.“

„Kleinkrimineller? Wenn er ein großer Fisch wäre, hättest du ihn bestimmt schon erwähnt. Borkum ist ja zum Glück nicht gerade ein Kriminalitätsschwerpunkt. Die paar schweren Jungs auf unserer Insel kann man an einer Hand abzählen.“

„Das stimmt, Mona. Und ich bin sicher, dass Tönning Dreck am Stecken hat. Nur haben wir ihm leider bisher noch nichts nachweisen können. Er ist nicht gerade die hellste Kerze auf der Torte, aber der Kerl besitzt eine gewisse Bauernschläue. Manchmal kommt es mir so vor, als ob er einen sechsten Sinn für Polizeiuniformen hätte. Sobald ein Kollege auftaucht, spielt Tönning die Unschuld vom Lande.“

„Wie gut, dass wir normalerweise in Zivil unterwegs sind“, gab die Kommissarin trocken zurück. „Ich nehme an, du kennst Tönning persönlich?“

Der Oberkommissar nickte.

„Ja, von Kindesbeinen an. Sein Vater war ein ehrbarer Steuermann. Er ist auf See geblieben, als Tönning noch ein Teenager war. Er hatte damals schon die Arbeit nicht erfunden. Ich erinnere mich, dass er eine Lehre als Koch abgebrochen hat. Das war ihm wohl zu anstrengend.“

„Und wovon lebt der Knabe?“

„Tönning hält sich mit Gelegenheitsarbeiten über Wasser. Hier mal ein paar Stunden gärtnern, dort einem Strandkorbvermieter aushelfen. Doch seine Haupteinnahmequelle dürfte seine Mutter sein. Er wohnt noch bei ihr, und sie verwöhnt ihn nach Strich und Faden. Wahrscheinlich steckt sie ihrem Sohnemann auch von ihrer kleinen Rente gelegentlich einen Zwanziger zu.“

„Wie alt ist der Kerl?“

Enno legte nachdenklich die Stirn in Falten.

„Tönning müsste jetzt so zweiundvierzig oder dreiundvierzig Jahre sein.“

„Du sagtest eben, dass du weißt, wo wir ihn finden. Wird er zu seiner Mutter gegangen sein?“

„Noch nicht“, mutmaßte der stämmige Ostfriese. „Um diese Uhrzeit wird er in der *Seekiste* seinen Frühschoppen einnehmen.“

Mona stand auf.

„Dann lass uns ihm Gesellschaft leisten. Ich kann es kaum abwarten, mir seine Version vom Tathergang anzuhören."

Enno warf ihr einen prüfenden Blick zu.

„Keine Sorge, ich werde nicht ausfällig", beteuerte die Kriminalistin. „Aber wir sollten seine Aussage auf Herz und Nieren prüfen."

Es lohnte sich nicht, für die wenigen hundert Meter bis zu der Kult-Raucherkneipe den Dienstwagen zu nehmen. Ein Zug vom Fährhafen hatte soeben wieder eine Ladung Weihnachtsurlauber auf die Insel gebracht. Die Menschen strömten zu ihren Quartieren, wobei sie ihre Rollkoffer hinter sich herzogen. Es gab nicht wenige, die vor dem Adventstrubel der deutschen Großstädte nach Borkum flohen.

Die Seekiste befand sich direkt neben dem Inselbahnhof. Enno hielt für Mona die Tür auf und grüßte den Wirt.

An diesem Vormittag war noch nicht allzu viel los. Eine Vierer-Männergruppe mit Schalke-04-Schals hatte es sich an einem der Tische bequem gemacht. Doch die Kommissarin interessierte sich mehr für einen einzelnen Zecher, der an der Theke vor einem halb leeren Bierglas saß.

Nun drehte der Gast seinen Kopf in ihre Richtung.

„Moin, Enno. Ich wusste gar nicht, dass du so eine charmante Kollegin hast."

Mona mochte keine schleimigen Komplimente. Und sie musste sich selbst eingestehen, dass sie gegenüber Tönning voreingenommen war. Nichts von dem, was ihr Kollege erzählt hatte, machte ihr diesen Mann sympathisch.

Er hatte wasserblaue Augen, ein fliehendes Kinn und ungepflegte Haare von einer Farbe, die allgemein als „Straßenköterblond" bekannt ist. Tönning trug eine Cordhose und einen maschinengestrickten Pullover mit Elchgeweihmuster.

Mona stieg auf den Barhocker links neben ihm, Enno nahm auf der rechten Seite Platz. Sie zeigte ihren Dienstausweis.

„Ich bin Kommissarin Sander, Herr Tönning. Wir möchten mit Ihnen über Ihre Strafanzeige gegen Nele Krog sprechen."

„Hier?", fragte der Melder ungläubig. „Ich habe doch Ihrer Kollegin schon alles gesagt, was ich weiß. Und ein Attest hat sie auch von mir gekriegt."

Die Kommissarin deutete auf den Wirt, der sich soeben mit den Schalke-Fans unterhielt. Ihr Tisch befand sich am anderen Ende des Lokals.

„Hier hört doch niemand mit. Und je mehr Sie uns erzählen, desto schneller sind Sie uns auch wieder los.“

Diese Aussicht schien Tönning zu gefallen.

„In Ordnung, dann fragen Sie mich doch einfach etwas.“

„Wie und wann kam es zu der Begegnung mit Frau Krog?“

„Das ist jetzt schon ein paar Tage her, Frau Sander. Ich hatte mir bei der Arbeit eine Zerrung geholt und wollte mir eine Massage gönnen. Also machte ich einen Termin bei dieser falschen Schlange.“

Mona musste sich auf die Zunge beißen, um Tönning nicht anzufahren. Es empörte sie, dass er so abfällig über die frisch verwitwete Frau sprach. Doch wenn sie etwas erreichen wollte, musste sie ihn reden lassen. Die Kommissarin forderte ihn mit einer Handbewegung zum Weitersprechen auf.

„Zuerst war alles ganz normal. Nele Krog sagte mir, dass ich mich ausziehen und es mir auf der Liege bequem machen sollte. Doch dann wurde es seltsam.“

„Warum?“, warf Enno ein.

„Sie ließ selbst die Hüllen fallen und glitt auf mich“, behauptete der Melder. „Ich war verblüfft, damit hatte ich nicht gerechnet. Außerdem wusste ich, dass sie verheiratet ist. Doch das schien sie nicht zu stören. Und ich … ich bin ja auch nur ein Mann. Außerdem bin ich momentan nicht vergeben.“

Kein Wunder!, dachte Mona. Die Vorstellung, von diesem Schleimer berührt zu werden, verursachte ihr Übelkeit. Sie fragte: „Kam es zum Geschlechtsverkehr?“

„Nicht sofort. Die Masseurin hat mir diese Tabletten aufgedrängt. Sie meinte, dass ich mich dann noch viel besser fühlen würde. Dann könnte ich es richtig krachen lassen, also …“

Tönning warf Mona einen lüsternen Blick zu und leckte sich die Lippen.

„Ich verstehe schon“, sagte sie kalt. „Was für ein Medikament war das?“

„Keine Ahnung, ich habe die Packung nicht gesehen. Wird wohl ein Potenzmittel gewesen sein, Vitaminpillen waren es jedenfalls nicht. Ich dachte mir, dass sie schon wissen wird, was sie tut. Also schluckte ich die Medizin, und dann ging es zur Sache."

„Du hattest Sex mit Nele Krog?", vergewisserte Enno sich.

Tönning nickte eifrig.

„Ja, und das war richtig toll. Ich verabschiedete mich und ging nach Hause. Eine Stunde später fühlte ich mich hundsmiserabel. Meine Pumpe raste, ich hatte Schweißausbrüche und bohrende Kopfschmerzen. Ich ging zum Arzt und beichtete ihm, was geschehen war. Der Doc meinte, dass meine Beschwerden von dem Potenzmittel kämen. Er ließ zur Sicherheit mein Blut untersuchen. Darin ließ sich das Teufelszeug nachweisen. Das ist wohl so eine Quacksalbermedizin, die in Indien zusammengemixt und nach Europa geschmuggelt wird."

„Haben Sie Frau Krog noch einmal darauf angesprochen?", wollte Mona wissen.

„Nee, wozu? Womöglich würde sie leugnen, mir das Zeug verabreicht zu haben. Beweisen kann ich es nicht, es steht Aussage gegen Aussage. Ich bin trotzdem zur Polizei gegangen, weil ich finde, dass dieser Frau das Handwerk gelegt werden sollte. Ich bin bestimmt nicht der einzige Kerl, der ihr zum Opfer gefallen ist."

„Richtig, es steht Aussage gegen Aussage", stellte die Kommissarin fest. „Können Sie nicht verstehen, dass wir skeptisch sind?"

„Ich hätte draufgehen können!", regte Tönning sich auf. „Warum sollte ich diese Hexe verleumden wollen?"

Auf diese Frage wären Mona prompt einige Antworten eingefallen, doch Enno warf ihr einen warnenden Blick zu. Er rutschte von seinem Barhocker und legte seine schwere Hand auf Tönnings Schulter.

„Das wäre für den Moment alles, Klaas. Lass dir dein Bier schmecken, wir melden uns wieder. – Komm, Mona."

Der Kommissarin blieb nichts anderes übrig, als ihrem Kollegen nach draußen zu folgen. Als sie vor der Gaststätte standen, konnte sie nicht mehr an sich halten.

„Der Kerl lügt doch wie gedruckt, Enno!"

„Ja, aber leider können wir ihm keine Falschaussage nachweisen", brummte der erfahrene Oberkommissar. „Ich kenne Klaas, er kann stur wie ein Esel sein."

Mona hob die Augenbrauen.

„Hast du einen Plan, um ihn auszutricksen?"

„Warte es einfach ab, in Ordnung? Wir sollten uns jetzt Frau Andringa und Benner vornehmen.“

Die Kriminalistin war einverstanden. Auf der Fahrt zum Ferienhaus kam sie trotzdem noch einmal auf Tönning zurück.

„Ich glaube nicht, dass der Arzt ein Komplize dieses Gauners ist. Also wird Tönning wohl wirklich ein gefälschtes Potenzmittel geschluckt haben. Das Attest ist zweifellos echt. Es lässt sich bloß nicht nachweisen, dass er wirklich Sex mit Nele Krog hatte. Sie wird wohl kaum an Geschmacksverirrung leiden – brrrr!“

Enno lächelte verschmitzt.

„Nur, weil Klaas dein Herz nicht höherschlagen lässt, muss er noch lange kein männliches Mauerblümchen sein.“

„Glaubst du seine Geschichte etwa?“, fragte Mona ungläubig.

„Nein, das tue ich nicht. Es muss auf jeden Fall einen Grund dafür geben, dass er der Masseurin eine Körperverletzung anhängen will.“

„Natürlich, er soll ihren Ruf ruinieren. Und dahinter steckt vermutlich Frau Andringa. Sie will uns immer noch den Floh ins Ohr setzen, dass die Masseurin ihren Mann getötet hat.“

„Ja, das ist plausibel“, stimmte der Ostfriese zu. „Klaas ist ein Mann, der für ein paar Hunderter das Blaue vom Himmel herunterlügen würde. Ich gehe jedenfalls nicht davon aus, dass Nele Krog sich prostituiert und Potenzpillen wie Bonbons verteilt.“

„Da sind wir uns mal wieder einig“, gab Mona zurück. „Jetzt müssen wir Tönning bloß noch seine Lüge nachweisen.“

„Überlass das ruhig mir“, meinte Enno, während er den Dienstwagen vor dem Ferienhaus zum Stehen brachte.

Noch bevor sie an die Tür klopfen konnten, wurde sie aufgerissen. Frau Andringa stand vor ihnen. Mona erwartete, wieder von ihr angefaucht zu werden. Doch die Witwe machte jetzt keinen aggressiven Eindruck. Vielmehr schien sie völlig verzweifelt zu sein.

„Sie müssen mir helfen! Lars ist spurlos verschwunden, womöglich hat ihm jemand etwas angetan!“

Kapitel 9

Monas Erstaunen dauerte nicht lange.

„Lars – Sie meinen Lars Benner, nicht wahr?“

Sigrid Andringa nickte heftig und schaute die beiden Ermittler flehend an.

„Er wollte vor zwei Stunden joggen gehen, und so lange bleibt er niemals fort.“

Die Kommissarin runzelte die Stirn.

„Ich bin selbst aktive Läuferin. Es gibt auf Borkum genügend Strecken, die für ein Ausdauertraining geeignet sind. Vielleicht hat Herr Benner eine andere Route gewählt und sich mit der Entfernung verschätzt.“

„Ja, das habe ich zuerst auch vermutet, Frau Sander. Doch als ich ihn anrief, war sein Handy ausgeschaltet.“

Enno zuckte mit den Schultern.

„Das muss nichts zu bedeuten haben.“

„Doch, das hat es!“, beharrte die Witwe. „Wir haben vereinbart, dass Lars stets und ständig für mich erreichbar sein muss. Sein Entführer will verhindern, dass er gefunden wird. Oder – sein Mörder!“

Sie begann zu weinen. Und obwohl Mona ihr Gegenüber nach wie vor nicht mochte, musste sie zugeben, dass Benners Verschwinden tatsächlich merkwürdig war. Gab es jemanden, der die Männer im Umfeld von Frau Andringa und Frau Krog beseitigen wollte? Jan Andringa und Malte Krog waren tot, Lars Benner verschwunden. Das konnte kein Zufall sein. Waren all diese Ereignisse Teil eines finsteren Plans, den sie noch nicht durchschaute?

Ennos tiefe Stimme riss Mona aus ihren Gedanken. Der Oberkommissar wandte sich noch einmal an die verzweifelt wirkende Frau.

„Hat Ihr Personal Trainer eine Lieblingsstrecke, die er stets läuft? Wenn ja, dann sollten wir dort zuerst nach ihm suchen.“

Frau Andringa nickte.

„Lars joggt gern direkt an der Wasserlinie entlang, oft bis hoch zum Ostland. Dort dreht er dann um und kehrt zurück.“

„Hat er gesagt, wann er wieder bei Ihnen sein wollte?“, hakte Mona nach.

„Nicht direkt. Aber normalerweise ist Lars zum Frühstück wieder hier, und das findet bei uns meist gegen neun Uhr morgens statt. Bitte unternehmen Sie etwas!“

Die Ermittlerin dachte, dass man eine Leiche am Strand schon aus größerer Entfernung erblicken konnte. Doch diese Überlegung behielt sie für sich. Stattdessen fragte sie: „Wie war Ihr Personal Trainer gekleidet, als er aufbrach?“

„Er trug einen hellgrünen Jogginganzug und eine schwarze Mütze sowie Handschuhe von der gleichen Farbe.“

„Wir werden nach ihm Ausschau halten“, versicherte der stämmige Ostfriese. „Und wir möchten einen Blick in Ihr Auto werfen.“

Frau Andringa kniff misstrauisch die Augen zusammen.

„Wozu das denn?“

„Es ist ein möglicher Tatort“, sagte Mona freimütig. „Malte Krog könnte dort ums Leben gekommen sein.“

„Sie sind ja verrückt!“, fauchte die Witwe. „Nehmen Sie meinetwegen den Wagen auseinander. Ich habe nichts zu verbergen.“

Mit diesen Worten warf sie der Kommissarin die Autoschlüssel zu. Die Ermittler zogen sich Latexhandschuhe über und gingen hinaus zum Carport, der sich neben dem Ferienhaus befand.

Enno schloss den Porsche Cayenne auf und versprühte im Wageninneren und im Kofferraum reichlich Luminol, um Blutspuren sichtbar zu machen. Doch das Auto war sauber.

Frau Andringa schnaubte verächtlich.

„Sehen Sie? Ich bin keine Mörderin. Suchen Sie jetzt endlich nach Lars?“

„Selbstverständlich“, gab Enno ruhig zurück. „Können Sie uns sagen, wo er sein Wohnmobil geparkt hat? Womöglich befindet er sich dort.“

Die Witwe zuckte mit den Schultern.

„Ich glaube, es steht auf dem Parkplatz Am langen Wasser. Lars hält sich meist hier im Haus auf.“

Davon bin ich überzeugt, dachte Mona. Sie konnte es sich gerade noch verkneifen, diese Bemerkung laut von sich zu geben. Stattdessen sagte sie: „Noch eine letzte Frage: Kennen Sie eine Person namens Klaas Tönning?“

„Nein, den Namen habe ich noch nie gehört“, behauptete die Witwe.

Mona war sicher, dass sie log. Und ein Seitenblick auf das Gesicht ihres Kollegen bewies ihr, dass er genauso dachte.

Die Kommissare ließen sich Benners Mobilfunknummer geben. Falls das Gerät wieder eingeschaltet wurde, konnten sie eine Ortung vornehmen.

„Wir melden uns bei Ihnen, sobald es etwas Neues gibt", sagte Mona zum Abschied.

Als sie wieder im Wagen saßen, berieten sich die Kommissare zunächst.

„Talermann dürfte mit Benners Verschwinden jedenfalls nichts zu tun haben, da er noch im Krankenhaus ist und bewacht wird", stellte Enno fest.

„Noch ist nicht geklärt, ob das Verschwinden des Liebhabers etwas mit Krogs Ermordung zu tun hat", sagte Mona. „Wenn Frau Andringas Verzweiflung nicht so überzeugend gewesen wäre, würde ich ihr zutrauen, Benner beseitigt zu haben."

Der Oberkommissar hob seine buschigen Augenbrauen.

„Weil sie einen lästigen Mitwisser für immer zum Schweigen bringen wollte?"

„Richtig, Enno! Falls dieses Duo wirklich für den Mord an Malte Krog verantwortlich ist, dürfte Benner sich lautstark mit ihm gestritten und ihn danach erschlagen haben. Das alles geschah im Auftrag der Witwe. Aber Frau Andringa ist nicht dumm. Sie konnte sich an allen fünf Fingern ausrechnen, dass Benner nicht ewig bei ihr bleiben würde. Er war jedenfalls ein Risikofaktor, den sie loswerden musste."

Die Kriminalisten fuhren zu dem großen Parkplatz, auf dem um diese Jahreszeit nur wenige Fahrzeuge standen. Da sie das amtliche Kennzeichen von Benners Wohnmobil kannten, fanden sie den Camper sofort.

„Hebst du mich hoch?", bat die Kommissarin. „Dann kann ich einen Blick hineinwerfen."

„Mit dem größten Vergnügen", erwiderte Enno. Der bärenstarke Ostfriese stemmte sie so weit in die Höhe, dass sie durch das Heckfenster linsen konnte. Im Inneren des Wohnmobils herrschte Ordnung, doch es befand sich kein Mensch darin. Auch nicht in der Nasszelle, deren Tür halb offen stand.

„In Ordnung, du kannst mich wieder runterlassen. – Benner scheint jedenfalls nicht seine Siebensachen gepackt zu haben. Wir müssten das Wohnmobil systematisch durchsuchen, um nach Hinweisen Ausschau zu halten. Dafür werden wir einen Durchsuchungsbefehl brauchen."

„Noch wissen wir nicht, ob der Verschwundene noch lebt. Ich schlage vor, dass wir uns aufteilen. Ich fahre zum Strand und schaue mich dort um. Außerdem gebe ich Benners Personenbeschreibung an die Kollegen im Streifendienst durch. Den Chef werde ich natürlich auch informieren. Er soll veranlassen, dass der Fährhafen und der Flugplatz überwacht werden. Wir können nicht ausschließen, dass Benner Borkum verlassen will. Es wäre doch interessant, die Gründe zu erfahren. Verhindern können wir seine Abreise bei der dürftigen Beweislage nicht. Und du gehst zu Nele Krog, einverstanden? Tönnings Behauptungen sind absurd, aber wir müssen trotzdem ihre Version hören. Ich hoffe, dass ich später noch Licht ins Dunkel bringen kann."

„So geheimniskrämerisch kenne ich dich ja gar nicht", meinte Mona blinzelnd.

Enno hob seine breiten Schultern.

„Ich rede eben nicht gern über ungelegte Eier."

Der Ostfriese setzte Mona an der Gorch-Fock-Straße ab, bevor er Richtung Strand weiterfuhr. Die Ermittler wollten über Funk miteinander in Kontakt bleiben.

Das Graffiti am Haus konnte man nicht mehr erkennen. Die Handwerker mussten entweder am vorigen Abend oder am frühen Morgen ganze Arbeit geleistet haben.

Der Souvenirshop war bereits geöffnet. Ob Nele Krog wieder ihrem Vermieter Gesellschaft leistete?

Und wirklich saß sie einträchtig mit Gröne hinter dem Verkaufstresen. Der Mann wirkte nun nicht mehr ganz so scheu, die Gesellschaft seiner Mieterin schien ihm gutzutun. Er lächelte sogar, als er Mona erblickte.

„Moin, Frau Sander. Was gibt es Neues?"

Mona nahm ihre Wollmütze ab und fuhr sich durch ihr widerspenstiges rotblondes Haar.

„Es gibt einige Dinge zu besprechen, allerdings nur zwischen Frau Krog und mir."

„Ich verstehe." Gröne erhob sich. „Ich habe ohnehin etwas in der Stadt zu erledigen. Nele kennt inzwischen meine Betriebsabläufe, sie kann mich hier würdig vertreten."

„Das mache ich gern, Tobias“, sagte die Masseurin mit einem freundlichen Lächeln. „Bis später!“

Mona runzelte die Stirn. Die beiden duzten sich inzwischen? Sie hatte Nele Krog schon beim ersten Zusammentreffen für eine offene und kommunikative Person gehalten, was man von Gröne nicht gerade behaupten konnte. Wahrscheinlich war sie es gewesen, die ihrem Vermieter das Du angeboten hatte.

„Tobias ist ein echter Gentleman“, sagte Nele Krog, nachdem er seine Winterjacke angezogen und den Laden verlassen hatte. „Es war eine gute Idee von Ihnen, dass ich Zeit mit ihm verbringen sollte. Er ist ein stiller Mensch. In seiner Gesellschaft fühle ich mich einfach wohl. Jedenfalls soweit es geht.“

„Ich habe Neuigkeiten, was den Mord an Ihrem Ehemann angeht“, berichtete die Kommissarin. „Wir fanden seine Kleider in einer Mülltonne hinter der Pension Oude Hus. Dort wohnt zurzeit Ihr Ex-Freund. Herr Talermann ist in die Nordsee gegangen, konnte aber gerettet werden.“

Nele Krog schlug entsetzt die Hand vor den Mund.

„Oh nein! Geht es ihm gut?“

Sie schien sich um ihren Ex-Freund wirklich zu sorgen. Mona fragte sich erneut, ob es noch Gefühle zwischen Nele und Talermann gab. Sie war irritiert.

„Ja, er befindet sich im Borkumer Stadtkrankenhaus und wird wahrscheinlich heute zur psychiatrischen Begutachtung aufs Festland gebracht. – Interessiert es Sie gar nicht, dass die Kleider Ihres Mannes hinter dieser Pension gefunden wurden?“

„Micha hat mit Maltes Tod nichts zu tun!“, behauptete die Masseurin.

„Woher wollen Sie das wissen?“

„So eine Grausamkeit passt nicht zu ihm. Micha ist ein guter Mensch.“

„Und warum haben Sie sich dann von ihm getrennt?“

Monas Frage schien Nele Krog auf dem falschen Fuß erwischt zu haben. Bei ihrer Antwort druckste sie herum.

„Äh, wir haben einfach nicht zueinander gepasst.“

„Ich glaube Ihnen nicht“, sagte die Kommissarin ihr auf den Kopf zu. Mona beschloss, die Samthandschuhe auszuziehen. Gewiss, sie mochte diese Frau. Doch die Wahrheit würde nur ans Tageslicht kommen, wenn sie erbarmungslos nachbohrte.

Nele Krog riss die Augen auf und schaute Mona vorwurfsvoll an. Aber die Ermittlerin fühlte sich nicht schuldig, weil sie ihrem Gegenüber eine Lüge unterstellt hatte. Ihr Job bestand schließlich darin, einen Mord aufzuklären. Wenn sie sich dadurch unbeliebt machte, war das nicht zu ändern.

Die beiden Frauen starrten einander in die Augen, bis die Masseurin schließlich Monas Blick auswich.

„Also gut, Micha hat mich einmal geschlagen. Daraufhin fiel ich mit dem Kopf gegen eine Tischkante und verlor das Bewusstsein. Doch er hat es gewiss nicht so gemeint."

„Warum verteidigen Sie ihn?"

Diese Frage blieb im Raum stehen, weil Nele Krog sich jetzt aufs Schweigen verlegte. Die Kommissarin machte sich bewusst, dass diese Frau grundsätzlich immer das Gute im Menschen sehen wollte. Vor allem dann, wenn ihr jemand nahestand.

„Nun gut, diese Dinge liegen in der Vergangenheit", stellte Mona fest. „Ich muss noch eine andere Sache ansprechen. Heute ist gegen Sie eine Anzeige wegen Körperverletzung erstattet worden. Sie sind jetzt also Beschuldigte einer Straftat und müssen sich zu dem Vorwurf nicht äußern. Möchten Sie einen Rechtsbeistand hinzuziehen?"

„Sie machen einen bösen Scherz mit mir!"

Die Kommissarin schüttelte den Kopf.

„Nein, diese Angelegenheit habe ich mir nicht ausgedacht. Ein gewisser Klaas Tönning wirft Ihnen vor, dass Sie ihm illegale Potenzmittel verabreicht hätten. Daraufhin bekam er gesundheitliche Probleme, was er durch ein ärztliches Attest beweisen kann."

Die Masseurin rang nach Luft.

„Klaas? Ja, er kam vor ein paar Tagen zu mir. Aber ich habe ihm ganz bestimmt keine Tabletten oder Pillen gegeben, so etwas besitze ich überhaupt nicht."

„Sie bestreiten also die Vorwürfe?"

„Selbstverständlich, Frau Sander!"

„Lässt sich Tönning öfter von Ihnen massieren?"

„Nein, er war kürzlich zum ersten Mal bei mir. Er behauptete, eine Zerrung in der Schulter zu haben. Doch ich konnte nichts dergleichen feststellen. Nun ja, einige Männer wollen eben nur gern von einer jungen Frau berührt werden."

„Er hat ausgesagt, Sex mit Ihnen gehabt zu haben."

„Das stimmt nicht. Doch Sie dürfen ihm diese Schwindelei nicht übel nehmen. Ich glaube schon, dass er sich gern mit mir eingelassen hätte. So, wie er mich anschaute …"

Nele Krog lächelte versonnen. Es schien ihr nicht unangenehm gewesen zu sein, dass dieser Mann Interesse an ihr gezeigt hatte.

„Hat Tönning Annäherungsversuche gemacht?"

„Nein, das nicht. Dafür war er zu schüchtern", gab die Masseurin schmunzelnd zurück.

„Sie leugnen also, Tönning ein Potenzmittel gegeben zu haben?"

„Richtig. Ich frage mich, weshalb er solche Gerüchte in die Welt setzt."

Mona hatte in dieser Frage eine klare Meinung, die sie aber nicht mit Nele Krog besprechen wollte. Ein Puzzleteilchen passte zu dem nächsten. Sie konnte es kaum abwarten, sich mit Enno auszutauschen.

„Das wäre für heute schon alles, Frau Krog", sagte die Kommissarin und klappte ihren Notizblock zu. „Bitte kommen Sie so bald wie möglich zur Polizeiwache, um Ihre Aussage schriftlich protokollieren zu lassen."

„Bekomme ich wegen dieser Strafanzeige Schwierigkeiten?"

„Das hängt davon ab, ob die Staatsanwaltschaft Anklage gegen Sie erhebt", erklärte Mona. „Ich denke allerdings nicht, dass man Ihnen ein Verbrechen nachweisen kann."

Die Masseurin öffnete erneut den Mund.

„Wann wird die Leiche meines Mannes für die Beerdigung freigegeben?"

„Sobald die Obduktion im gerichtsmedizinischen Institut abgeschlossen ist."

„Ich bin sicher, dass Micha Malte nicht getötet hat. Wen haben Sie in Verdacht, Frau Sander?"

„Wir gehen einigen Hinweisen nach", sagte Mona. Dann zeigte sie der jungen Frau Lars Benners Foto. Sie hatte es von der Homepage des Personal Trainers heruntergeladen. „Haben Sie diesen Mann schon einmal gesehen?"

Die Masseurin schüttelte den Kopf.

„Nein, daran würde ich mich erinnern. Er sieht sehr gut aus. Wer ist das?"

„Eine Person, die wir überprüfen. Sie wird zurzeit vermisst. Also haben Sie diesen Mann nicht in der Nähe Ihrer Praxis bemerkt?"

Nele Krog verneinte.
„In Ordnung. Sie hören bald wieder von uns."
Mit diesen Worten verabschiedete Mona sich. Als sie auf die Gorch-Fock-Straße hinaustrat, blies ihr ein kalter Wind ins Gesicht, der etwas Pulverschnee mit sich führte. Sie kniff die Augen zusammen und holte ihr Hand-Funkgerät hervor. Enno meldete sich sofort, nachdem sie ihn kontaktiert hatte. Es war nicht zu überhören, dass er sich an der Wasserlinie befand. Das Rauschen der Brandung und das Kreischen der Möwen bildeten die Hintergrundgeräusche.
„Moin, Mona. Was gibt es Neues?"
„Nele leugnet die Körperverletzung."
„Das überrascht uns nicht, oder? Ich bin am Strand und habe schon ein paar Jogger und Spaziergänger befragt. Niemand will eine Person gesehen haben, auf die Benners Beschreibung passt."
„Schöner Mist. Ich komme zu dir runter, dann können wir ohne Funk schnacken."
Enno war einverstanden. Mona ging Richtung Jann-Berghaus-Straße, stieg eine der breiten Treppen zur Promenade hinunter und stiefelte wenig später durch den Sand. Er war feucht genug, dass man gut darauf laufen konnte. Der böige Wind jagte Gischtfetzen, die an graue Wattebäuschchen erinnerten. Obwohl die Sonne sich nicht sehen ließ, waren zahlreiche Spaziergänger und Sportler unterwegs. Wer im Winter nach Borkum reiste, sehnte sich nach dem kalten, stürmischen Wetter. Wenn man hier im November oder Dezember eine lange Wanderung gemacht hatte, schmeckte der heiße Tee oder Grog ganz besonders gut.
Die Kommissarin eilte an einigen Urlaubergruppen vorbei und fand kurze Zeit später ihren Kollegen. Enno hatte ihr den Rücken zugedreht und redete gerade mit einem Paar in mittleren Jahren. Der Mann und die Frau schüttelten die Köpfe und setzten ihren Weg fort.
Mona schloss zu Enno auf.
„Konntest du schon Zeugen finden?"
„Nee, keinen einzigen. Eigentlich ist das auch nicht verwunderlich. Die beiden Touristen beispielsweise sind erst vor dreißig Minuten von ihrem Hotel aus zum Strand gegangen. Benner ist aber schon viel länger verschwunden. Wo sollten sie ihm begegnet sein?"
Die Ermittlerin seufzte laut und vergrub die Hände tief in die Taschen ihrer Winterjacke.

„Wenn es nicht so abwegig wäre, würde ich Nele Krog verdächtigen."
„Wie kommst du auf die Masseurin? Hat sie sich dir gegenüber unabsichtlich verraten?"
„Nein, das nicht. Enno, ich werde aus Nele einfach nicht schlau. Entweder ist sie wirklich naiv und weltfremd oder sie zieht uns gegenüber eine üble Masche ab. Womöglich ahnt sie, dass ich sie sympathisch finde, und will diese Tatsache für sich ausnutzen."
„Was hat dich stutzig gemacht?"
„Als ich ihr von Talermanns durchgeknalltem Nordseebad erzählte, schien sie ernsthaft um ihn besorgt zu sein. Das war nicht gespielt, sie empfindet immer noch etwas für ihn. Außerdem hat sie uns zunächst verschwiegen, dass sie weiterhin Kontakt zu ihm hält. Und warum nimmt sie ihn in Schutz und redet seine gewalttätige Vergangenheit klein? Dabei hat sie mir vorhin gerade gebeichtet, dass er sich auch mal an ihr vergriffen hat."
„Das tun Frauen doch oft, wenn sie von ihrem Partner misshandelt werden."
„Ja, Enno. Und als ich ihr von den Kleidern im Mülleimer berichtete, schlug sie sich wieder auf Talermanns Seite."
Der Oberkommissar kratzte sich nachdenklich im Nacken.
„Du glaubst also, Nele Krog könnte ihren Ex-Freund benutzt haben, um ihren Ehemann für immer loszuwerden? Auf uns machte das Paar doch einen glücklichen Eindruck."
„Das finde ich auch, aber man kann den Menschen immer nur vor den Kopf schauen. Und wir kennen den Inhalt der Telefonate zwischen der Masseurin und Talermann nicht."
„Falls Nele Krog ihren Gatten wirklich beseitigen wollte, war ihr Ex gewiss ein geeigneter Komplize. Doch warum wurde er nackt ausgezogen?"
„Um den Verdacht auf Sigrid Andringa zu lenken!", rief Mona aufgeregt. „Diese Frau hat sich doch mit ihrem seltsamen Mordverdacht geradezu als Sündenbock angeboten."
Enno war skeptisch, das konnte die Kommissarin seiner Stimme deutlich anhören.
„Das ist ja alles gut und schön, doch wie passt Tönning in dieses Bild? Wir sind uns doch einig darüber, dass der Kerl ein Lügenbold ist."
Mona hob die Schultern.

„Ich vermute sehr stark, dass Tönning von Sigrid Andringa bezahlt wurde, damit er uns das Prostitutionsmärchen auftischt. Wahrscheinlich hat er sich das Potenzmittel im Internet besorgt und ganz allein geschluckt. Doch seine Geschichte hat weder etwas mit dem Mord an Malte Krog noch mit Benners Verschwinden zu tun."

„Gut, dass du es ansprichst. Wie passt das ungeklärte Schicksal dieses Mannes ins Bild? Talermann scheidet als Täter aus – falls überhaupt ein Verbrechen stattgefunden hat."

„Das ist wahr, Enno. Was Benner angeht, bin ich auch etwas ratlos. Vielleicht hat Nele Krog ihn selbst getötet, um sich auf diese Weise an Sigrid Andringa zu rächen. Ich muss sie noch fragen, wann sie morgens zu Gröne in den Souvenirshop gegangen ist. Zuvor war sie allein und konnte sich problemlos davonstehlen."

„Dann war also Gröne über Nacht nicht bei ihr?"

„Männer!", stieß die Kommissarin lachend hervor. „Glaubst du im Ernst, dass die Masseurin sich mit ihrem Vermieter einlassen würde? Er ist überhaupt nicht ihr Typ, eine Frau spürt so etwas."

Enno breitete die Arme aus, als ob er die ganze Welt umarmen wollte.

„So weit habe ich gar nicht gedacht. Eine Übernachtung von Gröne auf Neles Sofa wäre doch ebenfalls denkbar. Damit sie nachts nicht allein ist. Also ganz gesittet und unschuldig."

„Schon, aber …"

Mona konnte den Satz nicht beenden, weil ihr Smartphone klingelte. Die Masseurin war am Apparat. Sie klang sehr aufgeregt.

„Könnten Sie bitte sofort zu mir kommen, Frau Sander? Es ist etwas Unglaubliches passiert!"

Kapitel 10

Nele Krog wollte am Telefon nicht ins Detail gehen. Mona versprach, umgehend zu ihr zurückzukehren. Dann beendete sie das Telefonat. Enno hatte mitbekommen, dass der Fall womöglich eine neue Wendung genommen haben musste.

„Es ist Zeitverschwendung, weiterhin am Strand nach Benner Ausschau zu halten“, meinte er. „Wir wissen ja noch nicht einmal genau, ob er überhaupt hier entlanggelaufen ist. Vielleicht bringen uns die neuen Informationen der Masseurin weiter. Während du bei ihr bist, werde ich jetzt endlich die Sache mit Tönnings Falschaussage aus der Welt schaffen.“

„Ich bin gespannt, wie du das machen willst“, gab Mona zurück. „Aber noch neugieriger bin ich auf Nele Krog. Sie war am Telefon völlig durch den Wind.“

Die Kommissarin verabschiedete sich von ihrem Kollegen und stapfte wieder Richtung Promenade. Diesmal bekam sie die starke Nordseebrise von hinten ab, sodass sie sich schneller vorwärts bewegte. Vielleicht kam es ihr auch nur so vor, weil sie unbedingt erfahren wollte, was geschehen war.

Erschrocken oder panisch hatte die Masseurin am Telefon nicht geklungen, bedroht wurde sie also anscheinend nicht.

Als Mona den Souvenirshop betrat, war Nele Krog nicht da.

„Sie ist zu ihrer Wohnung hochgegangen“, erklärte Gröne, noch bevor die Kommissarin nachfragen konnte. „Jemand hat laut an die Tür geklopft, das haben wir von hier aus gehört. Nele ging nachsehen. Dann sagte sie zu mir, dass sie etwas Amtliches klären müsse und auf Sie warten wollte.“

Etwas Amtliches? Die Kommissarin hielt es vor Spannung kaum noch aus. Sie bedankte sich bei Gröne und eilte die Stufen hinauf zur Wohnung der Krogs. Die Masseurin öffnete ihr.

„Da sind Sie ja schon, Frau Sander. Kommen Sie, wir trinken gerade Tee.“

Nele Krog führte Mona in ihr Wohnzimmer, wo eine bekannte Gestalt auf dem Sofa saß. Die Ermittlerin hatte beruflich schon öfter mit Geert Lüpkers zu tun gehabt. Der kahlköpfige, magere Notar hatte seine Kanzlei in Emden, besaß aber eine Außenstelle auf Borkum. Dort hielt er sich an ein oder zwei Arbeitstagen pro Woche auf, um seinen Amtsgeschäften nachzukommen.

„Moin, Frau Sander."

Lüpkers stellte seine Teetasse ab, erhob sich und gab ihr lächelnd die Hand. Mona hatte den Verdacht, dass er sie heimlich verehrte. Aber da der Notar nie aufdringlich wurde oder Annäherungsversuche machte, konnte sie damit leben.

„Stellen Sie sich vor, Jan Andringa hat mich in seinem Testament bedacht!", platzte die Masseurin heraus.

Mona fiel aus allen Wolken. Mit einer solchen Entwicklung hatte sie nun wirklich nicht gerechnet. Bevor sie nachhaken konnte, wurde Nele Krog von Lüpkers gebremst.

„So weit sind wir noch nicht", hob der Notar hervor. „Als ich heute vom Tod meines Mandanten erfuhr, bin ich sofort aktiv geworden. Die Testamentseröffnung soll in einer Woche stattfinden. Neben Frau Krog sind nur die Ehefrau und der Sohn des Verstorbenen zu dem Termin in meinem Borkumer Büro eingeladen."

„Was werde ich denn erben?", wollte die Masseurin wissen.

„Diese Frage kann ich noch nicht beantworten, da das Testament erst in einer Woche offiziell verlesen wird", erklärte Lüpkers. „Ich weiß aus Erfahrung, dass man nicht zu einer Testamentseröffnung gebeten wird, wenn man *überhaupt nichts* bekommt."

„Wussten Sie, dass Ihr Patient Sie als Erbin eingesetzt hat?", fragte die Ermittlerin.

„Nein, das war mir nicht bekannt", behauptete die Masseurin. „Obwohl … wir kamen während und nach den Behandlungen auch mal ins Gespräch. Da habe ich mal erwähnt, dass ich finanziell nicht gerade auf Rosen gebettet bin. Während der ruhigen Monate, wenn kaum Urlaubsgäste kommen, verdiene ich sehr wenig. Da sagte Jan einmal: ‚Du wirst schon bald ausgesorgt haben.' Ich bin nicht näher darauf eingegangen. Wie hätte ich denn ahnen können, dass er mir etwas vererben würde?"

Mona vergegenwärtigte sich, dass der verstorbene Jan Andringa ein Unternehmen besessen hatte. Sie wusste nicht, wie es um den Betrieb stand. Doch wahrscheinlich würde Nele Krogs Patient ihr mehr hinterlassen können als ein armer Schlucker. Plötzlich sah die Ermittlerin Sigrid Andringas Komplott gegen die Masseurin in einem völlig anderen Licht. Ob die Ehefrau gewusst hatte, dass ihr Gatte Nele Krog etwas vererben wollte? Wäre wirklich wegen Mordes gegen sie ermittelt worden, hätte Sigrid Andringa die

Erbunwürdigkeit ihrer Rivalin beantragen können. Und bei einer Verurteilung wäre sie damit auch durchgekommen.

„Danke, dass Sie mich auf den neuesten Stand gebracht haben“, sagte Mona zu der Masseurin und dem Notar. „Wir suchen weiterhin mit Hochdruck nach dem Mörder Ihres Mannes, Frau Krog.“

Mit diesen Worten verabschiedete sie sich. Als die Kommissarin das Haus verlassen hatte, funkte sie Enno an.

„Wo bist du gerade?“

„Keine Ahnung, ich kann vor Hunger kaum noch denken.“

Mona musste lachen. Ihr Kollege aß gern und viel.

„Ja, es wird Zeit für die Mittagspause. Wir treffen uns im *Knurrhahn,* einverstanden?“

„Ich bin spätestens in zehn Minuten da“, versicherte Enno.

Die Kommissarin beendete den Funkkontakt und ging in Gedanken versunken Richtung Franz-Habich-Straße, wo sich der beliebte Fisch-Imbiss befand. Allmählich machte sich auch in ihrer Magengrube eine gewisse Leere bemerkbar. Enno glänzte noch durch Abwesenheit, also bestellte sie schon mal ein alkoholfreies Bier und einen Neptunsalat. Wenig später erschien ihr Kollege auf der Bildfläche.

„Bevor du etwas zu essen bekommst, will ich jetzt endlich wissen, was du wegen Tönning unternommen hast!“, forderte Mona.

„Das ist Erpressung!“, scherzte Enno. Er fuhr augenzwinkernd fort: „Ich habe mich an die Person gewandt, die unser Freund stärker als alle anderen fürchtet.“

„Seine Mutter?“

„Erraten, Mona. Tönning gibt sich zwar gerne als ein ganzer Kerl, doch vor seiner resoluten Mama ist er so klein mit Hut.“

Der Oberkommissar verdeutlichte mithilfe von Daumen und Zeigefinger, wie winzig Mona sich den Mann vorstellen musste. Nun grinste sie ebenfalls.

„Also zieht Tönning die Strafanzeige zurück?“

Enno nickte.

„Ich habe der Mutter die Konsequenzen einer solchen Falschaussage verdeutlicht. Mama Tönning will ihrem Sprössling ‚die Hammelbeine langziehen‘, wie sie selbst es ausdrückte. Ich bin sicher, dass er noch im Lauf des Nachmittags zur Dienststelle kommen wird.“

„Tönnings falsche Beschuldigungen passen zu meinen neuen Informationen“, erklärte Mona. Sie wartete, bis ihr Kollege für sich alkoholfreies Bier und Seelachsfilet mit Bratkartoffeln bestellt hatte. Dann berichtete sie ihm von der bevorstehenden Testamentseröffnung. Auch Enno war verblüfft.

„Andringa will seiner Masseurin etwas vererben? Dann hat sie vielleicht doch mehr für ihn getan als nur seine Muskeln auflockern.“

„Ich werde aus Nele Krog einfach nicht schlau“, gestand Mona. „Genau genommen spielt es für unseren Fall gar keine Rolle, ob die beiden ein Verhältnis miteinander hatten oder nicht. Es bleibt eine Tatsache, dass sie einen Teil des Erbes erhalten soll. Und zwar wohlgemerkt als eine Außenstehende, denn neben Nele sind nur die Ehefrau und der Sohn zur Testamentseröffnung eingeladen.“

Es gab eine kurze Unterbrechung, weil Enno sein Essen bekam. Während die Ermittler es sich schmecken ließen, redeten sie weiter.

„Sohn ist ein gutes Stichwort“, meinte der Ostfriese kauend. „Warum ist eigentlich Andringa junior noch nicht auf Borkum erschienen? Sollte er nicht seiner Mutter in dieser schweren Zeit beistehen?“

„Das stimmt. Doch wenn er das Unternehmen auf dem Festland leitet, konnte er sich vielleicht einfach noch nicht von seinem Schreibtisch loseisen“, mutmaßte Mona. „Wir können ja Sigrid Andringa nach ihrem Sprössling fragen, wenn wir sie ins Gebet nehmen. Und das sollten wir so bald wie möglich tun.“

„Also ist Frau Andringa wieder auf Platz eins der Verdächtigenliste vorgerückt? Es zeugt wirklich von krimineller Energie, Tönning für eine falsche Beschuldigung anzuheuern. Trotzdem verstehe ich nicht, was für einen Vorteil die Witwe durch Malte Krogs Tod erlangen konnte.“

„Ich auch nicht“, gestand Mona und nahm einen Schluck Bier. „Ich würde mich besser fühlen, wenn wir endlich den Tatort gefunden hätten. Könntest du Oltbeck bitten, dass er sich um einen Durchsuchungsbefehl für das Wohnmobil kümmert? Frau Andringa hat garantiert einen Schlüssel dafür. Es ist ja schön, dass sie uns ihr eigenes Auto hat durchsuchen lassen. Aber für Benners Wohnmobil sollten wir besser ein offizielles Dokument haben, damit man uns später keine Ermittlungsfehler vorwerfen kann.“

Enno nickte und schob sich den letzten Rest seines Fischgerichts in den Mund.

„Hast du schon eine Theorie zu Benners Verschwinden?"
Die Kommissarin seufzte.
„Dieses Ereignis passt so gar nicht in unser Puzzle, oder? Es könnte natürlich sein, dass Sigrid Andringa einen lästigen Mitwisser zum Schweigen bringen wollte. Aber sie schien wirklich verzweifelt zu sein, weil er nicht mehr da ist. Für so eine begnadete Schauspielerin halte ich sie nicht. Deshalb will ich ja unbedingt den Camper durchsuchen. Und Nele Krog? Ich habe ihr bisher keinen Mord zugetraut. Andererseits hat sie uns von Anfang an nicht die Wahrheit gesagt, was ihre Beziehung zu dem Ex-Freund angeht. Sie scheint immer noch etwas im Schilde zu führen, doch beweisen kann ich es nicht. Warum müssen die Dinge immer so kompliziert sein?"
„Gefühle sind eben nicht logisch nachvollziehbar", philosophierte der Ostfriese.
„Du hättest Briefkastenonkel werden sollen."
„Vielleicht wird das meine zweite Karriere, wenn ich in den Ruhestand gehe."
Ennos scherzhafte Bemerkung trübte Monas Stimmung. Sie und ihr Kollege waren ein perfektes Team. Sie war sicher, dass er derselben Meinung war. Die beiden Borkumer Kriminalisten hatten gemeinsam schon viele Fälle gelöst. Was sollte werden, wenn er nicht mehr im Polizeidienst war? Mona war sich darüber im Klaren, dass nicht viele Menschen gut mit ihr auskamen. Enno war eigentlich der Einzige, der mit ihrer aufbrausenden Art gut umgehen konnte und trotzdem unerschütterlich blieb.
Die Kommissarin musste sich dazu zwingen, die unangenehmen Gedanken in den Hintergrund zu drängen. Die tiefe Stimme des Oberkommissars riss sie aus ihren Grübeleien.
„Es gibt überhaupt keinen Beweis dafür, dass Benner einem Verbrechen zum Opfer gefallen ist. Womöglich tauchte er freiwillig unter, weil er sein eigenes Süppchen kochen will. Wir wissen bisher so gut wie nichts über diesen Mann. Es könnte sich lohnen, ihn genauer zu durchleuchten. Von Frau Andringa werden wir wohl kaum etwas Negatives über ihren Liebhaber erfahren. Sie himmelt ihn doch an wie ein Teenager."
„Das hätte ich nicht schöner ausdrücken können", gab Mona schmunzelnd zurück. Und sie beschloss, sich nicht unnötig über die Zukunft den Kopf zu zerbrechen. Aktuell war Enno an ihrer Seite, mehr zählte für sie nicht.

Nachdem die Ermittler für ihr Mittagessen gezahlt hatten, gingen sie zur Polizeiwache zurück. Oltbeck schien bereits auf sie gelauert zu haben. Er kam aus seinem Büro geschossen und verlangte einen Zwischenbericht.

Mona erzählte von der Testamentseröffnung und Tönnings mutmaßlicher Falschaussage.

„Die Fahndung nach Benner war bisher erfolglos, doch das ist meine geringste Sorge", murrte der Chef säuerlich. „Immerhin steht noch gar nicht fest, dass dieser Mann einem Verbrechen zum Opfer gefallen ist. Der Mordfall bereitet mir viel mehr Kopfzerbrechen. Es wäre hilfreich, wenn Ihre Ermittlungen zur Abwechslung ein Ergebnis bringen würden."

„Wir können auch nicht hexen."

Diese Bemerkung hatte die Kommissarin sich nicht verkneifen können, was ihr einen vernichtenden Blick ihres Vorgesetzten einbrachte.

„Die Medien machen mir schon die Hölle heiß, Frau Sander! Die Lokalzeitung hat sich mit unserer knappen Pressemitteilung zufriedengegeben. Doch irgendwie ist durchgesickert, dass in den Dünen eine nackte Leiche gefunden wurde. Angeblich eine schöne junge Frau. Das ist natürlich ein gefundenes Fressen für die Reporter."

„Die Tatsache, dass Malte Krog ein Mann war, interessiert niemanden", bemerkte Enno. „Jetzt weiß ich auch, woher die Redensart *Lügen wie gedruckt* herkommt."

Oltbeck machte eine wegwerfende Handbewegung.

„Bisher können Sie keinen brauchbaren Ermittlungsansatz vorweisen. Oder?"

Mona hielt lieber ihren Mund, da sie sich bereits in die Nesseln gesetzt hatte. Zum Glück fand ihr Kollege die richtigen diplomatischen Worte.

„Es gibt einige Ungereimtheiten, die wir noch aufklären müssen. Trotzdem bin ich sicher, dass wir schon morgen ein Täterprofil präsentieren können."

„Wirklich?", fragte der Dienststellenleiter hoffnungsvoll.

Der wuchtige Ostfriese grinste.

„Ja, wenn Sie uns ungestört unsere Arbeit machen lassen."

„Selbstverständlich", gab der Chef eifrig zurück. „Gehen Sie nur! Und geben Sie mir Bescheid, falls Sie Unterstützung brauchen."

Das ließen sich die Kommissare nicht zweimal sagen. Als sie in ihrem eigenen Arbeitszimmer waren, wedelte Mona mit der Hand. So, als ob sie sich verbrannt hätte.

„Ein Täterprofil bis morgen? Da hast du dich aber ganz schön weit aus dem Fenster gelehnt."

Er zuckte mit seinen breiten Schultern.

„Wieso? Ich habe ja nicht behauptet, dass es besonders aussagekräftig sein wird. – Bis dahin ist noch viel Zeit, da lassen wir uns etwas einfallen."

Mona beneidete ihren Kollegen manchmal um seinen unerschütterlichen Optimismus. Ob diese Eigenschaft eine Folge seiner großen Erfahrung war? Enno arbeitete schließlich schon seit einer gefühlten halben Ewigkeit bei der Polizei.

Es klopfte, Aiske Berend kam herein und legte sorgfältig einen Stapel mit Briefumschlägen auf Monas Schreibtisch. Dann nickte sie den Kollegen zu und ging wieder hinaus.

Die Kommissarin griff zu den Kuverts.

„Aiske ist ja sehr nett, aber manchmal fehlt mir Grietje. Ich bin es nun mal gewohnt, dass sie einfach hereinplatzt, die Dienstpost auf den Tisch knallt und noch eine unverschämte Bemerkung fallen lässt", seufzte sie.

Enno grinste.

„Keine Sorge, der Urlaub unseres sommersprossigen Wildfangs wird nicht ewig dauern."

Mona nickte zerstreut, denn nun öffnete sie einen Umschlag mit dem Stempel des gerichtsmedizinischen Instituts Oldenburg.

„Endlich, die Obduktionsbefunde!", stieß sie aufgeregt hervor.

Kapitel 11

Enno kam zu Mona hinüber und linste ihr über die Schulter.

„Der Tod trat aufgrund eines Schädelbasisbruchs ein, verursacht durch massive Gewalteinwirkung mit einem metallischen Gegenstand“, las sie laut vor. „Es wurde mindestens zweimal zugeschlagen. Die Beschaffenheit der Wunde lässt darauf schließen, dass die Tatwaffe rund war. Wir können also von einer Stange oder einem Rohr ausgehen. Und das Beste: Es wurden in der Wunde minimale Reste des Mordinstruments nachgewiesen.“

„Perfekt!“, gab Enno zurück. „Nun müssen wir das Ding bloß noch finden. Vielleicht liegt es ja noch in Benners Wohnmobil.“

„Deine Zuversicht scheint wirklich unerschöpflich zu sein“, meinte Mona augenzwinkernd, während sie die nächsten Zeilen des Berichts überflog.

„Hier sind Druckstellen an den hinteren Seiten der Oberschenkel erwähnt, die erst nach dem Eintritt des Todes entstanden sind“, stellte die Kriminalistin fest. „Dadurch dürfte die Annahme bestätigt werden, dass Krog in einer Schubkarre oder einem Fahrradanhänger transportiert wurde – wie du es gesagt hast.“

„Man tut, was man kann“, erwiderte der Ostfriese bescheiden.

Im Blut des Mordopfers ließen sich keine Rückstände von Drogen oder Medikamenten nachweisen. Malte Krog war also nicht benebelt gewesen, als er von den tödlichen Schlägen getroffen wurde. Hatte er seinem Mörder vertraut? Oder war der Angriff zu plötzlich gekommen, dass er keine Chance zur Gegenwehr gehabt hatte? Der Ehemann von Nele Krog war jung und kräftig gewesen. Die Kommissarin konnte sich nicht vorstellen, dass er sich nicht gewehrt hatte. Vor allem nicht gegen einen Mann, mit dem zuvor ein lautstarker Streit zu hören gewesen war.

Oder gab es gar keinen Zusammenhang zwischen den lauten Worten und dem Mord?

Mona stellte diese Frage zurück und griff seufzend nach dem nächsten Briefumschlag, der vom kriminaltechnischen Labor stammte. Sie pfiff durch die Zähne, als sie sich die Auswertung genauer anschaute.

„Enno, die Kollegen haben auf Malte Krogs PC etliche verschlüsselte Dateien gefunden und dechiffriert. – Das Mordopfer war ein Hacker!“

Der Oberkommissar runzelte die Stirn.
„Wirklich? Wie kommst du darauf?"
Die Kriminalistin zeigte ihrem Kollegen einige ausgedruckte Seiten, die der Analyse beigefügt waren.
„Hier, das sind eindeutig betriebsinterne Dokumente von einem halben Dutzend Firmen."
Enno hob die Schultern.
„Das muss nichts zu bedeuten haben. Vielleicht hat Malte Krog ja als Berater oder externer Gutachter mit diesen Betrieben zu tun gehabt."
„Ein Regensburger IT-Unternehmen, das einen Spezialisten auf Borkum anheuert?", fragte Mona skeptisch. „Aber du hast recht, theoretisch wäre es möglich. Das lässt sich schnell klären."
Sie griff zum Telefonhörer und rief eines der Unternehmen an, während Enno sich den Kriminaltechnik-Bericht genauer ansah. Mona meldete sich mit Namen und Dienstgrad. Nach einigem Hin und Her wurde sie mit dem Geschäftsführer verbunden, der sich als Günter Neumann vorstellte. Sein Misstrauen war ihm deutlich anzuhören.
„Kann ich Sie bei der Polizei in Borkum zurückrufen, Frau Sander?"
„*Auf* Borkum", korrigierte sie. „Ja, selbstverständlich."
Daraufhin beendete er das Gespräch.
Mona wartete ein paar Minuten, bis ihr Telefon wieder klingelte. Sie nahm den Hörer ab.
„Ein Herr Neumann aus Regensburg möchte mit dir sprechen", sagte Aiske. „Ich verbinde."
Es knackte in der Leitung, und gleich darauf war erneut die Stimme des Geschäftsführers zu hören.
„Entschuldigen Sie bitte meine Skepsis, Frau Sander. Wir haben in letzter Zeit schlechte Erfahrungen gemacht."
Die Kommissarin klopfte auf den Busch.
„Ging es dabei eventuell um Ihre Sirius-App?"
Neumann rang nach Luft, das war am Telefon deutlich zu hören.
„Was wissen Sie darüber?"
„Gar nichts", gestand Mona. „Dieser Name ist in einer verschlüsselten Datei aufgetaucht, die sich im Computer eines Mordopfers befand."

„Eines Mordopfers?“, wiederholte der Geschäftsführer. „Wie hieß der Mann?“

Die Kriminalistin tat, als ob sie die letzte Frage nicht gehört hätte.

„Erzählen Sie mir von dieser App und von Ihren schlechten Erfahrungen“, forderte sie.

„Wir haben viel Zeit und Geld in die Entwicklung dieser Anwendung gesteckt“, gab Neumann zu. „Vor einigen Wochen wurde unser internes Netzwerk gehackt, und jemand konnte die Sirius-Pläne komplett kopieren. Ich weiß bis heute nicht, wie das möglich war. Wir sind selbst in der Branche tätig und haben uns immer eingebildet, gegen solche Cyberangriffe immun zu sein.“

Hochmut kommt vor dem Fall, dachte die Kommissarin. Doch sie warf nicht mit Redensarten um sich, sondern sagte Neumann auf den Kopf zu: „Sie wurden erpresst.“

Ihr Gesprächspartner zögerte kurz, bevor er wieder etwas sagte.

„Ja, das stimmt. Ich will ehrlich zu Ihnen sein. Wir haben Himmel und Hölle in Bewegung gesetzt, um den Datendieb zu ermitteln.“

„Sind Sie nicht zur Polizei gegangen?“

„Das haben wir uns nicht getraut, weil wir ja nicht wussten, mit wem wir es zu tun hatten. Womöglich waren wir im Visier einer Gruppe, die mich und meine engsten Mitarbeiter observiert. Also haben wir gezahlt.“

„Von welcher Summe sprechen wir?“

„Zehntausend Euro.“

„Ich bin keine IT-Expertin, aber das kommt mir nicht besonders viel vor.“

„Der Erpresser drohte damit, unsere Daten an die Konkurrenz weiterzuleiten. Der dann entstandene Schaden wäre viel höher gewesen, glauben Sie mir. Dieser Kriminelle kannte sich sehr gut aus. Er wusste oder ahnte, dass eine Ausgabe von zehntausend Euro unserem Betrieb nicht den Todesstoß versetzen würde.“

Mona überlegte. Malte Krog musste sich wirklich gut ausgekannt haben. Er forderte einen Betrag, der weder zu läppisch noch zu überzogen war.

„Sind Sie noch am Apparat, Frau Sander?“

„Ja, bitte entschuldigen Sie. Ich habe kurz nachgedacht. Wie haben Sie dem Erpresser das Geld zukommen lassen?“

„Durch eine Überweisung auf ein Konto auf den niederländischen Antillen. Es lief auf den Namen MK Company.“

Nicht besonders originell, dachte Mona.
„Sie haben mir immer noch nicht den Namen des Ermordeten verraten."
„Er hieß Malte Krog und hat hier auf Borkum gelebt."
„Ich bin noch niemals bei Ihnen im Norden gewesen. Was geschieht jetzt mit unseren Daten? Es wäre mir am liebsten, wenn Sie alles komplett löschen könnten."
„Das wird nicht möglich sein, weil die Daten Beweise in einem Mordfall darstellen", erklärte Mona. „Ich versichere Ihnen, dass sie nicht in falsche Hände fallen werden."
Es war Neumanns Stimme anzuhören, dass er damit nicht einverstanden war.
„Ich werde unseren Justiziar fragen, ob das in Ordnung ist."
„Wie Sie meinen. Ich wünsche Ihnen noch einen schönen Tag."
Mit diesen Worten legte die Kommissarin auf und schaute ihren Kollegen an. Enno stand neben ihr und hatte in den ausgedruckten Dateien geblättert.
„Es sieht ganz danach aus, dass wir unseren Kreis an Verdächtigen erweitern müssen, Enno. Wenn wir davon ausgehen, dass Malte Krog die wahren Besitzer dieser Datensätze erpresst hat, sprechen wir von einem halben Dutzend Geschädigter. Vielleicht hat es ja einer von ihnen geschafft, die Spur des Hackers bis nach Borkum zurückzuverfolgen."
Der Oberkommissar nickte.
„Ja, und einen der möglichen Täter kenne ich sogar persönlich. – Hier, schau dir das Angebot der Timmer Werft an. Da geht es offenbar um den Bau einer Luxusjacht. Der Ermordete könnte gedroht haben, diese Daten an Wettbewerber weiterzuleiten. So hätten sie Timmer unterbieten können und den Zuschlag bekommen."
„Woher kennst du denn diesen Timmer?"
„Die Werft befindet sich in Emden, aber die Familie hat seit vielen Jahren ein Ferienhaus auf Borkum. Der Juniorchef heißt Wilko Timmer. Wir haben ihn schon mal verhaftet, weil er in eine Schlägerei verwickelt war. Sein Widersacher hat allerdings später die Strafanzeige wegen Körperverletzung zurückgezogen. Daraufhin wurde das Verfahren eingestellt, zumal auch alle Zeugen plötzlich an Gedächtnisschwund litten."

„Lass mich raten", grollte Mona. „Der Papa hat ein paar Scheinchen lockergemacht."

„So könnte es gewesen sein", gab der Ostfriese zu. „Inzwischen dürfte es der Familie nicht mehr so leichtfallen, Geld auszugeben. Angeblich pfeift die Werft finanziell aus dem letzten Loch."

„Das wäre ein guter Grund, um den Erpresser nicht zu bezahlen, sondern umzubringen", meinte die Kommissarin. „Und er wurde nackt ausgezogen, um eine falsche Spur zu legen. Doch wie passt Benners Verschwinden in dieses Bild?"

„Eins nach dem anderen", entgegnete Enno. „Jetzt sollten wir erst einmal Frau Andringa auf die Bude rücken."

Doch bevor die Ermittler die Polizeistation verlassen konnten, kam ihnen Tönning entgegen. Er war blass und wirkte nicht mehr so tiefenentspannt wie in der Seekiste. Mona dachte sich, dass seine Mutter ihm gehörig die Flötentöne beigebracht haben musste.

Enno grinste breit.

„Moin, Klaas. Willst du zu uns?"

„Das kannst du dir doch denken", murmelte er. „Diese Anzeige … das hab ich nicht so gemeint."

„Wie kann man eine Körperverletzung missverstehen?", spottete die Kommissarin. „Kommen Sie in unser Büro. Dort können Sie uns erzählen, was Sie auf dem Herzen haben."

Tönning schlich wie ein geprügelter Hund hinter den Kommissaren her, als sie in ihr gemeinsames Arbeitszimmer zurückkehrten. Er warf Enno einen hilfesuchenden Blick zu. Wahrscheinlich erhoffte er sich von ihm mehr Verständnis als von der Kommissarin.

„Ich weiß, dass ich nicht ganz korrekt gehandelt habe", murmelte Tönning. „Aber ich bin ständig pleite, da greift man nach jedem Strohhalm."

Enno deutete auf seinen Besucherstuhl, und der Verdächtige ließ sich ächzend wie ein hochbetagter Greis darauf fallen. Der Oberkommissar stellte sich ihm gegenüber hin, während die Kommissarin sich an den PC setzte. Sie wollte Tönnings Aussage gleich in den Computer tippen.

„Nicht ganz korrekt?", wiederholte Mona höhnisch. „Wenn Sie ein Verbrechen erfinden, machen Sie sich der Irreführung der Behörden schuldig. Daher vernehmen wir Sie als Beschuldigten einer Straftat. Sie können einen Rechtsbeistand hinzuziehen."

Tönning sank auf seinem Stuhl immer weiter in sich zusammen. Über diese Konsequenzen hatte er wohl nicht nachgedacht. Doch Mona hielt ihn nach ihrem ersten Eindruck sowieso nicht für einen Mann, der sein Gehirn besonders in Anspruch nahm.

„Nein, ich will das alles nur so schnell wie möglich hinter mich bringen."

„Wie fing die Sache für dich denn an, Klaas?", fragte Enno freundlich.

„Ich habe den Garten von Frau Andringa winterfest gemacht", berichtete Tönning. „Solche Aushilfsjobs fallen immer mal wieder an. Danach lud sie mich auf eine Tasse Tee ein und fragte, ob ich mir auf die Schnelle tausend Euro verdienen wollte."

„Was sollten Sie dafür tun?", hakte Mona nach.

„Ich sollte mich von Nele Krog massieren lassen und später ein Potenzmittel schlucken, das einige Nebenwirkungen hat. Frau Andringa hat mir das Zeug besorgt. Ich sollte meine Beschwerden mit einem ärztlichen Attest nachweisen lassen und Frau Krog bei der Polizei wegen Körperverletzung anzeigen."

Die Kommissarin runzelte die Stirn.

„Haben Sie sich gar nicht gefragt, wozu dieses Schmierentheater gut sein sollte?"

Tönning blickte zu Boden.

„Frau Andringa sagte, dass die Masseurin sich an ihren Mann herangemacht hätte und sie es ihr heimzahlen wollte."

„Hattest du Sex mit Nele Krog?", wollte Enno wissen.

Der Mann schüttelte den Kopf.

„Leider nicht. Ich hätte sie nicht von der Bettkante geschubst. Aber sie hat mich nur ganz normal massiert, ohne eine Spezialbehandlung."

Die Ermittler hatten genug gehört. Mona druckte die Aussage aus und ließ Tönning unterschreiben, nachdem er alles durchgelesen hatte.

„Kriege ich jetzt Ärger?", fragte er.

Enno hob die Schultern.

„Das hängt davon ab, ob die Staatsanwaltschaft Anklage erhebt. Womöglich wird das Verfahren wegen Geringfügigkeit eingestellt, darauf haben wir allerdings keinen Einfluss."

„Weitere Aushilfsjobs für Frau Andringa können Sie sich jedenfalls abschminken", sagte Mona.

Tönning machte sich erleichtert aus dem Staub. Aiske kam herein.
„Ihr habt grünes Licht für eine Durchsuchung von Benners Wohnmobil. Das offizielle Dokument wird später nachgereicht."
„Das ist doch mal eine gute Nachricht", freute sich die Kommissarin. Die Kriminalisten fuhren wieder zu Frau Andringa.
Die Witwe hatte gerötete Augen. Es schien ihr allgemein nicht gut zu gehen. Aber darauf konnten die Ermittler nur bedingt Rücksicht nehmen.
„Gibt es etwas Neues von Lars?", fragte sie mit zitternder Stimme.
„Wir müssten sein Wohnmobil durchsuchen", erklärte Enno.
„Übrigens: Ihr Komplize Tönning hat ausgepackt, seine Anzeige gegen Frau Krog ist vom Tisch", ergänzte Mona.
„Ich weiß nicht, wovon Sie reden", behauptete Frau Andringa. Sie war kaum merklich zusammengezuckt.
„Tönning hat ein Geständnis abgelegt, Ihre kleine Intrige gegen Nele Krog war ein Schuss in den Ofen", sagte die Kommissarin. „Haben Sie einen Schlüssel für Benners Wohnmobil? Wir wollen dort nach Hinweisen auf sein Verschwinden suchen."
„Es gibt einen Durchsuchungsbefehl der Staatsanwaltschaft", ergänzte Enno.
Die Witwe warf den Kriminalisten einen giftigen Blick zu, doch sie begann in ihrer Handtasche zu kramen.
„Diese Masseurin ist raffiniert … ich sah keinen anderen Ausweg, als sie mit ihren eigenen Waffen zu schlagen. Sie beide haben sich von diesem Biest ja offensichtlich auch schon einwickeln lassen!"
„Seit wann wissen Sie, dass Ihr Mann Frau Krog etwas vererben will?", fragte Mona direkt.
Frau Andringa schnappte nach Luft.
„Sie muss Jan völlig den Kopf verdreht haben! Oliver und ich, wir sind seine Familie. Wie kommt er dazu, diese Fremde in sein Testament aufzunehmen? – Hier haben Sie Ihre verflixten Schlüssel!"
Sie drückte Mona ein Schlüsselbund in die Hand.
„Wo wir gerade darüber reden: Wo ist eigentlich Ihr Sohn?", wollte Enno wissen.
„Oliver hat noch auf dem Festland zu tun, die Firmenleitung liegt ja in seinen Händen. Zur Testamentseröffnung will er aber kommen."

Mit dieser Information gaben die Kommissare sich zufrieden. Sie verabschiedeten sich und fuhren zu dem großen Parkplatz unweit des Inselbahnhofs hinunter.

„Sie hat gar nicht versucht, ihr falsches Spiel zu leugnen“, stellte die Ermittlerin fest.

„Das wäre angesichts von Tönnings Geständnis wohl auch nicht gut möglich gewesen.“

Tatendurstig schloss Mona das Wohnmobil auf. Sofort wurde ihr klar, dass sie bei ihrem vorherigen Blick durch das Fenster etwas Entscheidendes nicht bemerkt hatte.

Eine Ecke befand sich im toten Winkel, man konnte sie von draußen nicht gut erkennen. Und genau dort befand sich ein großer eingetrockneter Blutfleck.

Kapitel 12

„Das darf doch nicht wahr sein!“, rief Mona.

Sie hatte während ihrer Polizeilaufbahn schon oft genug Reste von roten Körperflüssigkeiten gesehen. Deshalb war sie sicher, keinen Ketchup oder eine andere unverfängliche Substanz vor sich zu haben.

„Hier ist ein Verbrechen geschehen“, stellte Enno fest. Er hatte die Deckenbeleuchtung des Campers eingeschaltet, denn es dunkelte bereits. Bei dem grauwolkigen Schneewetter dieses Tages begann die Dämmerung schon am Nachmittag.

Genau wie Mona hatte auch der Oberkommissar Latexhandschuhe übergezogen. Die beiden Ermittler bewegten sich in dem engen Wohnmobil, als ob sie auf Eiern gehen würden. Sie waren darauf bedacht, nicht versehentlich Spuren zu vernichten.

Die Kommissarin dachte laut nach:

„Ich stelle es mir so vor, dass Benner aus irgendeinem Grund mit seinem Wohnmobil bis in die unmittelbare Nachbarschaft der Krogs gefahren ist. Er geht zum Ehemann der Masseurin, klingelt Sturm und gerät mit ihm in Streit. Vielleicht ging es ja schon konkret um die Erbschaft. Dann schlägt er vor, die Sache ‚von Mann zu Mann‘ aus der Welt zu schaffen. Malte Krog will kein Feigling sein und geht zusammen mit dem Personal Trainer die Treppe hinunter. Benner lockt ihn in seinen Camper und schlägt ihn sofort tot.“

„So weit kann ich dir folgen. Aber weshalb zieht er sein Opfer nackt aus?“

Mona hob die Schultern.

„Dafür habe ich noch keinen plausiblen Grund gefunden. Auf jeden Fall haben Benner und Frau Andringa erfahren, dass Nele Krogs Ex-Freund auf Borkum ist und in der Pension Oude Hus wohnt. Wahrscheinlich wussten sie sogar von seinen psychischen Problemen. Der Mann eignet sich erstklassig als Sündenbock, wir wären ja auch beinahe auf ihn hereingefallen.“

„Also wirft Benner die Leiche in die Natur und stopft die Kleider in die Mülltonne, um den Verdacht auf Talermann zu lenken?“

„Ja, und so weit hat das ja alles geklappt. Der eigentliche Tatort ist der Campingbus. Kein Wunder, dass wir im Umfeld der Gorch-Fock-Straße bisher vergeblich nach Blutspuren gesucht haben.“

„Zugegeben, so könnte es gewesen sein“, meinte der Ostfriese. „Doch warum hat Benner das Blut nicht beseitigt?“

„Vielleicht fühlte er sich unangreifbar. Du weißt doch, dass Kriminelle manchmal solche Anwandlungen haben. Es gab keine Zeugen der Tat, sonst hätten sie sich längst gemeldet. Das Schlaginstrument wird er in die Nordsee geworfen haben. Und sein Wohnmobil hat er einfach von der Gorch-Fock-Straße hierher umgeparkt, was nach Einbruch der Dunkelheit niemandem aufgefallen sein dürfte.“

Während dieses Wortwechsels blieben die Ermittler nicht untätig, sondern durchsuchten das Fahrzeug so sorgfältig wie möglich. Für eine genauere Analyse würde noch einmal ein Team der Spurensicherung anrücken müssen.

„Glaubst du, dass Benner noch lebt?“, fragte Enno.

„Wenn ich das wüsste! Die einzige Person, die von seinem Tod profitieren würde, ist Frau Andringa. Und ausgerechnet sie scheint sich von ganzem Herzen um ihren Personal Trainer zu sorgen.“

„Weil sie in ihn verliebt ist.“

„Richtig, Enno. Oder es ist noch eine weitere Person im Spiel, die wir bisher nicht auf dem Radar haben.“

Er schüttelte den Kopf.

„Gegen Sigrid Andringa als Täterin spricht, dass sie uns den Schlüssel zum Wohnmobil so bereitwillig ausgehändigt hat. Sie muss doch wissen, dass wir Malte Krogs Blut hier finden würden.“

„Ja – aber nur, wenn sie wusste, dass dieses Fahrzeug der Tatort ist. Dafür gibt es keinen Beweis.“

„Am besten nehmen wir uns die Dame noch einmal zur Brust“, sagte Enno. Da die Kommissare keine weiteren Spuren finden konnten, schlossen sie das Wohnmobil ab und klebten ein polizeiliches Siegel über die Tür.

Als die Ermittler wenig später ihrem Vorgesetzten Bericht erstatteten, hellte sich dessen Miene sofort auf.

„Endlich ein Lichtblick!“, sagte Oltbeck mit einem Stoßseufzer der Erleichterung. „Also ist Benner der Mörder von Malte Krog?“

„Zumindest gehört das Campingmobil ihm“, antwortete Enno. „Und es passt alles zusammen: Krog hatte vor seinem Tod Streit mit einer männlichen Person. Benner konnte seinen Widersacher in dem Wohnmobil töten und dann im Schutz der Dunkelheit bis zu dem Leichenfundort schaffen. Er ist ein kräftiger junger Mann und benötigte dafür keinen Helfer. Wahrscheinlich hat Benner eine Schubkarre oder einen Fahrradanhänger verwendet. Angestiftet wurde er vermutlich von Frau Andringa. Sie ist seine Geliebte, und außerdem ging es um viel Geld. Sigrid Andringa musste befürchten, dass sie ihr Erbe mit der Masseurin würde teilen müssen."

Der Chef wiegte den Kopf.

„Unter diesen Umständen verstehe ich, dass Sigrid Andringa die Sache mit den Potenzmitteln eingefädelt hat, von der Sie mir zuvor erzählt haben. Doch welchen Vorteil soll es der Witwe bringen, den Ehemann ihrer Widersacherin töten zu lassen?"

„Das wissen wir noch nicht", gab Enno zu. „Womöglich war die Ermordung von Malte Krog eine gefühlsmäßige Reaktion auf den Tod ihres eigenen Ehemanns. Ich denke, dass Sigrid Andringa der Masseurin zumindest eine Mitschuld gibt."

Oltbeck nickte langsam.

„Na schön. Nehmen Sie die Witwe fest. Ob sie nur Mitwisserin oder Anstifterin war, wird sich hoffentlich im Verhör herausstellen. Es wäre sehr hilfreich, wenn wir diesen Benner finden können, ob nun tot oder lebendig."

„Wenn er die Insel verlassen hat, kann er schon am anderen Ende der Welt sein", gab Mona zu bedenken. Doch sie wusste selbst, dass Spekulationen nicht weiterhalfen. Natürlich hätte der Personal Trainer türmen können, bevor die Fähre und der Flugplatz polizeilich überwacht wurden. Eine innere Stimme sagte der Kommissarin jedoch, dass Benner noch auf Borkum war. Sie war besonnen genug, diese Meinung für sich zu behalten. Der Dienststellenleiter hielt nämlich überhaupt nichts von unbestimmten Bauchgefühlen.

„Ich werde alle Kollegen bitten, dass sie die Bevölkerung noch intensiver nach Benner befragen als bisher."

Mit dieser Ankündigung beendete Oltbeck die kurze Besprechung. Mona und Enno fuhren zum Ferienhaus der Andringas, wo sie von einer gereizten Hausherrin empfangen wurden.

„Bringen Sie mir endlich den Wohnmobilschlüssel zurück?"

Die Kommissarin schüttelte den Kopf.

„Den werden wir einstweilen behalten. – Frau Andringa, wir verhaften Sie wegen des dringenden Verdachts auf Anstiftung zu einem Tötungsdelikt."

Der Witwe quollen fast die Augen aus dem Kopf.

„Haben Sie jetzt endgültig den Verstand verloren?"

„Machen Sie bitte keine Schwierigkeiten, dann können wir auf Handschellen verzichten.“

Enno sprach diesen Satz so gelassen aus, als ob er im Café einen Tee und ein Stück Ostfriesentorte bestellen würde. Seine Ruhe schien auf Frau Andringa abzufärben. Mona blieb konzentriert. Zwar hatte die Witwe körperlich keine Chance gegen die beiden erfahrenen Beamten. Trotzdem fand die Kommissarin es immer angenehm, wenn eine Verhaftung gewaltlos über die Bühne gehen konnte.

Sigrid Andringa rang um Fassung. Man konnte ihr die innere Spannung anmerken. Sie rieb sich pausenlos die Hände, als wenn sie sich ohne Wasser und Seife die Finger waschen wollte.

„Warum wollen Sie mich einsperren?“

„Wir haben in Herrn Benners Wohnmobil Blutspuren entdeckt.“

Kaum hatte Mona diesen Satz ausgesprochen, als die Witwe einen gequält klingenden Schrei von sich gab.

„Und Sie sind nicht auf die Idee gekommen, dass dieses Blut von Lars stammen könnte?“

„Es wird sich herausstellen, von wem die Spuren stammen. Möchten Sie einen Rechtsbeistand hinzuziehen, wenn wir Sie befragen?“

Sigrid Andringa straffte sich. Sie schien den ersten Schock überwunden zu haben.

„Das wird wohl besser sein. Darf ich kurz telefonieren?“

„Selbstverständlich“, gab Enno zurück.

Das Gespräch dauerte nicht lange. Als die Witwe aus dem Arbeitszimmer zurückkehrte, musterte sie die Ermittler mit einem kalten Blick.

„Mein Anwalt wird noch heute mit dem Katamaran auf Borkum eintreffen. Er hat mir geraten, mich vorerst nicht zu äußern.“

„Selbstverständlich“, sagte der Oberkommissar. „Kommen Sie bitte?“

Die Kriminalisten fuhren mit ihr zur Dienststelle, wo sie von Polizeimeister Hauke Knudsen erkennungsdienstlich behandelt wurde. Der Wind war aufgefrischt, die Böen rüttelten an den Fensterscheiben. Enno schüttelte langsam den Kopf.

„Ich schätze, die Befragung können wir für den heutigen Tag vergessen.“

„Weil bei dem Sturm der Katamaran nicht verkehrt?“

„Genau, Mona. Und falls der Strafverteidiger ein Flugzeug nehmen will, dürfte er ebenfalls Pech haben."

Mit dieser Einschätzung behielt der erfahrene Inselpolizist recht. Die Kommissarin rief bei der Fährreederei an und erfuhr, dass die vorgesehene Katamaran-Überfahrt wegen des Sturms ausfiel. Die nächste Verbindung zum Festland gab es erst am nächsten Morgen mit der Autofähre – falls sich das Wetter nicht weiter verschlechterte.

Mona seufzte.

„Dann werde ich Frau Andringa mal die Hiobsbotschaft überbringen."

Die Witwe saß in der Arrestzelle kerzengerade auf der Pritsche. Sie hatte die Hände im Schoß gefaltet und die Knie gegeneinander gepresst. Frau Andringa machte ein langes Gesicht, als sie die Neuigkeit erfuhr.

„Ich verlange, sofort nach Hause gebracht zu werden!"

„Das wird nicht möglich sein", entgegnete Mona. „Es besteht Verdunkelungsgefahr, Sie könnten Beweismaterial vernichten."

„Dann möchte ich mich auf jeden Fall über Sie beschweren, Frau Sander."

Da bist du nicht die Erste, dachte die Kommissarin. Trotzdem entgegnete sie: „Das steht Ihnen frei, obwohl ich mir die Vorschriften nicht ausgedacht habe. Wenn Sie möchten, kann ich Ihnen Nachtwäsche aus Ihrem Ferienhaus holen."

„Nein. Ich will nicht, dass Sie allein durch meine vier Wände geistern. Ich werde schon zurechtkommen. Wenigstens gibt es hier eine Zudecke."

„Morgen früh wird Ihr Anwalt bestimmt auf der Insel eintreffen", sagte Mona. „Mein Kollege bringt Ihnen später noch Abendbrot."

Mit diesen Worten verschloss sie die Zellentür von außen und ging zu Enno in ihr gemeinsames Büro. Der Oberkommissar hatte in der Zwischenzeit Tee gekocht und telefoniert. Er legte gerade den Hörer auf.

„Die Kriminaltechniker aus Oldenburg kommen morgen mit der ersten Fähre, wenn sich das Wetter bessert."

„Frau Andringa ist nicht begeistert davon, dass sie die Nacht in unserer Luxussuite verbringen muss", berichtete Mona. „Wir sollten uns noch mal Nele Krog zur Brust nehmen. Ob sie von den kriminellen Machenschaften ihres Ehemannes wusste?"

Enno trank seinen Tee aus und stand auf.

„Du hältst diese Frau doch eher für gutgläubig und etwas naiv, oder?"

„Das ist mein Eindruck, aber vielleicht ist sie in Wirklichkeit raffiniert und verschaukelt uns alle."

„Wenn ich ihr Ehemann wäre und Dreck am Stecken hätte", meinte der Ostfriese, „dann würde ich meine krummen Touren lieber vor ihr geheim halten. Die Gefahr, dass sie sich unabsichtlich verplappert, wäre einfach zu groß."

Die Ermittler meldeten sich ab und gingen am neuen Leuchtturm vorbei auf die Gorch-Fock-Straße zu. Inzwischen war es dunkel. Der Wind pfiff und rüttelte an den Leuchtgirlanden der Weihnachtsdekoration. Der feine Pulverschnee blieb nach wie vor nicht liegen, sondern wehte wie feiner weißer Sand über das Pflaster. Die dick eingemummelten Spaziergänger ließen sich von der Kälte nicht stören.

In der Wohnung war es finster, doch in der Massagepraxis gegenüber brannte Licht. Leise Musik ertönte.

Enno klingelte. Wenig später wurde geöffnet.

Nele Krog trug ein weißes Oberteil mit kurzen Ärmeln und eine weite Hose von der gleichen Farbe. Ihr Gesicht war gerötet, sie verströmte einen starken Duft nach Mandelöl. Und sie lächelte den Ermittlern freundlich zu.

„Moin, ich habe gerade noch einen Patienten. Wenn Sie bitte einen Moment lang nebenan Platz nehmen würden?"

Mona war irritiert.

„Sie arbeiten wieder?"

„Finden Sie das unangemessen, Frau Sander? Ich eigne mich nicht für die Rolle der trauernden Witwe. Meinen Schmerz kann ich am besten vergessen, wenn ich massiere. Dann werde ich völlig eins mit meiner Aufgabe. – In ein paar Minuten bin ich fertig, dann können wir reden."

Sie verschwand im Behandlungszimmer und ließ Mona sprachlos zurück, was nicht gerade oft vorkam. Enno grinste. Er schien zu ahnen, was in ihr vorging.

„Mangelnden Fleiß kann man ihr jedenfalls nicht vorwerfen", meinte er halblaut.

Auch Mona senkte ihre Stimme.

„Ich würde jetzt zu gern Mäuschen spielen und herausfinden, was sie mit dem Patienten anstellt. Ob die Behandlung nicht vielleicht doch ein verkappter Liebesdienst ist?“

Der Oberkommissar hob seine buschigen Augenbrauen.

„Macht das für unseren Fall einen Unterschied?“

„Vielleicht nicht. Jedes Mal, wenn ich glaube, Nele Krog zu durchschauen, werde ich wieder eines Besseren belehrt. Ich zweifle allmählich an meiner Menschenkenntnis.“

Enno legte beruhigend seine Hand auf ihre Schulter.

„Wir haben die Anstifterin des Mordes sicher hinter Gittern. Und es ist nur eine Frage der Zeit, bis uns der eigentliche Täter ins Netz geht.“

Mona nickte. Vom Kopf her wusste sie, dass ihr Kollege recht hatte. Alles schien plausibel zu sein. Doch es wäre einfach gut gewesen, wenn über Benners Schicksal Klarheit geherrscht hätte.

Nun ertönten hinter der geschlossenen Tür zwei Stimmen, eine männliche und eine weibliche. Gleich darauf trat ein großer Blonder in karierter Winterjacke heraus. Sein Kopf war krebsrot, als ob er kurz vor einem Herzinfarkt stehen würde. Aber auf seinen Lippen lag ein glückseliges Lächeln. Er konnte sich kaum von Nele Krog losreißen, als sein Blick zu Mona und Enno hinüberschweifte.

„Wollt ihr euch eine Partnermassage gönnen? Gute Idee, das müsste ich auch mal ausprobieren. – Also, bis zum nächsten Mal!“

Den letzten Satz richtete er an die Masseurin, bevor er sich eine Pudelmütze aufsetzte und die Praxis verließ. Nachdem er die Tür hinter sich geschlossen hatte, deutete Nele Krog mit dem Kinn in seine Richtung.

„Uwe hat als einer der ersten meine Behandlungen in Anspruch genommen, nachdem ich mich selbstständig gemacht hatte. Seitdem kommt er fast jede Woche. Ich habe es nicht übers Herz gebracht, seinen Termin einfach abzusagen.“

Die Masseurin deutete auf die Sitzgelegenheiten, und die Ermittler nahmen Platz. Mona kam sofort zur Sache.

„Frau Krog, wir konnten inzwischen die Dateien auf dem PC Ihres Mannes auswerten. Ich muss Sie noch einmal fragen, ob Sie wirklich nichts über seine Einnahmequellen wussten.“

„Sie müssen sich nicht selbst belasten“, ergänzte der Oberkommissar.

Die junge Frau ließ ein nervöses Lachen hören.

„Jetzt machen Sie mir aber wirklich Angst! Nein, ich weiß nicht genau, womit Malte sein Geld verdient hat. Ich nahm an, er würde Analysen oder Expertisen für Unternehmen machen. Er hat nämlich Informatik studiert. Aber Malte war ein Freigeist, er konnte sich nicht in eine Bürohierarchie einfügen. Deshalb arbeitete er lieber selbstständig."

Mona schaute ihrem Gegenüber so tief in die Augen, als ob sie Nele Krog hypnotisieren wollte.

„Alles deutet darauf hin, dass Ihr Ehemann geheime Projekte gehackt und die Betriebe mit diesem Wissen erpresst hat."

Nele Krog riss ihre großen schönen Augen noch weiter auf.

„Aber – das ist unmöglich! Sie müssen sich irren!"

„Wir haben bereits mit Geschädigten gesprochen", warf Enno ein. „Deshalb sind wir zu hundert Prozent sicher, dass Ihr Gatte sich auf diese Weise bereichert hat. Besitzt er ein Konto bei einer niederländischen Bank?"

„Ja, aber das ist doch völlig normal! Wir fahren, äh, fuhren am Wochenende öfter nach Holland. Da war es einfach praktisch, dort kostenfrei Geld abheben zu können."

„Haben Sie schon einmal von der MK Company gehört?", hakte Mona nach.

Dic Masseurin wirkte völlig arglos, doch darauf gab die Kommissarin inzwischen nichts mehr.

„Nein, diesen Namen höre ich heute zum ersten Mal."

„So heißt eine Briefkastenfirma auf den niederländischen Antillen, die von Ihrem Mann gegründet wurde. Die MK Company besitzt ein Konto, auf das die erpressten Beträge überwiesen werden mussten."

Nele Krog presste die Fäuste gegen ihre Schläfen.

„Das darf doch alles nicht wahr sein! Ich wusste nichts davon, das müssen Sie mir glauben!"

Mona dachte, dass Malte Krogs kriminelle Geschäftskonstruktion ziemlich genial war. Vermutlich hatte er neben seinem Privatkonto bei der niederländischen Bank auch noch ein Geschäftskonto eröffnet. Für das Geldinstitut machte es keinen Unterschied, ob eine Einzahlung in Amsterdam oder in Curaçao getätigt wurde, am anderen Ende der Welt. Da die niederländischen Antillen zum Mutterland gehörten, war es kein Auslandsgeschäft. Und wenn Malte Krog am Wochenende von Borkum aus nach Eemshaven übersetzte, um dort jede Menge Bares aus dem Geldautomaten zu ziehen, bekam davon niemand etwas mit.

„Für uns zählen nur Beweise“, sagte die Kommissarin kühl. „Ich nenne Ihnen jetzt einige Namen von Unternehmen, die durch Ihren Mann geschädigt wurden. Haben Sie wirklich noch niemals von ihnen gehört?“

Mona erhoffte sich, die Verdächtige mit dieser Aufzählung aus der Reserve zu locken. Die Ermittlerin war nämlich noch nicht restlos davon überzeugt, dass Benner wirklich Malte Krogs Mörder war. Aus ihrer Sicht hatte jeder von den Erpressten ein mindestens ebenso starkes Motiv für ein Tötungsdelikt.

Die Kommissarin hatte erst wenige Firmen erwähnt, als die Masseurin plötzlich zusammenzuckte. Es war, als ob Nele Krog mit einem Eimer kalten Wassers überschüttet worden wäre.

„Timmer Werft? Äh, Wilko Timmer ist ein Patient von mir!“

Damit hatten die Ermittler nicht gerechnet. Mona und Enno tauschten einen verblüfften Blick. Der Oberkommissar fand als Erster die Sprache wieder.

„Wirklich? Wilko lässt sich von Ihnen durchkneten?“

Die Angesprochene nickte eifrig.

„Ja, er steht oft innerlich sehr stark unter Strom. Ich helfe ihm dabei, herunterzukommen.“

Mona dachte, dass man den letzten Satz durchaus zweideutig verstehen konnte. Wenn Timmer irgendwie herausbekommen hatte, dass der Ehemann seiner Masseurin die Werft abzocken wollte? In den Augen der Kommissarin wäre das ein erstklassiges Mordmotiv.

Sie hakte nach: „Hat Herr Timmer mit Ihnen über Malte geredet?“

Nele Krog blickte Richtung Zimmerdecke. Sie schien nachzudenken.

„Wir haben über Gott und die Welt gesprochen, obwohl Wilko ein eher schweigsamer Typ ist. Aber mir gegenüber hat er sich geöffnet.“

„Es ist auffallend, dass Sie alle Ihre Patienten mit dem Vornamen anreden“, stellte Mona fest. „Das ist mir neulich schon aufgefallen.“

Nele Krog zuckte mit den Schultern.

„Da ist doch nichts dabei, oder? Verstehen Sie, in diesem kleinen Massageraum entsteht eine ganz besonders intime Atmosphäre. Durch die Hände schaffe ich eine direkte Verbindung zwischen mir selbst und dem Mann. Energien strömen zwischen uns hin und her, da erwachen tief liegende Gefühle zum Leben. Wäre es nicht albern, sich unter diesen Umständen zu siezen?“

Diese Erklärung war für Monas Geschmack zu esoterisch. Sie hielt sich lieber an die Fakten.

„Also können Sie nicht ausschließen, dass Herr Timmer mit Ihnen über Ihren Ehemann gesprochen hat? Wollte er vielleicht wissen, was Malte beruflich macht oder wann er ihn am besten antrifft?“

„Daran kann ich mich nicht erinnern“, gab die Masseurin zurück. Die Kommissarin war nicht sicher, ob sie ihr glauben konnte.

Ihr Funkgerät meldete sich lautstark.

Mona murmelte eine Entschuldigung und trat einige Schritte zur Seite. Sie war von Polizeimeisterin Britt Mölders kontaktiert worden.

„Moin, wir sind gerade auf Streife an der Hindenburgstraße. Ein Zeuge ist sicher, einen jungen Mann in einem grünen Jogginganzug in ein Ferienhaus treten gesehen zu haben.“

„Wann ist das gewesen?“

„Heute Morgen, eine genaue Uhrzeit konnte der ältere Herr nicht nennen. Er geht immer nach Sonnenaufgang mit seinem Hund vor die Tür, und …“

Die Ermittlerin schnitt ihrer Kollegin das Wort ab.

„Schon gut, das ist jetzt nicht so wichtig. War die Person im Jogginganzug in Begleitung?“

„Angeblich war ein anderer Mann bei ihm, ebenfalls im Sportdress. Allerdings von anderer Farbe, blau oder violett.“

Mona hatte zunächst Hoffnung geschöpft, nun war sie schon wieder halb enttäuscht. Vermutlich handelte es sich um zwei harmlose Freizeitsportler, die ihre morgendliche Runde am Strand gedreht hatten. Dennoch mussten die Angaben überprüft werden.

„Wo seid ihr jetzt, Britt?“

„Immer noch an der Hindenburgstraße, etwas südlich des ehemaligen Wasserturms. Der Hundebesitzer hat uns das Haus gezeigt, um das es geht. Im Carport steht kein Auto, es macht einen verlassenen Eindruck. Wie sollen wir weiter vorgehen?“

„Behaltet das Objekt im Auge, Enno und ich kommen gleich zu euch.“

Mit diesen Worten beendete Mona den Funkkontakt. Wahrscheinlich handelte es sich um eine Spur, die ins Nichts führte.

Trotzdem mussten sie sich vergewissern, alles andere wäre laxe Polizeiarbeit gewesen.

Mona stand auf.

„Das wäre für den Moment alles, Frau Krog. Es werden sich garantiert noch weitere Fragen ergeben."

Die Masseurin lächelte.

„Sie sind mir beide stets willkommen. Vielleicht möchten Sie sich auch einmal behandeln lassen? Ich könnte mir vorstellen, dass Ihr Beruf Ihnen viele Verspannungen bringt."

Darauf erwiderten die Ermittler nichts. Mona erzählte ihrem Kollegen, was sie von Britt Mölders per Funk erfahren hatte. Als sie zur Dienststelle eilten, um ihr Auto zu holen, konnte sich Enno ein Grinsen nicht verkneifen.

„Wer darf zuerst auf die Massageliege, du oder ich?"

„Ich dachte, dass die Dame nur Männer durchknetet."

„Bei dir macht sie bestimmt eine Ausnahme. Sie scheint dich zu mögen, Mona."

„Und ich finde sie auch sympathisch, das ist ja gerade das Problem. Jetzt mal ernsthaft, Enno: Findest du es normal, dass sie sich so kurz nach der Ermordung ihres Mannes wieder aufs Massieren verlegt?"

„Jeder Mensch trauert anders, das mussten wir doch schon oft genug erleben. Aber ich weiß, was du meinst. Ihre Verbindung zu Timmer könnte interessant sein."

„Dann bist du also auch noch nicht hundertprozentig davon überzeugt, dass Benner der Täter ist?"

„Lass uns diese Frage zurückstellen, bis wir Britts Beobachtung überprüft haben. – Und übrigens könnte ich mich auf ein Riesendonnerwetter von meiner Frau gefasst machen, wenn ich mich von Nele Krog massieren lassen würde."

Mona lachte.

Die Kommissare fuhren mit dem Opel Vectra zur Hindenburgstraße und parkten direkt hinter dem markierten Polizeibus, der von Britt Mölders und Claas Lammer als Einsatzfahrzeug verwendet wurde.

Mona und Enno begrüßten ihre uniformierten Kollegen. Der junge Polizeimeister zeigte auf ein kleines, unauffälliges Ferienhaus. Es war aus roten Backsteinen erbaut worden und schien momentan unbewohnt zu sein.

„Wir haben noch nicht herausgefunden, wem das Objekt gehört", sagte Britt.

Mona deutete auf das VERMIETET-Schild direkt neben der Eingangstür

„Es macht zwar einen verlassenen Eindruck, doch entweder hat jemand dafür Miete gezahlt oder der Eigentümer hat nach der Saison schlicht vergessen, das Schild wegzunehmen.“

Sie zog ihre Taschenlampe hervor und ging auf das Haus zu. Die Lichtverhältnisse waren inzwischen so schlecht, dass mögliche Bewohner eigentlich das Deckenlicht hätten einschalten müssen. Direkt neben der Tür gab es ein Fenster, das durch eine Halbgardine im unteren Teil verhüllt wurde. Die Kommissarin stellte sich auf die Zehenspitzen und leuchtete hinein.

„Verflixt noch mal!“, entfuhr es ihr.

In der dunklen Ferienhausküche saß ein Mann gefesselt und geknebelt auf einem Stuhl.

Kapitel 13

Mona zog ihre Pistole.

„Da drin wird eine Person gefangen gehalten! Britt, Claas – geht auf die Rückseite. Vielleicht ist der Täter noch im Haus. Enno, brichst du die Tür auf?"

Der hünenhafte Ostfriese beantwortete die Frage, indem er sich mit seinem beachtlichen Gewicht und seiner ganzen Kraft gegen die Eingangstür warf. Seinem ersten Ansturm konnte sie noch standhalten, doch beim zweiten Vorstoß splitterte das Schloss aus seiner Verankerung.

Auch Enno hielt bereits seine Dienstwaffe in der Hand. Er und Mona drangen ins Innere vor, wobei sie sich gegenseitig Deckung gaben. Die grellen Lichtfinger ihrer Taschenlampe durchschnitten die Finsternis.

In dem Ferienhaus roch es nach Muscheln, die jemand am Strand gesammelt und dann liegen gelassen hatte. Außerdem nahm Mona den Duft von frisch gekochtem Kaffee wahr. Sie bemerkte, dass alle Räume geheizt waren. Zumindest hatte der Gefangene nicht frieren müssen.

Die Ermittler hatten im Handumdrehen das ganze Ferienhaus durchsucht. Wer immer den Mann gefesselt hatte, war ausgeflogen. Mona trat nun in die Küche und schaltete die Deckenbeleuchtung an. Im flackernden Licht der Neonröhre bestätigte sich der Verdacht, den sie schon beim ersten flüchtigen Blick gehabt hatte.

Der Gefangene war niemand anders als Lars Benner!

Er warf ihr einen ängstlichen Blick zu, während sie die Knoten des Stricks löste, mit dem er gefesselt war. Benner trug immer noch den grünen Jogginganzug, in dem er zum Training aufgebrochen war.

Seine Stirn wurde von einem breiten durchgebluteten Pflaster verunziert. Der Knebel bestand aus einem Stück Paketklebeband.

„Das wird jetzt etwas wehtun", kündigte die Kommissarin an, bevor sie das Klebeband herunterriss. Benner gab einen Seufzer von sich, der eher erleichtert als schmerzerfüllt klang. Er massierte seine Handgelenke.

„Könnte ich etwas zu trinken bekommen, bitte?"

„Selbstverständlich", gab Mona zurück. Sie drehte sich zum Kühlschrank um und holte eine halb leere Flasche Mineralwasser heraus. Benner griff begierig danach und trank, bis kein Tropfen mehr in dem Behältnis war.

„Benötigen Sie einen Arzt?“, fragte Enno. Er hatte in der Zwischenzeit die uniformierten Kollegen darüber informiert, dass sich kein Täter im Haus befand.

Die Augenlider des Personal Trainers flatterten.

„Nein, ich … es geht schon. Trotzdem, ich danke Ihnen von ganzem Herzen. Ich dachte schon, dass ich hier verhungern und verdursten müsste.“

„Wann wurden Sie gefesselt?“, fragte die Kriminalistin.

„Daran erinnere ich mich nicht mehr. Ich weiß nur noch, dass er mir einen Schlag auf den Kopf versetzt hat. Als ich aufwachte, saß ich hier auf dem Stuhl und konnte mich nicht mehr bewegen. Was für ein Alptraum!“

Mona war sich darüber im Klaren, dass Benner doch ins Krankenhaus geschafft werden musste. Und sei es auch nur, um seine Verletzungen zu dokumentieren. Aber sie wollte die Gelegenheit nicht ungenutzt verstreichen lassen. Denn ihr Instinkt sagte ihr, dass ihr Gegenüber jetzt besonders redselig sein würde.

„Beweisen Sie uns Ihre Dankbarkeit, indem Sie reden“, forderte sie forsch. Mona griff nach einem anderen Küchenstuhl und nahm Benner gegenüber Platz, wobei sie sich verkehrt herum darauf setzte und die Unterarme auf die Rückenlehne legte.

Der Personal Trainer atmete tief durch. Er schien nach den passenden Worten zu suchen. Schließlich öffnete er den Mund.

„Ich bin für Sigrid nicht nur ein Coach, wir haben ein Verhältnis miteinander.“

„Das dachten wir uns bereits“, warf Enno ein.

Benner nickte.

„Verstehen Sie mich nicht falsch, ich mag Sigrid wirklich. Doch sie kann … beinahe erdrückend sein. Als sie erfuhr, dass diese Masseurin einen Großteil des Erbes erhalten sollte, wurde sie völlig unausstehlich.“

Mona hakte nach.

„Wann erfuhr sie davon?“

„Nach dem Tod ihres Mannes hat Sigrid in seinen Unterlagen eine Notiz gefunden. Das eigentliche Testament lag beim Notar. Doch es gab keinen Zweifel daran, dass Nele Krog den Löwenanteil der

Hinterlassenschaft erhalten sollte. Weder Sigrid noch ihr Sohn waren davon begeistert."

Der Kommissarin entging nicht, dass Benners Miene sich bei der Erwähnung von Oliver Andringa verdüsterte. Doch sie ließ ihn weiterreden, anstatt darauf einzugehen.

„Was geschah dann?"

„Sigrid las in der Zeitung etwas über diese gefälschten Potenzmittel, die für Herzpatienten lebensgefährlich sind. Da kam ihr die Idee, ihre Widersacherin als Nutte abzustempeln. Später heuerte sie dann sogar noch diesen Blödian an, um ihre Geschichte zu unterfüttern."

„Sie meinen Klaas Tönning?"

„Ja, so heißt er. Den Namen hatte ich schon wieder halb vergessen. An solche Leute muss man sich nicht erinnern."

Enno beugte sich vor.

„Herr Benner, welche Rolle spielten Sie bei dieser Geschichte?"

„Ich habe versucht, mich so gut wie möglich herauszuhalten. Leider gelang mir das nicht immer."

„Haben Sie Malte Krog getötet?"

Diese direkte Frage kam von Mona. Sie blickte dem Personal Trainer ins Gesicht.

„Sie glauben, das wäre ich gewesen? Warum hätte ich das tun sollen? Ich kannte diesen Mann doch überhaupt nicht."

„Möglicherweise wurden Sie von Frau Andringa dazu verleitet."

„Nein, so war das nicht."

„Und woher stammt das Blut in Ihrem Wohnmobil?", wollte Enno wissen.

„Von mir selbst. Ich bin ausgerutscht und habe mir den Kopf an einer Tischkante aufgeschlagen. So entstand die Platzwunde an meiner Stirn. Sie können mein Blut mit den Spuren vergleichen. Dann werden Sie begreifen, dass ich die Wahrheit sage."

„Frau Andringa hatte also nichts damit zu tun?"

„Scheinbar halten Sie mich für einen willenlosen Erfüllungsgehilfen meiner älteren Geliebten", stellte Benner fest. „Dieser Eindruck täuscht. Es gibt noch einen anderen Menschen in meinem Leben. – Es gab ihn, besser gesagt."

Die Kommissarin zeigte mit dem Finger auf die am Boden liegenden Stricke.

„Reden Sie jetzt über den Mann, der Sie gefesselt und geknebelt hat?"

Benner nickte stumm.

„Waren Sie in ihn verliebt?"

„Ja, wir sind … waren ein Paar. Das ist ein Geheimnis. Niemand wusste davon. Wie haben Sie herausgefunden, dass ich mich mit einem Mann eingelassen habe? Ich dachte immer, dass ich nicht schwul wirke."

„Tun Sie auch nicht", versicherte Mona. „Ein Zeuge wollte zwei Männer in Jogginganzügen gesehen haben, die dieses Ferienhaus betraten."

„Erzählen Sie uns einfach, was geschehen ist", ermutigte der Oberkommissar den Zeugen.

„Ich habe mich immer heimlich mit meinem Freund getroffen, sooft es ging. Er hatte extra dieses Ferienhaus gemietet. Sigrid glaubte, dass ich laufen ging. Das tat ich auch, aber dabei traf ich meinen Freund. Wir verabredeten uns immer an einer bestimmten Stelle am Strand, dann joggten wir zusammen zu diesem Ferienhaus. Wir hatten nie viel Zeit, aber es funktionierte trotzdem zwischen uns. Bis er mit diesem irrsinnigen Plan kam."

„Was für ein Plan?", fragte Mona.

Benner zögerte.

„Nele Krog zu töten", brachte er schließlich hervor.

Die Kommissarin runzelte die Stirn.

„Aus welchem Grund?"

„Wegen des Erbes, Frau Sander. Die Idee war, die Masseurin spurlos verschwinden zu lassen. Wenn sie nicht anwesend ist und auch nicht gefunden wird, muss sie irgendwann für tot erklärt werden."

„Und Sie waren damit nicht einverstanden?"

„Natürlich nicht, ich bin doch kein Mörder – und auch kein Komplize. Ich drohte meinem Freund damit, zur Polizei zu gehen. Da schlug er mich nieder. Und als ich aufwachte, saß ich gefesselt und geknebelt auf dem Stuhl. Er hat es nicht übers Herz gebracht, mich umzubringen. Noch nicht. Ich glaube, dass er etwas für mich empfindet. Vielleicht war das nur ein folgenschwerer Irrtum."

Mona wusste jetzt, wer dieser geheimnisvolle Freund war. Sie musste es nur aus dem Mund des Zeugen hören.

„Wie heißt Ihr Freund, Herr Benner?"

„Oliver Andringa."

Der Sohn der Witwe war also schon längst auf Borkum, anstatt sich um die Firma auf dem Festland zu kümmern! Das war jetzt allerdings nebensächlich. Mona führte sich vor Augen, dass Nele Krog sich in Lebensgefahr befand. Sie war stets sicher gewesen, solange sich ihr Vermieter oder einer ihrer Patienten bei ihr befunden hatte. Oliver Andringa konnte gewiss keine lästigen Zeugen gebrauchen. Aber sobald sie allein war …

Mona zog ihr Smartphone hervor und holte Nele Krogs Nummer aus dem Schnellwahlspeicher. Dort sprang nur die Mailbox an. Sie unterdrückte einen Fluch und versuchte es auf den Festnetzanschlüssen von Privatwohnung und Massagepraxis. Auch dort meldete sich niemand.

Die Kommissarin fühlte Panik in sich aufsteigen, doch sie musste einen kühlen Kopf bewahren. Sie wandte sich noch einmal an Benner.

„Wusste Sigrid von den Mordplänen ihres Sohnes?"

„Das kann ich Ihnen nicht sagen, Frau Sander. Mit mir hat sie darüber jedenfalls nicht gesprochen."

„Gut, darüber können wir auch noch später sprechen. – Enno, wir müssen los. Frau Krog ist in Lebensgefahr. Britt, schafft ihr Herrn Benner bitte ins Krankenhaus? Er muss gründlich untersucht werden, außerdem ist eine Dokumentation der Verletzungen wichtig."

Die uniformierte Polizistin nickte und trat lächelnd auf den verängstigten Personal Trainer zu. Mona und Enno eilten nach draußen. Der Oberkommissar schaltete Polizeisirene und Blaulicht ein, während er den Opel Vectra Richtung Gorch-Fock-Straße lenkte. Natürlich hatte auch Enno seine Schlussfolgerungen aus Benners Worten gezogen.

„Wir hätten überprüfen müssen, ob Oliver Andringa sich wirklich noch auf dem Festland befindet", rief Mona, um das Sirenengeheul zu übertönen.

„Niemand konnte ahnen, dass er die Masseurin töten will", erwiderte Enno in derselben Lautstärke. „Wir wissen ja noch gar nicht so lange von der Erbschaft."

Das stimmte natürlich, und trotzdem hatte Mona ein ganz mieses Gefühl in der Magengrube. In ihrem Beruf wurde sie oft mit den Folgen von Verbrechen konfrontiert. Umso größer war jedes Mal ihr Erfolgserlebnis, wenn sie eine Straftat verhindern konnte.

Ob Nele Krog noch einen weiteren Patienten behandelt hatte, nachdem die Ermittler bei ihr gewesen waren? Falls ja, dann drohte ihr aktuell keine Gefahr. Oliver Andringa musste vermeiden, dass es Zeugen für seine geplante Bluttat gab. Die Kriminalistin ging davon aus, dass er das Haus in der Gorch-Fock-Straße genau beobachtete. Und dann kam ihr ein Gedanke, der ihr gar nicht gefiel.

Was, wenn Oliver Andringa selbst ein Patient war? Er konnte sich problemlos unter falschem Namen den letzten Termin des Tages geben lassen. Dann würde Nele Krog ihn völlig arglos empfangen und …

Mona presste die Lippen aufeinander. Nein, sie durfte sich jetzt nicht selbst verrückt machen. Noch stand überhaupt nicht fest, ob etwas vorgefallen war. Die Fahrt von der Hindenburgstraße bis zur Gorch-Fock-Straße dauerte nur wenige Minuten. Für die Kommissarin war es trotzdem eine gefühlte Ewigkeit.

Sie hielt ihre Pistole bereits in der Hand, als Enno den Wagen zum Stehen brachte. Mona stieß die Beifahrertür auf und wäre beinahe von einer Windbö von den Beinen gepustet worden. Der Sturmwind heulte durch die Straßenschlucht. Das Wetter passte bestens zu ihrer aufgewühlten Stimmung.

Sie spannte ihre Muskeln an und musste sich mit der linken Hand am Geländer festklammern, als sie so zügig wie möglich die Außentreppe erklomm. Enno war hinter ihr, sie konnte trotz des Brausens der Naturgewalt sein lautes Keuchen und seine schweren Schritte auf den Eisenstufen hören.

Sowohl in der Massagepraxis als auch in der Wohnung brannte Licht. Das war nach Monas Meinung ein sehr schlechtes Zeichen. Warum war Nele Krog nicht ans Telefon gegangen, wenn sie noch lebte?

Die Kommissarin stieß mit dem Fuß die Tür zur Praxis auf. Sie hielt ihre Dienstwaffe im Beidhandanschlag, als sie in die Räumlichkeiten eindrang.

„Polizei!“, rief sie mit gellender Stimme.

Im Warteraum schien ein gemeingefährlicher Irrer gewütet zu haben. Sämtliche Stühle und der Tisch waren umgestoßen. In dem Behandlungsraum selbst sah es nicht besser aus. Die Liege war umgekippt. Es gehörte gewiss einige Kraft dazu, dieses massive Möbelstück zu Boden gehen zu lassen. Die Glasflaschen mit Massageölen waren zerschlagen worden, wodurch der Wohlgeruch nach Mandeln und Kokos höchst intensiv war. Die Kommissarin vermied es, in das ausgelaufene Öl zu treten.

Sie drehte sich auf dem Absatz um.

„Hier ist Nele Krog nicht“, rief sie überflüssigerweise ihrem Kollegen zu. Er hatte schließlich auch Augen im Kopf. Wer immer in die Praxis eingedrungen war, musste eine ungeheure Wut im Bauch gehabt haben. Und da er die Masseurin dort nicht angetroffen hatte, war ihm eben die Einrichtung zum Opfer gefallen.

Mona bereitete sich innerlich auf einen schockierenden Anblick vor, als sie gleich darauf die Wohnung betrat. Sie war darauf gefasst, dass ihr der Gestank von frisch vergossenem Blut in die Nase steigen würde.

Doch das war nicht der Fall. Es roch lediglich nach Kaffee und gebratenen Eiern.

„Polizei! Ist jemand zu Hause?“

Erneut machte Mona sich bemerkbar. Auch hier war ein Eindringling am Werk gewesen, das konnte man deutlich erkennen. Alle Räume hatte er durchwühlt. Die Kommissarin ging davon aus, dass er nach Nele Krog gesucht hatte.

Mona ging systematisch vor. Sie schaute erst ins Wohnzimmer, dann ins Bad, in die Küche, ins Schlafzimmer. Schließlich blieb sie in dem winzigen Hauswirtschaftsraum stehen. Dessen Einrichtung bestand nur aus einer Waschmaschine, einem kleinen Regal für Putzmittel und einem tonnenförmigen Wäschebehälter aus Strohgeflecht.

Mona ließ ihren Pistolenarm sinken und presste ihre heiße Stirn gegen die kalten Wandfliesen. Sie spürte in diesem Moment nichts, nur eine ungeheure innere Leere. Der Oberkommissar lehnte sich gegen den Türrahmen.

„Alles in Ordnung bei dir?“

„Nichts ist in Ordnung“, sagte Mona laut. „Wir haben den Fall nach Strich und Faden vergeigt!“

Im Grunde wusste sie selbst, dass sie ihrem Kollegen und sich selbst mit dieser Aussage unrecht tat. Doch sie musste den Frust in diesem Moment einfach herauslassen.

Da ertönte plötzlich ein Schluchzen.

Die Kommissarin hob den Deckel des Wäschebehälters hoch. Von dort war das Geräusch an ihr Ohr gedrungen.

In dem Korb hockte Nele Krog. Ihre Augen waren gerötet, Tränen rannen über ihre Wangen. Ihre Unterlippe zitterte. Doch sie schien auf den ersten Blick unverletzt zu sein.

Hatte der Täter einfach keine Lust mehr gehabt, diesen Gegenstand auch noch umzukippen? Oder hatte er sich einfach nicht vorstellen können, dass ein erwachsener Mensch sich darin verstecken konnte?

Mona wusste es nicht. Fürs Erste wurde sie von einem ungeheuren Gefühl der Erleichterung durchströmt. Sie schob ihre Pistole ins Holster zurück und half gemeinsam mit Enno der jungen Frau beim Aussteigen aus dem hüfthohen Korb.

„Die Gefahr ist vorbei", sagte sie beruhigend.

Nele Krog nickte und fiel der Kommissarin um den Hals. Sie wehrte sich nicht gegen die Umarmung. Es war einfach nur gut, dass der Mörder sein Ziel verfehlt hatte.

„Ich werde gleich mal eine Fahndung nach dem mutmaßlichen Verdächtigen auslösen", kündigte Enno an und griff zum Funkgerät.

Mona nickte. Für sie gab es keinen Zweifel daran, dass Oliver Andringa noch vor Kurzem hier gewesen war. Ein Foto von ihm befand sich auf der Homepage seines elterlichen Unternehmens. Es würde für jeden Polizisten ein Leichtes sein, ihn zu identifizieren.

„Lassen Sie uns in die Küche gehen, ich koche Ihnen einen Tee", bot Mona an.

Die Masseurin folgte ihr bereitwillig. Die Ermittlerin hatte seit ihrer Versetzung nach Borkum die Erfahrung gemacht, dass Teetrinken in Ostfriesland buchstäblich in jeder Lebenslage das Mittel der Wahl war. Ob nun zur Beruhigung, zum Wachwerden, zum Aufmuntern, gegen Langeweile, Trübsal, Einsamkeit oder schlechtes Wetter – das Lebenselixier der Inselbewohner half einfach immer.

Wenigstens war die Kücheneinrichtung nicht zerstört worden. Der Eindringling hatte nur den Tisch und die Stühle umgeworfen.

Enno brachte den Schaden wieder in Ordnung. Er sagte: „Die Kollegen sind alarmiert. Vor morgen früh geht sowieso keine Fähre, und bei dem Wetter gibt es auch keine Flüge Richtung Festland. Der Täter kann nicht entkommen."

Mona nickte ihm dankbar zu. Sie hatte einen Kessel mit Wasser auf den Herd gestellt und schaute jetzt Nele Krog an.

„Könnten Sie uns bitte erzählen, was sich hier abgespielt hat?"

„Das weiß ich selbst nicht so genau", gab die Masseurin zu. „Nachdem Sie und Ihr Kollege gegangen waren, habe ich in meiner

Praxis aufgeräumt. Ich ging hinüber in unsere Privatwohnung. Da fiel mir ein, dass ich das Licht hatte brennen lassen. Normalerweise tue ich das nie, doch in diesem Fall habe ich wohl instinktiv richtig gehandelt."

„Weil der Eindringling zuerst in die Praxisräume ging?", vermutete Mona.

„Ja, richtig. Ich hörte, wie er die Einrichtung zerlegte. So eine große Angst habe ich noch nie zuvor gehabt. Erst wollte ich weglaufen. Aber dann fürchtete ich, dass er mich auf der Treppe erwischen würde. Und bevor ich noch einen klaren Gedanken fassen konnte, brach er die Wohnungstür auf."

Die Kommissarin nickte grimmig. Ihr war schon aufgefallen, dass das Schloss beschädigt war.

„Warum haben Sie nicht bei der Polizei angerufen?"

„Daran habe ich in dem Moment nicht gedacht, Frau Sander. Außerdem wären Sie wahrscheinlich nicht schnell genug hier gewesen. Der Mann war ja schon in meiner Wohnung."

„Haben Sie ihn gesehen?"

„Nein, das nicht. Ich hörte ihn fluchen und die Möbel umwerfen. Ich wusste nicht, wo ich mich vor ihm verstecken sollte. Zum Glück war der Wäschebehälter fast leer. Also quetschte ich mich hinein und schloss den Deckel über mir." Nele Krog hielt kurz inne, bevor sie fortfuhr: „Am schlimmsten war der Augenblick, als der Kerl die Tür zum Hauswirtschaftsraum öffnete. Ich konnte seine Schritte hören. Er muss unmittelbar neben dem Behälter gestanden haben. Es kam mir so vor, als ob er meinen eigenen Herzschlag würde hören können. Als er wieder fortging, war ich erleichtert. Trotzdem traute ich mich nicht, aus meinem Versteck herauszukommen. Das tat ich erst, als ich Ihre Stimme erkannte."

„Wie haben Sie es überhaupt geschafft, sich in diesen Korb zu pressen? Ich selbst halte mich für sportlich, und besonders groß bin ich auch nicht. Trotzdem würde ich vermutlich nicht dort hineinpassen."

Nele Krog lächelte.

„Ich übe seit vielen Jahren Yoga, und außerdem war ich schon als Kind besonders flexibel und dehnbar. Meine Klassenkameradinnen haben mir den Spitznamen ‚Gummimensch' verpasst, weil ich meine Gliedmaßen so gut verbiegen konnte. Schauen Sie mal!"

Die Masseurin demonstrierte ihre Fähigkeiten, indem sie ihr linkes Bein streckte, es dann anwinkelte und die Wade hinter ihren Kopf schob.

„Das könnte ich schon allein deshalb nicht machen, weil mein Bauch im Weg wäre", gab Enno mit trockenem Humor zu. Alle drei brachen in ein befreiendes Lachen aus.

Während Nele Krog erzählte, hatte Mona den Tee zubereitet und aufgegossen. Nun tranken sie, Enno und die Masseurin von der heißen aromatischen Flüssigkeit. Nele Krog schien sich etwas entspannen zu können. Doch für die Kommissarin stand fest, dass für sie und ihren Kollegen die Nacht noch lange nicht vorbei sein würde.

„Sie können nicht hier bleiben", stellte Mona fest. „Das Türschloss ist defekt, und Ihr Angreifer läuft momentan noch frei herum. Ich schlage vor, dass wir Sie zur Polizeistation bringen. Dort sind Sie sicher."

„Das ist wahrscheinlich wirklich am besten", murmelte die junge Frau und trank ihre Tasse aus. „Bleiben Sie bei mir?"

„Das geht leider nicht, wir werden nach dem Täter suchen."

„Ich habe bereits veranlasst, dass eine Streife das Ferienhaus der Familie Andringa überwacht", raunte Enno Mona zu, als sie Nele Krog nach draußen begleiteten.

Die Kommissarin versuchte, sich in den Täter hineinzuversetzen. Er konnte nicht wissen, dass die Polizei über seine Identität informiert war. Außerdem musste er davon ausgehen, dass sein Eindringen in die Massagepraxis und die Wohnung vermutlich noch längere Zeit unentdeckt bleiben würde.

Mona stellte dem wachhabenden Kollegen in der Dienststelle Nele Krog vor und bat ihn, gut auf sie achtzugeben. Außerdem sollten die Polizisten einen Handwerker beauftragen, um Nele Krogs Wohnungstür zu reparieren. Dann traten die beiden Ermittler wieder in die stürmische Nacht hinaus.

„Ich habe Birte gerade angerufen und Bescheid gesagt, dass es spät werden wird."

„Gut gemacht, Enno. Und wenn Oltbeck wegen der Überstunden meckert, dann werde ich ihm den Täter auf dem Silbertablett servieren."

„Ob Oliver Andringa auch Malte Krog getötet hat?", dachte Enno laut nach.

„Das fragen wir ihn, sobald wir ihn verhaftet haben. Wo könnte er sich noch verkriechen, außer im Ferienhaus seiner Eltern?“

„Natürlich dort, wo er seinen Liebhaber in einen Rollbraten verwandelt hat!“, stieß Mona hervor. „Und Andringa weiß nicht, dass wir Benner befreit haben.“

„Spätestens in dem Moment, wo er die eingedrückte Haustür sieht, wird er Lunte riechen“, vermutete Enno.

Diesem Argument konnte die Kommissarin nichts entgegensetzen. Während dieses Wortwechsels drehten sie natürlich nicht Däumchen, sondern fuhren bereits wieder Richtung Hindenburgstraße. Diesmal hatte Enno weder Blaulicht noch Sirene eingeschaltet, um den Verdächtigen nicht vorzuwarnen. Auf den nächtlichen Straßen Borkums war um diese Nachtzeit und bei dem stürmischen Wetter ohnehin kaum ein Fahrzeug unterwegs. Entsprechend schnell gelangten die Ermittler ans Ziel.

Im Haus brannte Licht.

„Ich bin hundertprozentig sicher, dass wir es zuvor ausgeschaltet hatten“, rief Mona aufgeregt. In diesem Moment sahen sie eine dunkle Gestalt aus dem Haus rennen und in der Finsternis verschwinden.

„Polizei! Stehen bleiben!“, rief Mona. Sie war bereits ausgestiegen, während Enno noch im Dienstwagen saß. Er drückte auf die Tube und fuhr hinter dem Flüchtenden her. Doch der Verdächtige ließ die Straße hinter sich und lief querfeldein davon.

„Der will Richtung Dünen!“, rief die Kommissarin. Ihr Kollege hatte gebremst, weil eine Verfolgung mit dem Auto in dem unübersichtlichen Gelände sinnlos war. Parallel zur Hindenburgstraße verlief die Geert-Bakker-Straße, und dahinter begannen die Norddünen. In dem Gebiet gab es nach Einbruch der Dunkelheit kaum Beleuchtung. Dort einem flüchtenden Straftäter nachsetzen zu wollen, glich der Suche nach einer Stecknadel im Heuhaufen.

Mona drehte ihren Kopf Richtung Nordsee.

„Der Wind hat merklich nachgelassen. Ich wette, dass die Kollegen von der Bundespolizei einen Hubschrauber aufsteigen lassen könnten.“

Enno nickte.

„Ja, das ist eine gute Idee. Andringa soll meinetwegen mitten ins Naturschutzgebiet laufen, vor einer Wärmebildkamera kann er sich nicht verbergen."

„Gut, dann nimmst du mit der Bundespolizei Kontakt auf und ich verfolge ihn zu Fuß. Der Helikopter wird zwischen den Norddünen nicht landen können. Aber wenn die Kollegen Andringa entdeckt haben, kann ich die Handschellen klicken lassen."

„Ich komme mit", sagte der Oberkommissar, doch Mona schüttelte den Kopf.

„Keine gute Idee, mein Bester. Ich habe nicht protestiert, als du Talermann aus dem Wasser ziehen wolltest. Du bist nun mal größer und stärker als ich."

„Und du bist schnell wie ein Wiesel", seufzte Enno. „Das habe ich schon kapiert. Ich würde wie eine alte Dampflok hinter dir her hecheln. Aber sei vorsichtig, hörst du? Andringa wollte Nele Krog töten, von ihm kannst du keine Rücksichtnahme erwarten."

Mona grinste und klopfte auf ihre Pistolentasche.

„Ich habe meine Lebensversicherung dabei. – Also, bis später!"

Mit diesen Worten flitzte sie los. Nun zahlte es sich wieder einmal aus, dass die Kommissarin in ihrer Freizeit eine begeisterte Joggerin war. Sie kannte alle Laufstrecken, von denen die Urlaubsinsel durchzogen wurde. Mona verfügte also über eine sehr gute Grundkondition, doch in der Finsternis nutzten ihr ihre Ortskenntnisse herzlich wenig. Das wurde ihr schon nach wenigen Minuten bewusst, als sie in ein Kaninchenloch trat und beinahe mit dem Fußgelenk umgeknickt wäre.

Zum Glück hatte sie sich weder eine Verstauchung noch einen Bruch eingehandelt. Doch wenn Mona an dem Flüchtenden dranbleiben wollte, würde sie ihre Taschenlampe einsetzen müssen. Da gab es nur einen entscheidenden Nachteil. Sobald sie die Lichtquelle einschaltete, war sie selbst aus weiter Entfernung zu sehen.

Alles kann man nicht haben, dachte die Kommissarin und ließ die Lampe aufblitzen.

„Andringa?", rief sie, so laut sie konnte. „Geben Sie auf, eine Flucht ist sinnlos. Sie sitzen in der Falle!"

Eine Antwort bekam sie nicht. Ob der Verdächtige überhaupt noch in Hörweite war? Das konnte Mona unmöglich einschätzen. Ihr Blick schweifte über die sanft geschwungenen Dünenkämme, die mit Gräsern bewachsen und mit Pulverschnee überzuckert waren. Die

Landschaft wirkte wildromantisch, doch dafür fehlte der Kriminalistin momentan der Sinn.

Mona bewegte sich weiter vorwärts. Sie ließ nun den Lichtstrahl langsam von rechts nach links über den Weg vor ihr gleiten. Dort hatte sie nun gute Sicht, doch jenseits der Lampenhelligkeit herrschte schwärzeste Finsternis. Die Wolkendecke war zwar aufgerissen, aber das kalte Licht der Sterne und des abnehmenden Mondes nutzte ihr kaum etwas.

Wie lange der Hubschrauber wohl brauchen würde, bis er Borkum erreicht hatte? Die Bundespolizei war auch für den Schutz der Gewässergrenzen zuständig, daher patrouillierten neben den Booten der Küstenwache auch regelmäßig Helikopter über der Nordsee.

Letztlich war die Frage sinnlos. Es hing alles davon ab, wo sich der Hubschrauber gerade befand. Was würde die Kommissarin tun, wenn sie Andringa wäre? So schnell wie möglich weglaufen, was sonst? Es war keine Kunst, in dieser unübersichtlichen Umgebung und bei Nacht die Verfolger abzuschütteln.

Doch wie sollte es danach weitergehen? Dieser Mann war nicht dumm. Er handelte nicht impulsiv, sondern überlegt. Mona durfte sich durch die blinde Zerstörungswut in der Praxis und der Wohnung nicht täuschen lassen. Falls er es geschafft hätte, die Masseurin zu töten und die Leiche für immer verschwinden zu lassen, wäre er mit seinem teuflischen Plan vielleicht sogar durchgekommen.

Was hatte er jetzt noch für Alternativen?

Es würde für ihn sehr schwierig sein, von der Insel zu entkommen. Es sei denn … er würde eine Geisel nehmen!

Kaum war ihr dieser Gedanke gekommen, als sie sich auch schon unwillkürlich um die eigene Achse drehte. Andringa konnte in der Nähe auf sie lauern. Gewiss, Mona war bewaffnet. Doch was nützte ihr ihre Pistole gegen einen heimtückischen Angriff aus dem Hinterhalt? Trotzdem konnte es nichts schaden, die Waffe zu ziehen.

Mona tat es. Sie merkte selbst, dass ihre Finger sich fester als nötig um den Griff klammerten. Die Kommissarin verachtete sich selbst dafür, dass sie plötzlich so verzagt war. Objektiv gesehen gab es dafür gar keinen Grund. Sie war während ihres Berufslebens schon in wesentlich gefährlicheren Situationen gewesen. Momentan wurde sie gar nicht bedroht.

Es war die Ungewissheit, die ihr zu schaffen machte. Mona beschloss, sich nicht ins Bockshorn jagen zu lassen. Sie überquerte schnell einen Wanderweg und erklomm eine mit Gräsern bewachsene Düne. Der Sturm hatte sich gelegt, der Windhauch war jetzt nur noch ein sanftes Streicheln auf ihrer Gesichtshaut.

Wo bleibt der verflixte Hubschrauber?, dachte sie grimmig. Gleichzeitig war ihr bewusst, dass sie den Kollegen von der Bundespolizei unrecht tat. Die konnten auch nicht hexen. Wenn der Helikopter weiter draußen auf hoher See patrouillierte, benötigte er eben eine gewisse Zeit, bis er die Insel erreichte. Ganz zu schweigen von der Möglichkeit, dass das Luftfahrzeug momentan für einen anderen Einsatz benötigt wurde. Dann konnte es eine halbe Ewigkeit dauern, bis er …

Ein Geräusch ließ Mona zusammenzucken.

In ihrer unmittelbaren Umgebung hatte etwas geknackt. Oder? Bei dieser Dunkelheit war es sehr schwer, Entfernungen abzuschätzen. Es hatte geklungen, als ob ein nachtaktives Tier aufgescheucht worden wäre. Ganz sicher war die Kommissarin nicht. Wenn nun ein Mensch auf ein Stück trockenes Treibholz getreten war, würde es sich dann so anhören?

Plötzlich fiel ein Schuss.

Monas Herz blieb vor Schreck beinahe stehen.

Der Ton war in der nächtlichen Stille so laut gewesen, dass ihre Trommelfelle vibrierten. Jedenfalls kam es ihr so vor. Immerhin war sie nicht getroffen worden. Das war allerdings auch das einzig Positive, das sie ihrer Lage abgewinnen konnte. Mona richtete instinktiv den Strahl ihrer Taschenlampe dorthin, wo das Mündungsfeuer aufgeblitzt war.

Doch an der Stelle war kein Mensch zu sehen. Mona glaubte nicht an Geister, vielmehr an die Raffinesse ihres Gegners. Natürlich war er sofort abgehauen, nachdem er von dort aus geschossen hatte. Womöglich hatte er sie nur ablenken wollen, um …

Die Ermittlerin konnte den Gedanken nicht zu Ende führen, denn nun packte sie jemand am linken Fußgelenk und zog kräftig daran. Die Attacke war so heftig und ging so schnell über die Bühne, dass Mona ihr Gleichgewicht verlor und der Länge nach hinfiel.

Dabei verlor sie ihre Taschenlampe, die nun neben ihr lag und die gespenstische Szene illuminierte.

Oliver Andringa stürzte sich auf sie. Er versuchte, ihr die Pistole zu entwinden. Doch Mona ließ nicht los. Sie mochte klein sein, aber sie war zäh.

Wenn der Kerl schwul ist, wird er mich wohl wenigstens nicht betatschen! Dieser Gedanke schoss ihr durch den Kopf, während sie wild mit ihrem Widersacher rang. Sie hatte es mit Oliver Andringa zu tun, daran gab es keinen Zweifel. Im fahlen Licht der Taschenlampe konnte sie sein Gesicht deutlich erkennen. Er war wirklich ein attraktiver junger Mann, obwohl ihm nun die Haare in die Stirn hingen und sein Gesicht einen Ausdruck finsterer Entschlossenheit angenommen hatte. Er kniete auf Monas Oberkörper, das Atmen fiel ihr bereits schwer.

„Ich bin von der Polizei, geben Sie auf!“, brachte sie keuchend hervor.

„Ach wirklich?“ Er lachte höhnisch. „Momentan habe ich die besseren Karten, oder?“

Sein Griff um ihr Handgelenk wurde noch fester. Sie fürchtete, dass es schon bald brechen würde.

„Wir … wissen von dem Testament. Und Ihre Mutter sitzt schon in Untersuchungshaft.“

„Was?!“

Oliver Andringas Stimme überschlug sich beinahe. Durch diese Information hatte Mona ihn noch wütender gemacht, als er es ohnehin schon war. Sie hätte ihren letzten Satz lieber nicht von sich geben sollen. Doch nun war es zu spät für diese Erkenntnis.

„Mama hat nichts damit zu tun, sie ist unschuldig!“, schrie der Verbrecher die Kommissarin an. Er änderte nun seine Vorgehensweise. Anstatt ihr Handgelenk noch stärker zu quetschen, schlug er es mitsamt der Pistole gegen den harten Boden. Ein heftiger Schmerz zuckte durch Monas Finger. Sie wusste nicht, wie lange sie die Waffe noch würde festhalten können.

Ohnehin baute sie körperlich in Sekundenschnelle ab. Sie konnte hören, wie ihr eigenes Blut durch die Adern rauschte. Das Geräusch wurde immer stärker, es war rhythmisch und kaum noch erträglich, und …

Da bemerkte sie ihren Irrtum. Was Mona nun hörte, war nicht ihr eigener Pulsschlag oder etwas Ähnliches, sondern das Dröhnen von Hubschrauberrotoren!

Im nächsten Moment wurde ein grell leuchtender Suchscheinwerfer eingeschaltet. Mona und Andringa befanden sich plötzlich inmitten eines Kreises aus schmerzhaft hellem Licht. Nun ertönte eine mit Lautsprecher verstärkte Männerstimme:

„Bundespolizei! Stehen Sie auf und nehmen Sie die Hände hoch!"

Die Kommissarin hatte das Eintreffen der Verstärkung erwartet, besser gesagt: herbeigesehnt. Daher hielt sich ihre Überraschung in Grenzen. Doch ihr Widersacher wurde davon überrumpelt, dass sich das Blatt nun wendete. Instinktiv ließ er Monas Waffenhand los, um seine Augen mit dem Unterarm vor dem Licht zu schützen.

Das war die Chance, auf die sie gewartet hatte. Obwohl sie selbst kaum noch etwas sehen konnte, schlug die Kommissarin zu. Sie ließ ihren Pistolengriff seitlich gegen Andringas Kopf knallen. Er fiel von ihr herunter. Ohnmächtig war er nicht, nur benommen. Doch sein Widerstand war gebrochen. Jedenfalls machte er keine Schwierigkeiten, als sie ihn auf den Bauch drehte und die Handschellen um seine Gelenke schloss.

Kapitel 14

Am nächsten Morgen sah die Welt schon viel freundlicher aus.

Der Sturm war vorbei, die Schaumkuppen auf den Nordseewellen hatten an Größe abgenommen, und die Gischt wurde nicht mehr bis auf die Promenade geweht. Der Wind wehte so sanft, dass die Fähre problemlos und pünktlich von Emden aus Richtung Borkum in See stechen konnte.

Mona hatte nicht viel Schlaf gefunden. Nach Andringas Verhaftung hatte sie den Verdächtigen mit Ennos Hilfe zur Polizeistation geschafft, wo er am Morgen erkennungsdienstlich behandelt werden sollte. Die Kommissarin fragte sich, wann zuletzt sowohl eine Mutter als auch ihr Sohn in den Arrestzellen gesessen hatten. Ihr fiel kein anderer Fall ein, in dem das geschehen war.

Auch Nele Krog hatte die Nacht auf der Wache verbracht, wenn auch freiwillig. Sie hatte eine Wolldecke bekommen und sich wie eine Katze auf der Wartebank im Wachlokal zusammengerollt.

„Die Dame hat einen gesunden Schlaf", meinte Aiske Berend lächelnd, als Mona eintrat. Die uniformierte Polizeimeisterin deutete auf die Masseurin, die sich durch die morgendlichen Aktivitäten nicht in ihrer Nachtruhe stören ließ.

„Wenn sie aufwacht, kannst du sie zu mir schicken", sagte die Kommissarin zu ihrer Kollegin. „Ich habe gute Nachrichten für sie."

Wenige Minuten nach Mona traf auch Enno ein. Er begrüßte sie und legte eine Bäckertüte auf ihren Schreibtisch. Die Kriminalistin schaute hinein. Darin befand sich ein Mandelbogen, ihr Lieblingsgebäck.

„Danke, mein Lieber. Wie komme ich denn zu dieser Aufmerksamkeit?"

„Ich finde, nach der spektakulären Verhaftung hast du dir eine besondere Belohnung verdient. Und die wirst du eher von mir als vom Chef bekommen."

„Womit du recht haben dürftest", seufzte Mona. Kurze Zeit später bat der Dienststellenleiter die beiden Ermittler zur Berichterstattung in sein Büro. Oltbeck runzelte die Stirn, als er von den nächtlichen Ereignissen erfuhr.

„Kann ich denn den Mord an Malte Krog als aufgeklärt betrachten?"

„Benner war zuletzt unser Hauptverdächtiger, doch er beteuert seine Unschuld“, erklärte Mona. „Ein wichtiges Indiz war der Blutfleck in seinem Wohnmobil. Er behauptet, die Flüssigkeit würde von ihm selbst stammen. Ein Abgleich im kriminaltechnischen Labor wird die Wahrheit ans Licht bringen.“

Während die Kommissarin redete, wurde Oltbecks Gesicht immer länger. Enno ergänzte: „Wir haben jetzt aber einen neuen Verdächtigen, nämlich Oliver Andringa.“

„Das ist der Mann, den Frau Sander in den Norddünen verhaftet hat?“

„Ja, Herr Oltbeck. Wir werden ihn noch heute vernehmen und danach hoffentlich einen besseren Durchblick haben.“

Der Chef warf dem stämmigen Ostfriesen einen anklagenden Blick zu.

„Sie wollten mir doch ein Täterprofil präsentieren, Herr Moll.“

Enno nickte.

„Wir gehen von einem jungen, sportlichen Mann aus, der in der Lage war, den Toten allein vom Tatort zum Leichenfundort zu schaffen. Diese Eigenschaften treffen sowohl auf Benner als auch auf Oliver Andringa zu.“

„Das ist alles?“, fragte Oltbeck enttäuscht.

„Sagen Sie der Presse, der Fall stünde kurz vor der Aufklärung“, schlug Mona vor.

„Und wenn Sie den Täter nicht überführen können?“

„Dann schieben Sie die Schuld auf Ihre unfähigen Mitarbeiter.“

Der Hauptkommissar schien einen Moment lang zu überlegen, ob die Bemerkung der Kommissarin eine Unverschämtheit war oder nicht. Doch als er wieder den Mund öffnete, klang er nicht gereizt.

„Na schön. Immerhin konnten Sie die Dame mit der Massagepraxis vor einem Eindringling retten, das kann man als einen Zwischenerfolg werten. Setzen Sie die Verdächtigen unter Druck. Angesichts der dürftigen Beweislage werden wir ohne ein Geständnis nicht viel ausrichten können. Ich vermute mal, dass die Tatwaffe auch noch nicht aufgetaucht ist?“

Mona und Enno schüttelten die Köpfe.

„Das wäre wohl auch zu schön gewesen, um wahr zu sein“, murmelte Oltbeck. Er erklärte die Besprechung für beendet.

„Der Chef hat nicht unrecht“, räumte der Ostfriese ein, nachdem sie das Büro des Dienststellenleiters verlassen hatten. „Ob Oliver

Andringa für die Tatnacht ein Alibi hat, halte ich für fraglich. Doch wie sollen wir ihm den Mord nachweisen? Da sehe ich schwarz. Es sei denn, wir finden endlich den Tatort und können dort seine DNA sichern."

„Wo ist dein unerschütterlicher Optimismus geblieben?", fragte Mona. „Jetzt kann ich wirklich ein Mandelhörnchen vertragen."

Doch bevor sie sich dem Gebäckstück widmen konnte, kam Aiske Berend auf sie zu.

„Bevor ich es vergesse: Hinderk von der Nachtschicht hat mir bei der Übergabe erzählt, dass die Gefangene im Schlaf redet."

„Sigrid Andringa?"

„Ja, wir haben zurzeit keine weitere Zellenbelegung durch eine Frau. Jedenfalls hat sie immer wieder nach einem gewissen Lars gerufen. Hinderk hat versucht, sie wach zu bekommen, aber es war sinnlos. Sie muss wohl wirklich intensiv von diesem Mann geträumt haben."

Diese Information versetzte Mona in tiefe Nachdenklichkeit. Erst nach einigen Momenten wurde ihr bewusst, dass ihre Kollegin immer noch auf eine Antwort wartete.

„Danke, Aiske. Das war hilfreich. Lass uns bei Gelegenheit mal wieder um die Häuser ziehen, einverstanden?"

„Ja, bei dem Wetter schmeckt der Grog ganz besonders gut", erwiderte die Polizistin schmunzelnd.

Enno war schon ins Büro vorgegangen und genehmigte sich gerade ein Salamibrötchen und Tee. Mona erzählte ihm, was sie gerade erfahren hatte. Sie fügte hinzu: „Ich vermute, dass Sigrid Andringa ihren Personal Trainer wirklich liebt. Womöglich wird uns diese Tatsache dabei helfen, die Wahrheit ans Tageslicht zu bringen."

„Du meinst, weil die Witwe niemals zugelassen hätte, dass ihr Sohn ihren Liebhaber niederschlägt und fesselt?"

Mona nickte.

„Diese Aktion wäre niemals mit Sigrid Andringas Einverständnis erfolgt."

„Sie konnte aber nicht wissen, dass ihr Liebhaber gleichzeitig auch ein Verhältnis mit ihrem Sohn hat", gab Enno zu bedenken.

„Also ist der geplante Mord an Nele Krog ganz allein auf Oliver Andringas Mist gewachsen? Das kann schon sein. Ich möchte mir die Frau aber zuerst vorknöpfen. Vielleicht verrät sie uns unabsichtlich etwas, das für die spätere Befragung ihres Sohnes von Vorteil sein könnte."

Enno hob die Schultern.

„Mir soll es recht sein. Wir müssen sowieso warten, bis sie sich mit ihrem Anwalt beraten hat. Falls die Fähre pünktlich war, müsste er schon bald auf dem Weg hierher sein."

Die Ermittler nutzten die Zeit, um noch einmal mit Benner zu sprechen. Er war am Vorabend im Krankenhaus untersucht worden. Da seine Gefangenschaft ihm körperlich nicht geschadet hatte, war er nicht stationär aufgenommen worden. Mona und Enno trafen ihn in seinem Wohnmobil an.

Sein Blick flackerte ängstlich, als er ihnen öffnete.

Benner war um die Nase herum blass. Offenbar hatte man ihm im Krankenhaus einen neuen Kopfverband verpasst. Auf dem Tisch lag ein Arztbrief, wie Mona mit einem Blick erkannte. Die Verletzung des Personal Trainers war also dokumentiert worden. In dem Wohnmobil war es nicht besonders warm. Dennoch hatte es der junge Mann vorgezogen, nicht ins Andringa-Ferienhaus zurückzukehren, was nachvollziehbar war.

„Sie können sich entspannen", versicherte die Kommissarin, nachdem sie ihn begrüßt hatte. Seine Hand fühlte sich kalt an. „Oliver Andringa konnte im Lauf der Nacht verhaftet werden und sitzt in Untersuchungshaft. Ich vermute, dass Sie gegen ihn Strafanzeige stellen wollen?"

„Ja, das möchte ich", sagte der Personal Trainer entschlossen. „Ich bin stark enttäuscht von ihm. Es war schon schlimm genug, dass Sigrid dieser jungen Frau den Tod ihres Mannes in die Schuhe schieben wollte. Aber dass Oliver wegen der Erbschaft sogar bereit war, über Leichen zu gehen …"

Benner beendete den Satz nicht, sondern schüttelte nur den Kopf.

„Sind Sie bereit, auch gegen Sigrid Andringa auszusagen?", fragte Enno.

„Ja. Andernfalls mache ich mich doch der Komplizenschaft schuldig. Nennt man das so? Ich habe mitbekommen, dass sie den Ruf der Masseurin ruinieren wollte."

„Eigentlich hätten Sie sich schon früher bei der Polizei melden müssen", erklärte Enno. „Doch wenn Sie jetzt kooperieren, wirft das ein gutes Licht auf Sie."

„Ich werde Ihnen helfen“, versicherte Benner noch einmal. „Allein schon, damit dieser Alptraum für mich endlich vorbei ist.“

„Dann kommen Sie doch mit zur Dienststelle“, bot Mona an. „Machen Sie Nägel mit Köpfen und geben Sie Ihre Aussage schriftlich zu Protokoll.“

„Nichts lieber als das“, versicherte der Personal Trainer. Er zog seine Winterjacke über und stapfte mit den Kommissaren Richtung Strandstraße. Leichtes Schneetreiben hatte eingesetzt, doch der Wind wehte nur sanft, jedenfalls für Borkumer Verhältnisse.

Auf der Polizeiwache setzte sich Mona an den PC und ließ sich Benners Erklärung diktieren, während Enno wieder einmal Tee kochte. Nachdem sie sich mit der heißen Flüssigkeit gestärkt hatten, druckte die Kommissarin das Dokument aus. Der Personal Trainer überflog die DIN-A-4-Seiten noch einmal und setzte dann seine Signatur darunter.

„Ich danke Ihnen noch einmal von Herzen“, sagte er zum Abschied zu den Ermittlern. „Ich habe Todesängste ausgestanden, als ich gefesselt in der Dunkelheit gesessen hatte.“

Mona konnte mit Lob nicht gut umgehen. Sie errötete und wich Benners Blick aus. „Das ist unser Job“, murmelte sie schließlich.

Zum Glück kam nun Aiske Berend herein. Die Kollegin berichtete, dass Dr. Arnulf Remmers eingetroffen wäre. Der Emder Strafverteidiger befand sich bereits bei Sigrid Andringa in ihrer Arrestzelle.

Die Kommissarin trank ihren Tee aus, nachdem der Zeuge verschwunden war.

„Ich kenne Remmers“, sagte Enno. „Er ist noch ein Jurist vom alten Schlag. Er kennt die Gesetze auswendig, und er ist kein Selbstdarsteller oder Schaumschläger. Solange wir uns an die Spielregeln halten, haben wir von ihm keine Gemeinheiten zu erwarten.“

Mona zwinkerte ihm zu.

„Glaubst du etwa, ich würde die Beherrschung verlieren?“

„Es ist ein offenes Geheimnis, dass du Sigrid Andringa nicht ausstehen kannst. Ich muss einfach auf deine Professionalität vertrauen.“

„Ja, es wird dir wohl nichts anderes übrig bleiben“, gab die Ermittlerin grinsend zurück.

Wenig später erfuhren die Kommissare, dass der Anwalt und die Witwe für eine Befragung bereitstanden. Aiske Berend hatte sie bereits in den Verhörraum geleitet. Mona und Enno kamen hinzu. Der Oberkommissar stellte sich und seine Kollegin noch einmal der Form halber vor und belehrte Sigrid Andringa über ihre Rechte. Inzwischen musterte die Kriminalistin das Gesicht der Verdächtigen.

Sigrid Andringa schien über Nacht um ein Jahrzehnt gealtert zu sein. Ihre Wangen waren grau und eingefallen, die Augenpartie sah verquollen aus. Offensichtlich hatte sie geweint. Mona war hin und her gerissen, was ihre Gefühle für diese Frau anging.

Gewiss, sie hatte Nele Krog einen Mord in die Schuhe schieben wollen. Wahrscheinlich war die junge Masseurin ihr als ein Eindringling erschienen, der sich einen Großteil des Erbes unter den Nagel hatte reißen wollen. Die Kommissarin konnte sich lebhaft vorstellen, dass dieser Gedanke sehr verletzend gewesen sein musste. Dennoch – dadurch ließ sich kein Verbrechen rechtfertigen.

Ihr Blick schweifte zu dem Anwalt hinüber. Dr. Remmers trug einen Tweedanzug mit Weste, die über seinem Kugelbauch spannte. Er war ein Mann in den Sechzigern mit einer dicken Hornbrille auf der Nase. Und seine Stimme klang wie die eines Märchenerzählers, als er nun den Mund öffnete.

„Was genau wird meiner Mandantin denn vorgeworfen?“

„Vortäuschen einer Straftat sowie Anstiftung zur Falschaussage“, erklärte Enno. „Frau Andringa hat fälschlicherweise behauptet, dass Frau Krog ihren Ehemann getötet hätte. Und als wir diese Version nicht sofort geglaubt haben, bezahlte sie Klaas Tönning, um Frau Krog ebenfalls zu belasten. Seine Erklärung liegt uns schriftlich vor.“

„Das Dokument möchte ich sehen.“

„Bitte, wir haben eine Kopie für Sie erstellt.“

Der Oberkommissar gab dem Verteidiger ein paar getippte Seiten. Frau Andringa verzog den Mund.

„Dieser Wisch beweist überhaupt nichts! Tönning ist ein Mensch, der seine eigene Großmutter für Freibier verkaufen würde!“

„Sie geben also zu, Klaas Tönning zu kennen“, stellte Mona fest.

„Frau Andringa, bitte mäßigen Sie sich“, bat Dr. Remmers seine Mandantin. Er ahnte vermutlich schon, dass sie seine Verteidigungsstrategie torpedieren würde, wenn sie sich nicht zusammenriss.

Die Witwe warf ihm einen gereizten Blick zu und verschränkte trotzig die Arme vor der Brust. Der Jurist vertiefte sich wieder in die Lektüre von Tönnings Aussage.

Die Kommissarin wandte sich an Sigrid Andringa.

„Wir haben übrigens noch eine gute Nachricht für Sie. Lars Benner wurde gefunden. Es geht ihm gut, abgesehen von einer kleinen Platzwunde am Kopf. Die wurde aber bereits ärztlich versorgt."

Mit der Witwe ging eine bemerkenswerte Veränderung vor sich. Ihre Gesichtszüge entspannten sich, die Augen begannen zu glänzen. Und ihre Stimme klang nicht mehr rau und zornig, sondern ganz weich.

„Lars … lebt also? Ich hatte schon das Schlimmste befürchtet. Wo ist er? Kann ich ihn sehen?"

„Vermutlich ist Herr Benner in sein Wohnmobil zurückgekehrt", meinte Mona. „Vor wenigen Minuten war er noch hier auf der Polizeiwache. Er hat eine Aussage zu Protokoll gegeben. Darin räumt er ein, von Ihrer Intrige gegen Frau Krog gewusst zu haben. Ihr Motiv war das geänderte Testament Ihres verstorbenen Gatten. Er wollte der Masseurin einen Teil seines zu vererbenden Vermögens zukommen lassen."

„Und zwar den Großteil!", platzte die Witwe heraus. „Womit hat diese falsche Schlange das verdient? Nur, weil sie ihn gelegentlich ein wenig durchgeknetet hat?"

Der Verteidiger warf seiner Mandantin einen warnenden Blick zu.

„Ich muss Sie wirklich bitten, das Reden jetzt mir zu überlassen, Frau Andringa."

Sie rang nach Luft. Doch die Tatsache, dass ihr Liebhaber sich gegen sie gewandt hatte, ließ die Verdächtige verstummen. Sie sank auf ihrem Stuhl in sich zusammen.

„Hier ist auch eine Fotokopie von Benners Aussage."

Mit diesen Worten überreichte die Kommissarin Dr. Remmers einige weitere Papiere.

„Ich muss mich mit meiner Mandantin noch einmal beraten", bat der Jurist.

Die Ermittler gingen hinaus und gönnten sich in der Teeküche der Wache etwas zu trinken und ein belegtes Brötchen.

„Wir haben gute Karten", meinte Enno kauend. „Remmers kann höchstens versuchen, die Glaubwürdigkeit unserer Zeugen zu untergraben. Womöglich hat Frau Andringa ihm noch nicht gebeichtet, dass Benner ihr Geliebter war. Sie wird ihrem Verteidiger einiges zu erklären haben."

„Und sie weiß noch nicht, wer für Benners Verschwinden verantwortlich ist", unterstrich Mona. „Womöglich bricht sie zusammen, wenn sie erfährt, dass ihr Sohn der Täter war."

„Dann glaubst du also nicht, dass sie davon wusste?"

„Nein, Enno. Ihre Sorge um Benner war echt, sie hat uns keine Schmierenkomödie vorgespielt. Glaubst du im Ernst, sie hätte im Schlaf nach ihm gerufen, wenn sie nicht tiefe Gefühle haben würde?"

„Wohl kaum."

Als die Kommissare ihren Tee ausgetrunken hatten, rief der Verteidiger sie in den Verhörraum zurück.

„Meine Mandantin räumt die Taten ein", sagte er. „Sie bereut ihr Verhalten. Da sie nicht vorbestraft ist und ihre persönliche Lage als angespannt gelten muss, wäre ein entsprechend geringeres Strafmaß wünschenswert."

„Darüber können Sie gern mit der Staatsanwaltschaft verhandeln, damit haben wir nichts mehr zu tun", erwiderte Enno.

„Das ist mir bekannt. Können wir diese Befragung dann bitte beenden? Meine Mandantin fühlt sich nicht gut, und sie ist ja geständig."

Mona nickte und schaute der Witwe direkt ins Gesicht.

„Nur eine Sache noch, Frau Andringa. Möchten Sie gar nicht wissen, wo sich Herr Benner aufgehalten hat, nachdem Sie ihn als vermisst gemeldet hatten?"

„Doch, natürlich."

Sie blickte die Kommissarin fragend an.

„Lars Benner wurde von Ihrem Sohn Oliver niedergeschlagen, gefesselt und gefangen gehalten. Das geschah, weil er sich weigerte, an der Ermordung von Nele Krog mitzuwirken."

Mona hatte überlegt, wie sie der Frau diese Neuigkeiten möglichst schonend beibringen sollte. Doch ihr war kein Weg eingefallen. Man konnte Körperverletzung und Freiheitsberaubung nun einmal nicht beschönigen. Mona hatte dafür jedenfalls noch keinen Weg gefunden.

Die Witwe erbleichte.

„Das glaube ich nicht!", stieß sie hervor. „Sie erfinden diese Dinge, um mich zu quälen."

Bevor Mona reagieren konnte, schüttelte der Verteidiger den Kopf.

„Lars Benner hat Ihren Sohn in seiner schriftlichen Aussage beschuldigt."

„Und warum haben Sie mir das verschwiegen?"

„Ich vertrete Sie und nicht Ihren Sohn", stellte Dr. Remmers klar. „Diese angeblichen Mordpläne gegen Frau Krog haben mit Ihrem Fall nichts zu tun."

„Vielleicht doch", widersprach Mona. „Kann ich also davon ausgehen, dass Sie von dem Vorhaben Ihres Sohnes nichts wussten?"

„Natürlich nicht!", platzte Frau Andringa heraus. „Ich kann dieses Miststück nicht ausstehen, aber ich wünsche ihr doch nicht den Tod. Und ich glaube auch nicht, dass Oliver sie wirklich umbringen wollte. Vielleicht ging es ihm nur darum, ihr einen Schrecken einzujagen."

„Ich muss Ihnen mitteilen, dass wir Ihren Sohn verhaftet haben", warf Enno ein. „Bei ihm wurde eine nicht registrierte Schusswaffe sichergestellt, und er hat meine Kollegin angegriffen."

„Wo ist Oliver? Wie geht es ihm? Ich will mit ihm reden."

Die Witwe warf Enno einen flehenden Blick zu.

„Das wird zurzeit nicht möglich sein", erwiderte er.

Kapitel 15

Dr. Remmers musste mit Engelszungen reden, doch schließlich beruhigte sich seine Mandantin einigermaßen. Sie sollte noch am selben Tag wegen ihres Haftprüfungstermins nach Emden geschafft werden. Wahrscheinlich würde man sie dann wegen ihres Geständnisses auf freien Fuß setzen. Aber damit hatten Mona und Enno nichts mehr zu tun.

Als die Ermittler allein im Verhörraum waren, legte Enno den Kopf schief und schaute seine Kollegin prüfend an.

„Du siehst unzufrieden aus."

Sie zuckte mit den Schultern.

„Oltbeck wird sich freuen wie ein Schneekönig, weil wir ein Geständnis haben. Doch der Mord an Malte Krog ist mir nach wie vor ein Rätsel."

„Wir haben zwei Verdächtige, von denen einer bereits in unserer Arrestzelle sitzt", erinnerte der stämmige Ostfriese.

„Ja, Oliver Andringa besitzt zumindest die nötige kriminelle Energie", entgegnete Mona. „Andererseits: Welchen Vorteil hätte er durch den Tod des Ehemannes gehabt? Es wäre aus seiner Sicht wirklich sinnvoll gewesen, Nele Krog ins Jenseits zu befördern."

„Wir sollten uns den Verdächtigen gleich mal zur Brust nehmen", schlug Enno vor. „Und dann haben wir ja auch noch den zweiten aussichtsreichen Kandidaten. Wilko Timmer hat wenigstens ein handfestes Motiv: Die Werft steht kurz vor der Pleite, und ihm fehlt schlicht das Geld, um sich erpressen zu lassen."

Mona nickte. Sie trank noch etwas Tee, um sich zu beruhigen. Wenig später brachte Polizeimeister Hauke Knudsen den Verdächtigen in den Verhörraum.

Oliver Andringas Lippen wurden von einem herablassenden Lächeln umspielt. Falls er sich stark fühlte, hatte er aus Monas Sicht dafür überhaupt keinen Grund. Sie beschloss, ihm gleich den Wind aus den Segeln zu nehmen.

Nachdem Enno ihren und seinen Namen genannt sowie Andringa über dessen Rechte belehrt hatte, sagte sie: „Ihre Mutter hat gerade ein komplettes Geständnis abgelegt. Grinsen Sie jetzt immer noch?"

Die Frage war eigentlich überflüssig, denn Oliver Andringa wurde nun todernst und funkelte die Kommissarin aggressiv an.

„Lassen Sie Mama aus dem Spiel! Sie hat nichts von meinen Plänen gewusst!“

„Das wird sich zeigen.“ Mona war unbeeindruckt. „Was genau hatten Sie denn vor?“

Auf diese Frage blieb Andringa eine Antwort schuldig.

„Ich werde Ihrem Gedächtnis auf die Sprünge helfen“, sagte sie. „Nele Krog sollte durch Ihre Hand sterben. Sie wollten die Leiche spurlos verschwinden lassen, vermutlich auf hoher See. Logischerweise hätte die Tote nicht zur Testamentseröffnung erscheinen können. Frau Krogs Ehemann lebte ja praktischerweise auch nicht mehr. Ich bin keine Juristin mit Fachgebiet Erbschaftsrecht. Doch ich glaube, dass Sie gute Chancen gehabt hätten, den Anspruch dieser Frau auf das Erbe Ihres Vaters anzufechten.“

„Das Luder hätte keinen Cent bekommen dürfen!“, stieß der Verdächtige hasserfüllt hervor.

„Geben Sie zu, dass Sie Frau Krog ermorden wollten?“

Erneut presste Andringa die Lippen aufeinander und wich ihrem Blick aus. Mona zeigte ihm einige Papiere.

„Ich habe hier die schriftliche Aussage Ihres Freundes Lars Benner. Wir werfen Ihnen übrigens nicht nur den versuchten Mord an Nele Krog vor. Weitere Delikte sind Einbruch, Sachbeschädigung, Freiheitsberaubung, illegaler Waffenbesitz und Widerstand gegen Vollstreckungsbeamte.“

Andringa senkte den Kopf, er schien angestrengt nachzudenken. Mona wollte schon nachhaken, doch Enno bremste sie mit einer Handbewegung. Der erfahrene Oberkommissar hatte recht. Sie erkannte, dass der Verdächtige gleich reden würde. Sie mussten sich nur noch einige Augenblicke lang gedulden.

Nach einer Zeit, die Mona wie eine gefühlte halbe Ewigkeit vorkam, öffnete Andringa den Mund:

„Sie können nicht beweisen, dass ich die Masseurin töten wollte. Sie lebt noch, soweit ich weiß. Lars hat sich das alles ausgedacht, um mir zu schaden. Er war hinter mir her, war bis über beide Ohren in mich verknallt. Doch ich habe ihn zurückgewiesen. Ich denke, dass er mich aus gekränkter Eitelkeit beschuldigt.“

Mona schaffte es, trotz Andringas dreister Behauptungen ruhig zu bleiben.

„Soso. Und Sie haben Benner vermutlich nur niedergeschlagen und gefesselt, damit er Ihnen nicht weiter nachsteigt?“, fragte sie ironisch.

Der Verdächtige grinste nun wieder.

„So ist es, Frau Sander. Das war doch eher so etwas wie Notwehr, oder?“

Die Kommissarin beugte sich vor und kniff die Augen zusammen.

„War es auch Notwehr, als sie vor uns geflohen sind, auf mich geschossen haben und mir meine Dienstwaffe abnehmen wollten?“

„Sie haben sich nicht als Polizeibeamtin zu erkennen gegeben“, behauptete Andringa. „Ich lief in Panik davon, als ich Ihnen vor dem Ferienhaus begegnete. Ich vermutete, dass Lars sich befreien konnte und irgendwelche Schläger angeheuert hätte, um sich an mir zu rächen. Also lief ich davon.“

Andringas Geschichte war hanebüchen, doch Mona musste zugeben, dass sie in sich schlüssig war. Wenn er die Nerven behielt und dabei blieb, würde man ihm nur schwer etwas anderes beweisen können. Die Frage lautete allerdings, ob ihm sein Lügengebilde etwas nutzen würde.

„Und was ist mit der Pistole, die Sie bei sich hatten?“, warf Enno ein. „Die Seriennummer ist herausgefeilt worden, die Waffe ist bereits auf dem Weg zur kriminaltechnischen Untersuchung. Wir finden es nicht so lustig, wenn jemand auf unserer Insel mit einer scharfen Pistole herumläuft.“

„Ich weiß selbst, dass ich keinen Waffenschein besitze. Ich habe mir die Pistole zum Selbstschutz gekauft. Wie gesagt: Ich wusste nicht, dass ich es mit Polizisten zu tun hatte.“

Mona änderte ihre Taktik.

„Warum haben Sie Malte Krog getötet?“, fragte sie spontan.

Andringa schaute die Kommissarin an, als ob sie den Verstand verloren hätte.

„*Was* soll ich getan haben?“

Die Ermittlerin blätterte in ihren Unterlagen.

„Sie haben mich schon verstanden. Der Ehemann der von Ihnen so verabscheuten Masseurin wurde am zweiten Dezember erschlagen. Zu diesem Zeitpunkt befanden Sie sich bereits auf Borkum.“

Die Kommissare hatten nämlich die vorherige Pause genutzt, um das Ferienhaus zu überprüfen, das Oliver Andringa und Lars Benner als Liebesnest gedient hatte. Die Schlüssel waren dem Verdächtigen bereits Ende November übergeben worden.

Andringa lachte, aber er klang nicht amüsiert.

„Na und? Ist jetzt jeder verdächtig, der am zweiten Dezember auf der Insel war? Wir reden über Tausende von Menschen, oder?"

„Das stimmt", gab Mona ihm recht. „Aber nicht jeder von denen behauptet, auf dem Festland die Geschäfte des Unternehmens führen zu müssen, während er sich in Wirklichkeit auf Borkum amüsiert. Wusste Ihre Mutter, dass Sie hier waren? Oder sonst jemand, abgesehen von Benner und dem Ferienhausvermieter?"

„Nein, natürlich nicht. In dem Fall wäre doch das Versteckspiel sinnlos gewesen. Lars Benner ist ein netter Kerl und sieht gut aus, doch in seinem tiefsten Inneren ist er schwach. Lars hat sich bis heute nicht dazu bekannt, dass er auf Männer steht. Stattdessen lässt er sich mit meiner Mutter ein."

Mona zuckte mit den Schultern.

„Halten Sie diese Affäre wirklich für ein Zeichen von Schwäche? Womöglich hat Herr Benner sich finanzielle Vorteile versprochen. Immerhin ist Frau Andringa die Seniorchefin."

„Ja, auf dem Papier!", behauptete der Verdächtige. „In Wirklichkeit leite ich den Betrieb. Und ohne mich würde die Firma im Handumdrehen in Konkurs gehen. Doch das geht Sie gar nichts an, finde ich. Es bleibt eine Tatsache, dass ich diesem Malte Krog nichts angetan habe. Ich habe ein paar Krimis gelesen und weiß, wie der Hase läuft. Konnten Sie meine DNA an der Leiche nachweisen? Nein. Stammt die Kugel, die ihn getötet hat, aus meiner Pistole? Nein. Ich bin so unschuldig, wie man es nur sein kann."

Die Kommissarin runzelte die Stirn. Malte Krog war nicht erschossen, sondern erschlagen worden. Das musste dem wahren Mörder bekannt sein. Andererseits handelte es sich bei der Tötungsart nicht um Geheimwissen. Aus der polizeilichen Pressemitteilung ging eindeutig hervor, dass das Opfer erschlagen worden war. So hatte es auch in der Lokalzeitung gestanden.

„Also leugnen Sie sowohl Ihre Mordpläne gegen Nele Krog als auch das Tötungsdelikt an Malte Krog?"

„Stimmt genau, Frau Sander. Sie müssen mich sofort freilassen, wenn Sie nicht den Ärger Ihres Lebens kriegen wollen."

„Sie verkennen Ihre Lage", stellte Enno fest, bevor Mona einen Wutanfall bekommen konnte. „Wir können Ihnen einige andere

Delikte nachweisen, das müssen wir nicht wiederholen. Sie werden umgehend aufs Festland gebracht, wo ein Haftprüfungstermin anberaumt wird."

„Ich sollte mir doch einen Anwalt suchen", sagte Oliver Andringa mit drohendem Unterton in der Stimme.

„Den werden Sie auch benötigen."

Diese Bemerkung hatte Mona sich nicht verkneifen können. Der Verdächtige warf ihr einen vernichtenden Blick zu, während er zurück in die Arrestzelle geführt wurde.

Der Oberkommissar lehnte sich seufzend in seinem Stuhl zurück.

„Was hältst du von dem Knaben?"

„Ich sage es nicht gern, aber den Mord an Malte Krog hat er meiner Meinung nach nicht begangen", erwiderte die Ermittlerin. „Oliver Andringa wollte ganz bestimmt die Masseurin umbringen und auf Nimmerwiedersehen verschwinden lassen. Aber der Mord an dem Ehemann hätte ihm nichts gebracht, ganz im Gegenteil. Er hätte sich dadurch dem Risiko ausgesetzt, entdeckt zu werden. Vor allem, als er den Toten nackt ausgezogen und zum späteren Leichenfundort gebracht hat."

„Verbrecher handeln nicht immer logisch nachvollziehbar", erinnerte Enno. „Trotzdem stimme ich dir zu. Der Mörder von Malte Krog befindet sich immer noch auf freiem Fuß."

„Dann sollten wir jetzt Wilko Timmer ins Gebet nehmen", schlug der Ostfriese vor.

Kapitel 16

Der Reederfamilie Timmer gehörte ein gemütlich wirkendes Ferienhaus in der Von-Frese-Straße unweit der Westdünen. Als die Ermittler dort klingelten, ertönte ein helles Lachen aus weiblicher Kehle.

Wenig später wurde ihnen von einer dunkelhaarigen Schönheit mit asiatischen Gesichtszügen geöffnet. Die junge Frau mit den Mandelaugen trug Overknee-Stiefel, einen Lederminirock sowie ein eng geschnürtes Korsett. Ihre stark geschminkten Lippen verzogen sich zu einem freundlichen Lächeln.

„Sie wünschen?“, lispelte sie.

Mona zeigte ihren Dienstausweis.

„Ich bin Kommissarin Sander, das ist Oberkommissar Moll. Wir müssen mit Herrn Timmer sprechen.“

Die Asiatin erschrak. Aus welchem Grund? Hatte sie etwas vor der Polizei zu verbergen? Ob sie mit Timmer unter einer Decke steckte?

Bevor Mona intensiver über diese Fragen nachdenken konnte, kam ein breit gebauter Mann mit kurzen blonden Haaren herbeigeschlurft. Er trug Lederpantoffeln sowie einen Kimono, der von seinem Bauch ausgebeult wurde. Darunter schien er nichts anzuhaben. Die Kommissarin wollte ihre Fantasie nicht weiter bemühen, denn dieser Kerl war überhaupt nicht ihr Typ.

„Was gibt es?“, fragte er mit rauer Stimme.

Nun öffnete Enno den Mund. Er wiederholte, was Mona soeben gesagt hatte.

„Ich bin Wilko Timmer“, sagte der Kimonoträger. Dann wandte er sich an die dunkelhaarige Frau: „Du musst los, Li. Sonst verpasst du die Fähre!“

Li nickte eifrig. Sie nahm ein Kunstpelzjäckchen vom Garderobenhaken im Flur, griff nach ihrer lackledernen Handtasche und schenkte Timmer ein geschäftsmäßiges Lächeln. Dann verließ sie fluchtartig das Ferienhaus, so schnell es ihr auf ihren hohen Pfennigabsätzen möglich war.

Mona deutete mit einer Kopfbewegung in Richtung der verschwindenden Asiatin.

„War das eine Freundin von Ihnen?“

Timmers Mund verzog sich zu einem breiten Grinsen.

„Ich lebe in Scheidung, und in kalten Winternächten kann es auf dieser Insel sehr einsam werden. Da ist es doch schön, wenn man so einen charmanten Besuch vom Festland bekommt. Ich habe eben eine Schwäche für schöne Frauen …“

Während er sprach, taxierte er Mona vom Scheitel bis zur Sohle. Die Kommissarin fand, dass sie an diesem Morgen nicht gerade provokant angezogen war. Sie trug Stiefel mit Profilsohle, Jeans, einen dunkelblauen Rollkragenpullover und eine gefütterte graue Winterjacke sowie eine schwarze Wollmütze. *Sexy geht anders*, wie sie selbst fand. Doch Timmer gehörte offenbar zu den Männern, die grundsätzlich alle Frauen anbaggern müssen.

Ob er bei Nele Krog auch sein Glück versucht hatte?

Ennos tiefe Stimme riss die Kommissarin aus ihren Gedanken.

„Wir haben einige Fragen an Sie, Herr Timmer.“

Der Hausherr machte eine einladende Handbewegung.

„Ich verstehe. Folgen Sie mir bitte ins Wohnzimmer.“

Die Ermittler gingen hinter ihm her. Durch eine halb offen stehende Tür konnte Mona einen kurzen Blick ins Schlafzimmer werfen. Das Laken auf dem französischen Bett war zerwühlt, offenbar hatten Timmer und seine asiatische Besucherin eine bewegte Nacht hinter sich gebracht. Für die Kommissarin stand fest, dass Li im horizontalen Gewerbe tätig war. Ein Mann wie Timmer bestach nicht durch gutes Aussehen oder Charme, sondern durch Bargeld.

In dem renovierten Wohnzimmer mit den modernen Möbeln wurden die Kommissare gebeten, Platz zu nehmen.

Mona schaute Timmer direkt an.

„Mein Kollege und ich untersuchen den Mord an Malte Krog.“

Der Reeder beugte sich vor.

„Wer ist das?“

„Der Name sagt Ihnen also nichts?“

Er hob die Schultern.

„Leider nicht, Frau Sander. Trotzdem freue ich mich, dass Ihr Fall Sie zu mir geführt hat. Andernfalls hätten wir uns vielleicht nie kennengelernt.“

Der versucht es ja mit der Holzhammermethode, dachte die Ermittlerin grimmig. Sie sagte: „Dann will ich Ihrem Gedächtnis auf die Sprünge helfen. Sie sind Patient bei Nele Krog, seiner Ehefrau.“

Timmer lachte.

„Ach, die süße Masseurin meinen Sie! Ich und mein Namensgedächtnis … das ist wirklich schlimm. Ja, Nele heißt mit Nachnamen Krog, wie so viele Leute hier im Norden."

„Sie wussten also nicht, dass Frau Krog verheiratet ist?"

Der Reeder blinzelte Mona zu.

„Ich konnte nicht sehen, ob sie einen Ehering trägt. Stattdessen habe ich mich einfach nur darauf konzentriert, wie ihre Hände mir Gutes getan haben."

Das konnte Mona sich lebhaft vorstellen. Sie spürte, dass sie auf dem richtigen Weg war.

„Gefällt Ihnen Nele Krog?", wollte sie wissen.

Die Frage schien Timmer in Verlegenheit zu bringen. Die Kommissarin war überrascht. Sie hatte sich nicht vorstellen können, dass einem Mann wie ihm etwas peinlich war. Nachdem eine unangenehme Pause entstanden war, versuchte er es mit einem treuherzigen Augenaufschlag.

„Ehrlich gesagt gefallen Sie mir viel bes…"

Mona platzte der Kragen.

„Wir sind nicht zum Flirten hier! Mein Kollege und ich ermitteln in einer Mordsache, falls Sie das noch nicht kapiert haben. – Wissen Sie, was ich glaube? Sie hatten keine Lust mehr, sich Li oder andere asiatische Damen vom Festland kommen zu lassen. Also versuchten Sie Ihr Glück bei Frau Krog. Und als Sie merkten, dass sie ihren Mann nicht verlassen wollte, musste er verschwinden!"

Timmer riss den Mund auf, rang nach Luft. Fühlte er sich ertappt oder war er wegen der Anschuldigung einfach sprachlos?

Nun meldete sich auch Enno zu Wort, der die Befragungen meistens lieber seiner Kollegin überließ.

„Wo waren Sie vorgestern Nacht?"

„Ist das die Zeit, als dieser Mann …"

„Erraten!", fauchte Mona.

Timmer wischte sich den Schweiß von der Stirn.

„Gott sei Dank! Dass Sie mir so eine Tat zutrauen … also, an dem Abend hatten wir unsere Weihnachtsfeier in Emden. Ein paar hundert Mitarbeiter können bezeugen, dass ich dort gewesen bin. Und zwar bis fünf Uhr früh. Außerdem fuhren an dem Abend gar keine Fähren mehr nach Borkum, wegen dem Sturm. Das können Sie gern überprüfen."

Die Kommissarin notierte sich die Angaben, doch so schnell ließ sie sich nicht ins Bockshorn jagen. Außerdem konnte ja Timmer auch jemanden beauftragt haben, die Tat auszuführen.

„Es gibt noch eine andere Verbindung zwischen Ihnen und Malte Krog", sagte sie dem Verdächtigen auf den Kopf zu.

„Ach, wirklich?"

Timmer klang nun nicht mehr so, als ob er Mona verführen wollte.

„Malte Krog war der unbekannte Erpresser, der Ihr Unternehmen um einen beträchtlichen Betrag erleichtern wollte."

Der Reeder wirkte verblüfft.

„Ich habe Malte Krog nie kennengelernt, das müssen Sie mir glauben! Er war das also … und er konnte enttarnt werden? Dann haben Ihre Kollegen in Emden ja schnell gearbeitet."

„Unsere Kollegen in Emden?", wiederholte die Kommissarin perplex. „Wie meinen Sie das?"

„Ich habe vor einer Woche Strafanzeige gegen unbekannt gestellt, eben wegen dieser Erpressung", erklärte Timmer. „Und zwar auf dem Präsidium in Emden."

Kapitel 17

Mona musste die neuen Informationen erst einmal sacken lassen. Bevor die Ermittler Timmers Alibi nicht überprüft hatten, konnten sie sowieso nicht viel machen.

„Halten Sie sich bitte zu unserer Verfügung, wir kommen gewiss noch einmal auf Sie zu“, sagte sie zum Abschied.

„Es ist schade, dass wir uns nicht unter erfreulicheren Umständen kennengelernt haben“, murmelte Timmer. „Ich sollte wohl besser meinen Rechtsanwalt kontaktieren.“

„Da hast du ja ein Herz im Sturm erobert“, witzelte Enno, als sie wieder im Auto saßen.

„Das ist nicht witzig, mein Lieber! Für mich ist Timmer weiterhin als Verdächtiger im Rennen. Wir müssen herausfinden, was für ein Verhältnis er zu Nele Krog hatte. Möglicherweise hat er sie ja hemmungslos angebaggert. Und an sein Alibi glaube ich erst, wenn wir es überprüft haben.“

„Kein Problem“, gab der Oberkommissar zurück. „Dann werde ich vom Büro aus ein paar Werftmitarbeiter anrufen, um Timmers Behauptungen gegenzuchecken. Und du sprichst von Frau zu Frau mit der Masseurin. Sie wird gewiss eher mit dir als mit mir über Herzensangelegenheiten reden wollen.“

„Na, hoffentlich“, seufzte Mona.

Der Oberkommissar setzte sie in der Gorch-Fock-Straße ab, bevor er zum Polizeirevier weiterfuhr. Die Ermittlerin stieg die Außentreppe hoch. Der Himmel war düster und wolkenverhangen, daher brannte in der Massagepraxis Licht. Mona klingelte, und gleich darauf wurde von Nele Krog geöffnet. Sie wirkte überrascht.

„Moin, Frau Sander. Ich dachte schon, dass mein nächster Patient käme.“

Die Kommissarin kam herein und schaute sich um. Von dem Chaos nach Oliver Andringas Besuch war nichts mehr zu bemerken. Nur der Duft nach Mandelöl war noch besonders stark.

„Wie geht es Ihnen jetzt?“, fragte Mona.

Die Masseurin hob die Schultern und lächelte traurig.

„Das Leben muss weitergehen, auch wenn dieser Satz noch so abgedroschen klingen mag. Tobias hat sich sehr nett um mich gekümmert, aber ich muss allmählich wieder auf eigenen Füßen stehen. Außerdem komme ich mir so nutzlos vor, wenn ich einfach nur so in seinem Laden herumsitze."

„Ich muss noch einmal auf Wilko Timmer zurückkommen, Frau Krog. Bitte sagen Sie mir die Wahrheit: Haben Sie ein Verhältnis mit ihm?"

„Wie kommen Sie darauf?", fragte die Masseurin zurück. Sie klang nicht empört oder beleidigt, sondern einfach nur verwundert.

Die Tür zum Behandlungsraum stand offen. Mona ging hinein. Sie konnte selbst nicht sagen, warum sie das tat. Vielleicht wollte sie einfach sehen, ob dort auch alles schon wieder in Ordnung war.

„Ich habe heute mit Timmer gesprochen", erklärte sie. „Und es schien mir, als ob er Sie richtig gut finden würde."

„Das kann schon sein. Aber ich habe ihm deutlich gemacht, dass ich glücklich verheiratet bin."

Mona schlenderte langsam um die Massageliege herum. Irgendetwas stimmte hier nicht. Aber was? Dann bemerkte sie den Fehler. Ein gerahmtes Bild hing schief. Die Kommissarin stellte sich auf die Zehenspitzen, um es wieder gerade zu rücken. Da bemerkte sie eine winzige Kamera nebst Mikrofon in dem Holzrahmen. Man musste schon von unten drauf schauen, um es überhaupt zu bemerken.

Mona erschrak.

Ob auch in diesem Moment jemand alles sah und hörte, was in diesem Raum geschah?

Sie versuchte, sich gegenüber Nele Krog ihre Aufregung nicht anmerken zu lassen. Die Kommissarin musste dringend Enno anrufen. Sie legte instinktiv die Hand auf den Griff ihrer Dienstwaffe.

„Lassen Sie uns doch in Ihre Wohnung hinübergehen", schlug sie mit gespielter Lockerheit vor. „Dort redet es sich besser."

„Das geht leider nicht, denn in wenigen Minuten kommt mein nächster Patient. Ich kann ihn nicht einfach in die Wüste schicken. Aber wenn Sie möchten, können Sie drüben gern auf mich warten."

„Ich sagte, dass wir sofort wegmüssen!", blaffte Mona. Doch es war zu spät. Sie hörte noch, wie die Masseurin einen Entsetzensschrei von sich gab. Die Kommissarin wollte sich umdrehen.

Aber da bekam sie schon einen fürchterlichen Schlag auf den Hinterkopf. Bewusstlos brach sie zusammen.

Kapitel 18

Der Bienenstock war zum Greifen nahe, jedenfalls den Geräuschen nach zu urteilen. Sehen konnte Mona ihn nicht, weil um sie herum tintenschwarze Finsternis herrschte. Oder waren es gar nicht die fleißigen Honigsammler, die für diese sonoren Tönc verantwortlich waren?

Ein Schmerz zuckte wie ein Blitz durch den Kopf der Kommissarin. Nur ganz allmählich kam die Erinnerung an die letzten Ereignisse zurück. Und sie erkannte, aus welchem Grund Dunkelheit herrschte.

Ihre Augen waren geschlossen.

Sie versuchte, die Lider zu heben. Das war gar nicht so einfach. Es schien, als ob bleischwere Gewichte sie daran hindern wollten. Da stieg ihr plötzlich ein vertrauter Geruch in die Nase. Er war so intensiv, dass er den allgegenwärtigen Mandelölduft in der Massagepraxis überlagerte.

Ennos Rasierwasser.

Endlich gelang es Mona, die Augen zu öffnen. Ihr Kollege und väterlicher Freund beugte sich über sie. Tiefe Sorgenfalten hatten sich in sein Gesicht gegraben.

„Beweg dich nicht, Mona. Ich rufe gleich den Notarzt."

Der Oberkommissar hielt schon sein Smartphone in der Hand, aber die Ermittlerin schüttelte den Kopf.

„Nein, mir fehlt nichts."

„Du liegst bewusstlos auf dem Boden, und trotzdem soll mit dir alles in Ordnung sein? Dein Diensteifer in allen Ehren, doch du musst dich jetzt untersuchen lassen. Alles andere kann ich nicht verantworten."

Das Kopfschütteln war keine gute Idee gewesen, Mona wurde von einem Schwindelanfall attackiert. Nachdem sie einige Male tief durchgeatmet hatte, fühlte sie sich wieder besser.

„Ich verspreche dir hoch und heilig, dass ich mich untersuchen lasse, Enno. Später. Jetzt müssen wir erst einmal Nele Krog aus Grönes Gewalt befreien. Oder hast du schon ihre Leiche gefunden?"

Der neben ihr auf dem Boden knieende Oberkommissar schüttelte den Kopf.

„Nein, hier ist niemand außer dir. Ich habe auch schon in der Wohnung nebenan nachgeschaut. Beide Türen waren nicht verschlossen. Nachdem ich dich auf dem Handy nicht erreichen konnte und du auch nicht ans Funkgerät gingst, wurde ich misstrauisch. Zum Glück wusste ich ja, dass du hierher kommen wolltest."

Mona tastete über ihren eigenen Körper und stellte erleichtert fest, dass sie vollständig bekleidet war und ihre Pistole nicht fehlte.

Doch wahrscheinlich gab es gar keinen Grund zu der Annahme, dass Gröne sich in ihrem wehrlosen Zustand an ihr hatte vergehen wollen. Dieser Täter war nach Monas Ansicht nur auf eine Frau völlig fixiert.

Nele Krog.

Enno runzelte die Stirn.

„Du gefällst mir wirklich nicht, du bist ganz blass."

„Kein Wunder, ich war ja auch weggetreten. – Hilf mir mal hoch, bitte."

Der Ostfriese schob vorsichtig seinen Arm unter Monas Oberkörper, und sie richtete sich langsam auf. Im ersten Moment schien sich die ganze Welt wieder zu drehen, aber nach ein paar kräftigen Atemzügen ging es besser.

Stockend berichtete Mona von der Minikamera und dem Mikrofon.

„Dann hat Gröne also jede Massage von Frau Krog live miterleben können?"

„Richtig, Enno. Vermutlich hat er die Aufnahmen sogar irgendwo abgespeichert."

„Davon kannst du ausgehen. Hey, lass es lieber langsam angehen."

Die Kommissarin wollte nun nämlich vom Fußboden aufstehen. Enno half ihr dabei, und wenig später stand sie auf ihren eigenen zwei Beinen. Ihre Knie waren zwar noch weich wie Butter, trotzdem war es ein gutes Gefühl. Nachdem sie noch einmal tief durchgeatmet hatte, konnte sie die Kopfschmerzen kaum noch spüren.

„Als ich die Kamera entdeckt hatte, muss Gröne sofort bemerkt haben, dass er enttarnt wurde. Ich habe noch versucht, Nele in ihre Wohnung zu bugsieren. Die Zeit hat leider nicht mehr gereicht. Der Täter kam herüber und konnte mich problemlos ausknocken."

„Ich hätte dich nicht allein hierher gehen lassen dürfen", stieß der Oberkommissar hervor.

„Diese Wendung des Falls konnte niemand vorhersehen. Wir hätten Gröne verdächtigen müssen, schließlich befand er sich stets in nächster Nähe der Masseurin. Aber er zeigte kein Interesse, schien sogar Angst vor Frauen zu haben."

„Stille Wasser sind tief", brummte Enno. „Ich kenne den Mann schon sein halbes Leben lang, so eine Tat hätte ich ihm niemals zugetraut."

„Lass uns in seinem Laden nachschauen", forderte Mona. Sie zog ihre Dienstwaffe, als sie die Metalltreppe hinunterging. Der kalte Wind im Gesicht tat ihr gut. Mit jedem Schritt, den sie sich abwärts bewegte, kehrte mehr von ihrer Kraft zurück. Enno war direkt hinter ihr. Mona fand es beruhigend, ihn wieder an ihrer Seite zu wissen.

Der Souvenirshop war nicht abgeschlossen. Die Kommissarin stieß die Tür mit dem Fuß auf, zielte mit ihrer Dienstwaffe ins Innere. Ihr Blick schweifte über die Verkaufsfläche. Zwischen den Regalen und Auslagen war keine Menschenseele zu sehen, auch hinter dem Kassentresen nicht.

Ihr Kollege hatte nun ebenfalls den Laden betreten.

„Vielleicht sind sie hinten", raunte er Mona zu.

Sie nickte und bewegte sich lautlos auf die schmale Tür mit der Aufschrift PRIVAT zu. Monas Herz raste, als sie die Klinke herunterdrückte. Es war abgeschlossen.

„Lass mich mal", brummte Enno. Bei Gefahr im Verzug durften die Ermittler sich gewaltsam Zutritt verschaffen. Und das taten sie auch. Die Tür gab sofort nach, als der stämmige Ostfriese sich dagegen warf.

Der Oberkommissar schaltete das Licht in dem fensterlosen Raum ein.

„Verflixt noch mal", murmelte er. Mona drängte sich an ihm vorbei, um sich ebenfalls umzuschauen. Auf den ersten Blick schienen sie sich in einem normalen Lagerraum zu befinden, wo in Plastikfolie verpackte Nordsee-Andenken *Made in China* auf ihren Transfer ins eigentliche Ladengeschäft warteten. Doch in einer Ecke stand ein Computer mit zwei Monitoren. Und die Wand daneben war mit Fotos bedeckt.

Sämtliche Bilder zeigten Nele Krog, und zwar nur leicht oder gar nicht bekleidet. Offensichtlich hatte der Täter nicht nur die Massagepraxis, sondern auch die Privatwohnung mit Minikameras bestückt. Sowohl im Schlafzimmer als auch im Bad hatte die Elektronik ihm gute Dienste geleistet, um seinen Spannergelüsten nachzugehen. Und die aus Grönes Sicht schönsten Aufnahmen hatte er sich ausgedruckt und vergrößert.

„Was für ein scheinheiliger Perverser!“, stieß Mona voller Abscheu hervor. „Und weißt du, was am schlimmsten ist, Enno? Nach der Ermordung von Neles Ehemann habe ich Gröne gebeten, sich um sie zu kümmern. Das nennt man wohl *den Bock zum Gärtner machen.* Ich … hörst du mir überhaupt zu?“

„Komm mal her, Mona“, antwortete der Oberkommissar mit tonloser Stimme. Enno war zur Hintertür gegangen. Er deutete auf den Boden. Dort war eine dunkle Flüssigkeit bereits eingetrocknet. Malte Krogs Blut? Mona überlegte. Wenn man durch die Hintertür hereinkam, konnte man den PC-Arbeitsplatz mit den Nacktfotos der Masseurin unmöglich übersehen. Wenn ihr Ehemann dort gestanden hatte, musste er die Wahrheit über seinen Vermieter begriffen haben. Doch bevor er reagieren konnte, wurde er niedergeschlagen.

Enno öffnete die Tür. Links davon standen Mülltonnen. Hinter einer davon lag ein altes Metallgitter auf dem Boden. Die Streben konnte man einzeln herausnehmen. Zumindest fehlte eine davon. Die Tatwaffe? Und daneben stand eine Schubkarre, gegen die Wand gelehnt. Von der Straße aus konnte man sie nicht sehen.

Ob Gröne damit sein Opfer transportiert hatte? Diese Frage konnte später geklärt werden. Jetzt kam es darauf an, Nele Krog zu retten.

„Ob der Verbrecher seine Geisel mit in sein Elternhaus genommen hat?“, dachte Mona laut nach.

„Das ist zumindest die wahrscheinlichste Möglichkeit“, erwiderte Enno. „Wir fahren am besten gleich in die Süderstraße.“

Doch zuvor forderten die Ermittler Verstärkung an, um den mutmaßlichen Tatort zu sichern. Als der Streifenwagen eingetroffen war, erklärten sie kurz die Lage und fuhren dann zu dem Haus, in dem Gröne vermutlich Nele Krog gefangen hielt. Mona schlug wütend mit dem Handballen gegen das Armaturenbrett.

„Was ist los?“, wollte Enno wissen.

„Wir sind daran schuld, dass Gröne die falsche Spur zu Talermann legen konnte!“

„Wie kommst du denn darauf?“

„Erinnerst du dich an unser kurzes Gespräch über Nele Krogs Ex-Freund, nachdem wir im Souvenirshop waren? Gröne muss uns belauscht haben. Ein geisteskranker Sündenbock, etwas Besseres konnte ihm doch gar nicht passieren! Auf einer Insel wie Borkum kann man leicht herausfinden, wo ein Urlaubsgast untergebracht ist.

Vor allem, wenn man wie Gröne selbst ursprünglich aus der Hotellerie kommt.

Also musste er bloß noch Malte Krogs Kleider in die Mülltonne hinter der Pension stopfen, und wir sind ihm in die Falle gegangen."

„Und was hat es ihm genützt? Überhaupt nichts", gab Enno unbeeindruckt zurück. „Mach dich bloß nicht verrückt, weil wir den Mörder nicht sofort durchschaut haben. Wir sind Polizisten, keine Hellseher. Es gab genügend andere Verdächtige, die sehr starke Motive hatten."

Das stimmte natürlich. Trotzdem wurde Mona von Selbstzweifeln geplagt. Wie hatte sie Gröne nur vertrauen können? Gewiss, er war nicht vorbestraft. Und der Mörder hatte wegen des Graffitis Anzeige erstattet und sich dadurch freiwillig der polizeilichen Aufmerksamkeit ausgesetzt.

Und damit ist er bislang hervorragend durchgekommen, dachte die Kommissarin grimmig. Ihre Kopfschmerzen kehrten zurück, doch sie wollte sich jetzt keine Schwäche leisten.

Enno bog in die Süderstraße ab.

„Da vorn ist es", sagte er und deutete auf ein unscheinbar wirkendes Backsteinhaus, das sich kaum von den benachbarten Gebäuden unterschied. Der Oberkommissar fuhr fort: „Eigentlich müssten wir alle Menschen im Umfeld evakuieren, das Haus umstellen lassen und eine SEK-Einheit vom Festland anfordern."

„Eigentlich ja", stimmte Mona zu. „Doch dann könnte es zu unnötiger Gewalt kommen. Ich will versuchen, Nele Krog unverletzt zu befreien."

„Da bin ich ganz deiner Meinung. Vielleicht wird Gröne mit mir reden. Wir kennen uns schon eine halbe Ewigkeit."

„Ja, das ist gut. Du verwickelst ihn in ein Gespräch. Womöglich ergibt er sich, wenn er die Aussichtslosigkeit seiner Lage erkennt.

Und ich schleiche mich unbemerkt ins Haus und trenne die Masseurin von ihm."

„Gut, dann werde ich schon hier halten. Wahrscheinlich beobachtet Gröne die Straße vom Fenster aus. Geh durch die Gärten und pirsche dich von hinten heran."

„Das kriege ich hin", versicherte Mona. Sie stieg aus, lief geduckt um den Wagen herum und huschte hinter eine verschneite Buchsbaumhecke.

Die Kommissarin arbeitete sich an die Rückfront des Hauses heran. Sie verzichtete vorerst darauf, ihre Waffe zu ziehen. Ihr Plan war, die Geisel nach draußen zu schaffen. Wenn Nele Krog in Sicherheit war, konnte sie den Verbrecher immer noch mit vorgehaltener Pistole zur Aufgabe zwingen. Über Grönes Bewaffnung war ihr leider nichts bekannt. Sie musste also darauf setzen, ihn zu überrumpeln.

So, wie er es bei mir gemacht hat, dachte sie grimmig.

Mona hatte nun die Rückwand des Hauses erreicht und presste sich lauschend gegen die Backsteinwand. Die hölzernen Fensterläden waren geschlossen, daher konnte sie nicht ins Innere sehen. Es war still, man hörte nur die Nordsee-Brandung, da der Wind inzwischen wieder aufgefrischt war. Und nun machte sich auch ihr Kollege vor dem Haus bemerkbar.

„Tobias, bist du daheim? Hier ist Enno."

Der Oberkommissar bekam keine Antwort.

„Ich will nur mit dir reden."

Monas Kollege blieb hartnäckig. Und wenn Gröne nun gar nicht in dem Haus war? Womöglich hatte er ein anderes Versteck, und die Kriminalisten verschwendeten hier nur ihre Zeit. Doch plötzlich ertönte eine andere Männerstimme. Sie war laut, denn die Kommissarin konnte sie durch die Mauer hören.

„Lasst mich in Ruhe, geht einfach weg!"

Es war eindeutig Gröne, der diesen Schrei ausgestoßen hatte. Mona hatte mehrfach mit ihm gesprochen, doch nun hörte er sich völlig anders an. Er klang wie ein jähzorniges Kind, das kurz vor einem Wutausbruch steht. Und das war kein gutes Zeichen, wie sie fand.

„Das kann ich nicht, das weißt du. Meine Kollegin liegt im Krankenhaus, und das ist deine Schuld."

Mona musste grinsen. Enno war clever. Wenn Gröne wirklich glaubte, dass sie ans Bett gefesselt war, würde er sie wohl nicht an der Rückseite seines Elternhauses vermuten.

„Sie hat sich in Dinge eingemischt, die sie nichts angehen", gab der Geiselnehmer zurück. Er redete immer noch sehr laut.

„Das ist Unsinn. Ich komme jetzt herein", kündigte der Oberkommissar an.

Die Kommissarin hörte das Quietschen einer Tür. Sie wusste leider nicht, wie es im Inneren des Hauses aussah. In welchem Raum wurde Nele Krog gefangen gehalten? Und – lebte sie vielleicht gar nicht mehr? Kaum war Mona dieser Gedanke gekommen, als sie ihn schon zur Seite schob. Sie musste einfach davon ausgehen, dass diese Frau dort drinnen ihre Hilfe benötigte.

Das Haus war nach Einschätzung der Kommissarin mindestens hundert Jahre alt. Und das Schloss an der Hintertür schien seit damals nicht ausgewechselt worden zu sein. Es war verrostet. Ob es überhaupt benutzt wurde? Mona wollte die Chance jedenfalls nutzen. Sie bog sich eine Haarnadel zurecht und versuchte, damit den Schließmechanismus zu überlisten.

Als Einbrecherin wäre ich eine Niete, dachte sie niedergeschlagen, während ihr vor lauter Anspannung der Schweiß in Strömen über den Rücken lief. Sie mühte sich vergebens ab. Enno stand inzwischen dem Verbrecher gegenüber. Das schlussfolgerte sie zumindest aus seinen Worten.

„Leg das Messer weg, Tobias."

Monas Kollege sprach lauter als üblich. Das tat er natürlich, damit sie alles mitbekam. Der Stress ließ ihr Herz rasen. Sie musste Enno dringend unterstützen. Wenn sich Gröne nun zu einer Verzweiflungstat hinreißen ließ … Die Kommissarin stocherte weiter in dem Schloss, bis plötzlich ein lautes Klicken ertönte.

Sie konnte die Tür aufdrücken.

Das Quietschen der Scharniere war unmöglich zu überhören. Sie hoffte nur, dass der mutmaßliche Mörder ganz auf Enno konzentriert blieb. Dann hatte sie eine realistische Chance, ihn zu überrumpeln.

Nun sprach wieder Gröne.

„Das kannst du vergessen! Wenn ich mich ergebe, dann knallst du mich doch sofort ab."

„Denkst du das wirklich von mir?"

„Ich weiß es nicht", gab der Täter zu. „Ich will doch nur mit Nele glücklich sein, ist das zu viel verlangt?"

„Und wie fühlt sie sich dabei?", brummte der Oberkommissar. „Glaubst du, dass sie dich auch liebt?"

„Nele wird begreifen, dass ich der Richtige für sie bin."

Mona hörte diesen Wortwechsel zwischen den beiden Männern, während sie sich durch einen dunklen Korridor vorwärts tastete. Dabei versuchte sie, so wenige Geräusche wie möglich zu verursachen. Sie hielt ihre Dienstwaffe schussbereit in der Hand.

Gröne hatte sich offenbar innerlich in eine Wahnwelt verstrickt, aus der er nicht mehr herauskam. Womöglich war er wirklich davon überzeugt, dass die Masseurin und er selbst ein Traumpaar abgeben würden. Das war aus seiner Sicht gewiss ein überzeugendes Motiv für den Mord an Nele Krogs Ehemann. Mona betrachtete Gröne als eine ganz besondere Art von Stalker. Er musste seiner Angebeteten gar nicht nachsteigen, sondern konnte sie bequem von seinem Hinterzimmer aus beobachten. Natürlich besaß er als Hausbesitzer Schlüssel für alle Räumlichkeiten seiner Mieter. So hatte er in Abwesenheit des Ehepaares in aller Seelenruhe sein Spionage-Equipment installieren können,

Mona musste sich eingestehen, dass sie diesen Mann völlig falsch eingeschätzt hatte. Seine Unauffälligkeit machte ihn so gefährlich. Einen vorbestraften Sexualverbrecher hätte sie schon längst auf Herz und Nieren durchleuchtet und einen Durchsuchungsbefehl für seine Immobilien erwirkt.

Während ihr diese Gedanken durch den Kopf gingen, bewegte sie sich weiter durch den finsteren Flur. Plötzlich stolperte sie, was ein lautes Geklapper verursachte. Sie unterdrückte einen Fluch. Offenbar war die Kommissarin über einen Wischmopp gestolpert und hatte dadurch einen Blecheimer umgeworfen. Das Geräusch ließ jedenfalls darauf schließen.

Und Gröne hatte es ebenfalls gehört.

„Was war das?“, schrie er hysterisch. Seine Stimme kippte. „Da ist jemand im Haus! Du hast mich übers Ohr gehauen, Enno!“

Danach stieß er eine Art Wikinger-Schlachtruf aus. Zumindest klang es in Monas Ohren so. Sie stürmte vorwärts. Es ergab keinen Sinn mehr, jetzt noch leise sein zu wollen. Enno brauchte nun dringend ihre Unterstützung. Er würde gewiss nicht auf den Mörder schießen, wenn es sich irgendwie vermeiden ließ. Bei Gröne musste sie hingegen davon ausgehen, dass er sein Messer einsetzen würde. Es gab genügend Nahkampfexperten, die eine Stichwaffe für gefährlicher hielten als eine Schusswaffe. Da nutzte es auch nicht wirklich etwas, dass Enno fast einen Kopf größer und viel stärker war als sein Widersacher.

Mona stieß eine Tür auf und wurde geblendet, weil der Raum vor ihr hell beleuchtet war. Es handelte sich um ein altmodisch eingerichtetes Wohnzimmer mit einer Plüsch-Couchgarnitur und einer wuchtigen Eiche-rustikal-Anrichte. An der Wand hing ein riesiges Ölgemälde, das ein Schiff mit zerfetzten Segeln in Seenot darstellen sollte.

Doch das alles nahm die Kommissarin jetzt nur am Rand wahr, denn sie konzentrierte sich ganz auf die beiden Männer. Enno und Gröne wälzten sich im Zweikampf auf dem Teppich. Dem Oberkommissar kam zweifellos zugute, dass er in seiner Freizeit Ringen im griechisch-römischen Stil trainierte. Doch da er sich nicht traute, die Messerhand seines Gegners loszulassen, konnte er seine Fähigkeiten nicht vollends ausschöpfen.

Immerhin war noch kein Blut geflossen. Und wenn es nach Mona ging, würde das auch nicht geschehen. Sie machte kurzen Prozess. Bevor der Mörder sie auch nur bemerken konnte, sprang sie auf die Kämpfenden zu und verpasste Gröne mit dem Pistolengriff einen wohldosierten Schlag auf den Hinterkopf.

Der Körper des Verbrechers erschlaffte.

Enno entwand ihm das Messer und kam schnaufend vom Boden hoch.

„Bist du verletzt?“, fragte Mona besorgt.

„Nee, alles bestens.“

Die Kriminalistin fasste an ihren eigenen Hinterkopf, wo sich allmählich eine Beule zu bilden begann. Sie deutete auf Gröne.

„Hier passt doch mal die alte Redensart: Wie du mir, so ich dir.“

Kapitel 19

Während Enno für den bewusstlosen Mörder eine Ambulanz rief, durchsuchte Mona das Haus nach der verschwundenen Masseurin. Nele Krog befand sich in einem Raum, der wie das Schlafzimmer einer älteren Dame aussah. Offenbar hatte Grönes Mutter hier vor ihrem Ableben genächtigt. Die Matratze war uralt und nicht bezogen. Der Kidnapper hatte sein Opfer mit Hand- und Fußgelenken an die Bettpfosten gefesselt. Die junge Frau war mit einem Stück Klebeband geknebelt. Zum Glück schien der Mörder noch keine Gelegenheit gehabt zu haben, ihr etwas anzutun. Jedenfalls war sie vollständig bekleidet.

Als sie Mona erblickte, entspannten sich ihre Gesichtszüge.

Die Kommissarin löste die Stricke und riss auch das Paketband herunter.

„Danke, Frau Sander!“, seufzte Nele Krog. „Wie geht es diesem armen Menschen?“

Mona runzelte die Stirn.

„Von wem sprechen Sie?“

„Ich meine natürlich Tobias! Ist es nicht traurig, dass er so unglücklich verliebt in mich ist?“

Die Kommissarin musste sich auf die Zunge beißen. *Das ist noch lange kein Grund dafür, einfach Ihren Mann umzubringen!* Früher hätte sie Nele Krog diesen Satz an den Kopf geworfen. Doch das war keine Art, mit einem Opfer umzugehen. Also beherrschte Mona sich, zumindest vorerst. Trotzdem schien die Masseurin erkannt zu haben, wie befremdlich die Ermittlerin ihre Reaktion fand.

„Ich versuche, in jedem Menschen das Gute zu sehen, Frau Sander.“

Mona atmete tief durch, bevor sie antwortete.

„Wir gehen davon aus, dass Tobias Gröne Ihren Gatten getötet hat.“

Darauf erwiderte die Masseurin nichts. Sie senkte nur den Kopf und massierte ihre Handgelenke. Hatte sie die Augen vor der Wirklichkeit verschlossen? Mona verstand diese Frau einfach nicht.

Die Kommissarin ging kurz hinaus und informierte Enno.

„Nele Krog ist äußerlich unverletzt, trotzdem sollte sie untersucht werden.“

„Du aber auch“, sagte der Oberkommissar mit Nachdruck. „Immerhin warst du bewusstlos, nachdem du eins auf den Schädel bekommen hast.“

Mona erkannte, dass ihre Weigerung eine stundenlange Debatte nach sich ziehen würde. Und darauf hatte sie überhaupt keine Lust. Außerdem musste der Angriff auf sie dokumentiert werden. Die Ermittlerin hatte jedenfalls nicht vor, Gröne auch nur eine einzige von seinen Straftaten durchgehen zu lassen.

Sie war nämlich der Meinung, dass jeder Mensch für sein Verhalten einstehen musste und sich nicht in Ausreden flüchten durfte.

Nachdem die uniformierten Kollegen eingetroffen waren, um das Haus zu sichern, brachte Enno die beiden Frauen ins Krankenhaus. Im Auto begann Nele Krog von selbst zu sprechen.

„Als Tobias Frau Sander niedergeschlagen hat, begriff ich zuerst gar nichts. Er bedrohte mich mit einem Messer. Dann sagte er, dass er in mich verliebt sei. Tobias hat Gefühle für mich entwickelt, seit er mich zum ersten Mal sah. Er wollte, dass ich mit ihm komme. Ich hoffte, ihn zur Vernunft bringen zu können.“

„Die Minikameras und Mikrofone in Ihren Räumen haben Sie nicht bemerkt?“, fragte Mona.

Die Masseurin rang nach Atem.

„Wie bitte?!“

Die Kommissarin berichtete von dem Spionage-Equipment, das sie entdeckt hatten. Und sie verschwieg auch die Fotos nicht, auf denen Grönes Mieterin fast nackt zu sehen gewesen war. Nele Krog benötigte einen Moment, bis sie antworten konnte.

„So viel Hinterlist hätte ich Tobias niemals zugetraut! Als er das Messer zog, glaubte ich noch an eine Kurzschlussreaktion von ihm.“

„Haben Sie sich nicht gefragt, weshalb er plötzlich in Ihre Praxis gestürmt kam und mich ausknockte?“

„Ich dachte, dass Tobias durchgedreht wäre. Nach Maltes Tod hat er sich ganz süß um mich gekümmert, war immer für mich da. Doch als ich wieder zu arbeiten anfing, wurde er ganz still. So, wie ich es früher von ihm kannte. Er wird sich Hoffnungen gemacht haben, nachdem mein Mann nicht mehr da war. Aber wenn Sie mir jetzt sagen, dass er mich schon die ganze Zeit lang beobachtet hat … was für ein Scheusal!“

Mona war positiv überrascht, dass Nele Krog ihre Abscheu nun offen zeigte. Die Kommissarin hatte schon befürchtet, dass die junge

Frau selbst für ihre eigene Entführung und die Ermordung ihres Mannes noch Rechtfertigungen finden würde. Offenbar begriff die Masseurin allmählich, was für eine Art Mensch ihr Vermieter wirklich war.

Kapitel 20

Am nächsten Morgen verließ Mona mit guter Laune ihre Wohnung in der Walfangerstrate. Bei ihr war keine Gehirnerschütterung festgestellt worden, von einem Schädelbasisbruch ganz zu schweigen. Der Klinikarzt hätte sie trotzdem dienstunfähig geschrieben. Doch die Kommissarin wollte keinesfalls krankfeiern. Vielmehr brannte sie darauf, Gröne zu verhören.

Auf der Insel herrschte strahlend schönes winterliches Sonnenwetter. Es schneite nicht mehr, und die Brise wehte für Borkumer Verhältnisse eher verhalten. Autofähre und Katamaran würden fahrplanmäßig verkehren können.

Enno hob überrascht seine buschigen Augenbrauen, als Mona ihr gemeinsames Büro betrat.

„Moin! Bist du nicht krankgeschrieben?"

Sie grinste und ließ sich auf ihren Drehstuhl fallen.

„Unkraut vergeht nicht, ich bin fit wie ein Turnschuh. Das konnte ich sogar dem Weißkittel klarmachen. Gibt es etwas Neues von unserem perversen Übernachtungsgast?"

„Wir haben Gröne schon erkennungsdienstlich behandelt und über seine Rechte belehrt. Er scheint allmählich zu kapieren, dass er tief in der Tinte sitzt. Jedenfalls hat er einen Anwalt verlangt, deshalb auch schon telefoniert. Dr. Jörges will aus Emden herüberkommen."

Mona schaute auf die Uhr.

„Falls der Herr Advokat Frühaufsteher ist, wird er die Fähre um acht Uhr genommen haben. Es bleibt also noch genug Zeit, bis er hier eintrifft."

Enno nickte.

„Ein Kriminaltechnik-Team aus Oldenburg wird ebenfalls an Bord sein. Ich habe veranlasst, dass die Fußbodenflecken im Souvenirshop-Lager untersucht werden. Wir können davon ausgehen, dass es sich um Malte Krogs Blut handelt. Die Dateien auf Grönes PC waren übrigens nicht passwortgeschützt. Ich habe sie alle allein aufbekommen, obwohl ich gewiss kein Computergenie bin."

Die Kommissarin ging zu ihrem Kollegen hinüber und klopfte ihm auf die Schulter.

„Nur keine falsche Bescheidenheit. Hast du schon mit der Sichtung begonnen?"

„Sieh selbst", erwiderte er und schaltete seinen Monitor ein.

Mona presste die Lippen aufeinander. Gröne hatte die Filmaufnahmen seiner Überwachungskameras sorgfältig nach Datum sortiert abgespeichert. Offenbar hatte er sich vollkommen sicher gefühlt, denn andernfalls wären die Dateien von ihm gewiss gesichert oder zumindest versteckt worden. Es gab unzählige Clips, die Nele Krog beim Duschen, Ankleiden und anderen intimen Momenten zeigten.

„Irgendwann wollte der Spanner sich nicht mehr mit dem Anglotzen begnügen“, mutmaßte Enno. „Und Malte Krog musste für immer verschwinden, weil er aus Grönes Sicht seinem Glück mit Nele im Weg stand.“

„Wobei ich mich frage, weshalb es zu dieser lautstarken Auseinandersetzung kam“, dachte die Kommissarin laut nach. „Dieses Verhalten passt gar nicht zu einem Leisetreter wie Gröne.“

„Die Frage können wir ihm stellen, wenn wir ihn endlich verhören dürfen“, meinte der wuchtige Ostfriese.

Die Ermittler nutzten die Zeit, um ihren Chef zu informieren. Oltbeck zeigte sich erleichtert darüber, dass Nele Krogs Befreiung unblutig über die Bühne gegangen war.

„Unter den gegebenen Umständen war es gerechtfertigt, dass Sie auf eigene Faust gehandelt haben“, räumte er ein. „Doch in Zukunft halten Sie sich bitte an die für solche Gefahrenlagen existierenden Vorschriften.“

Mona versuchte, so brav wie eine Novizin im Kloster auszusehen. Sie wusste nicht, ob es ihr gelang. Und Oltbeck kannte seine Untergebene inzwischen gut genug. Er wusste, dass sie nicht leicht zu bändigen war.

„Falls Tobias Gröne nicht gestehen sollte, gibt es genügend Indizien, die gegen ihn sprechen“, erklärte Enno. „Er hatte Motiv und Gelegenheit, außerdem werden wir wahrscheinlich Blut des Opfers in seinen Räumlichkeiten nachweisen können. Ich habe auch die Hoffnung nicht aufgegeben, dass wir noch die Tatwaffe finden.“

Diese Aussichten schienen den Dienststellenleiter zufriedenzustellen.

„Schließen Sie den Fall ab, damit wir unsere Ermittlungsergebnisse an die Staatsanwaltschaft weiterleiten können.“

Mit diesen Worten beendete der Dienststellenleiter die Besprechung. Mona holte Nele Krog daheim ab und ließ sich von ihr eine schriftliche Aussage zu ihrer Entführung in den Computer diktieren. Außerdem war sie ja als Zeugin dabei gewesen, als die Kommissarin von Gröne niedergeschlagen wurde.

Inzwischen traf Dr. Jörges ein. Er war ein Mann in den Fünfzigern, der in seinem schlecht sitzenden dunklen Anzug wie ein Kellner in einer alten Filmkomödie wirkte. Doch Mona wusste, dass man sich von Äußerlichkeiten nicht aufs Glatteis führen lassen durfte. Es wurmte sie immer noch, dass sie den Mörder so lange für harmlos gehalten hatte.

Das Mandantengespräch zog sich endlos in die Länge, jedenfalls kam es der Kommissarin so vor. Geduld war ohnehin nicht ihre starke Seite. Enno hatte inzwischen die Kollegen von der Spurensicherung in Empfang genommen und zu dem Souvenirshop gebracht.

Als der Oberkommissar zurückkehrte, waren endlich auch Gröne und sein Rechtsbeistand zum Verhör bereit.

Dr. Jörges wandte sich an die Ermittler:

„Mein Mandant gibt seine Taten zu. Nach meiner Einschätzung liegt bei ihm eine psychische Störung vor, dazu werden wir ein fachärztliches Gutachten nachreichen."

Der Anwalt wollte offenbar versuchen, Grönes Schuldfähigkeit infrage zu stellen. Mona konnte nicht beurteilen, ob der Mörder wirklich krank war. Darüber mussten die Ärzte befinden. Für sie war entscheidend, dass endlich die Wahrheit ausgesprochen wurde.

„In Ordnung", sagte sie. „Wenn das so ist, kann uns Herr Gröne ja mit seinen eigenen Worten schildern, was während der letzten Stunden vor Malte Krogs Tod geschah."

Dr. Jörges drehte sich zu dem neben ihm sitzenden Mörder und machte eine auffordernde Handbewegung. Gröne hatte nicht im Krankenhaus bleiben müssen, nachdem er von Mona niedergeschlagen worden war. Er war nur wenige Minuten lang bewusstlos gewesen. Sein Gesicht wirkte leer und ausdruckslos, die Lippen waren blass. Als er Mona anschaute, schien er sie gar nicht wahrzunehmen. So kam es der Kommissarin zumindest vor. Ob er innerlich die Ereignisse noch einmal durchlebte?

„Ich ging die Treppe hoch und läutete an der Wohnungstür der Krogs", begann er. „Und zwar hatte es eine Änderung bei den Nebenkosten gegeben, die ich mit dem Ehepaar besprechen wollte. Doch als Malte mir öffnete, schrie er mich sofort an."

„Weshalb?", hakte Mona nach.

Der Mörder zögerte einen Moment mit der Antwort.
„Er hatte eine von meinen Kameras entdeckt."
„Die Rede ist von dem Spionage-Equipment, mit dessen Hilfe Herr Gröne zahlreiche intime Aufnahmen von Frau Krog machte", erläuterte die Kommissarin dem Anwalt.
„Wie gesagt, mein Mandant ist ein kranker Mann", erwiderte er mit unbewegter Miene.
„Und weiter?", warf Enno ein, während er Gröne einen fragenden Blick zuwarf.
„Ich bekam Panik. Also leugnete ich zunächst alles. Dabei schrie ich genauso wie Malte, obwohl das sonst gar nicht meine Art ist. Er wollte zur Polizei gehen. Da sagte ich, dass ich meine Unschuld beweisen könnte. Es gäbe da einen verdächtigen Handwerker, der für mich gearbeitet hätte. Ihm würde ich zutrauen, die Kamera installiert zu haben."
„Und das hat Malte Krog geglaubt?"
„Ich weiß es nicht, Frau Sander. Für mich war entscheidend, dass er nicht die Polizei rief, sondern mit mir die Treppe hinunterkam. Ich lotste ihn durch den Hintereingang in meinen Souvenirshop. Mir war klar, dass er dort die … Bilder sehen würde, die ich von Nele gemacht hatte. Doch das spielte keine Rolle mehr. Ich musste ihn zum Schweigen bringen, und zwar für immer. Bei den Mülltonnen lag das alte Eisengitter, das ich beim Entrümpeln gefunden hatte. Ich schloss für Malte auf und ließ ihm den Vortritt. Während er eintrat, nahm ich eine der Streben. Und dann schlug ich ihn damit tot, bevor er etwas merkte."
„Was geschah dann?", fragte Mona mit tonloser Stimme.
„Ich ließ den Toten zunächst im Lagerraum, doch da konnte er ja nicht bleiben. Ursprünglich wollte ich Malte in die Nordsee werfen, damit die Flut ihn mit aufs offene Meer zieht. In der Nacht nach meiner … Tat betrank ich mich, was sonst nicht meine Art ist. Als es hell war, konnte ich die Leiche natürlich nicht beseitigen. Doch dann belauschte ich am nächsten Tag Sie und Enno, als Sie über den verrückten Ex-Freund von Nele sprachen. Da kam mir die Idee, ihm Maltes Tod in die Schuhe zu schieben. Ich musste nur noch herausfinden, in welcher Pension er untergebracht war. Weit nach Mitternacht schaffte ich die nackte Leiche ins Naturschutzgebiet, wo man sie am Morgen finden würde. Und die Kleider stopfte ich in die Mülltonne hinter dem Oude Hus."

Mona führte sich vor Augen, dass ihr Gegenüber wahrscheinlich nicht ganz richtig im Kopf war. Dennoch konnte sie sich die nächste Frage nicht verkneifen.

„Haben Sie wirklich geglaubt, auf diese Art Nele Krogs Herz gewinnen zu können?“

Grönes Augen glänzten.

„Als Sie Nele später zu mir brachten und mich baten, auf sie achtzugeben, haben Sie mich zum glücklichsten Menschen auf der Welt gemacht. Wir hatten einfach keine Zeit, um uns richtig kennenzulernen. Nele liebt mich auch, sie weiß es bloß noch nicht.“

Mona hatte einen bitteren Geschmack im Mund. Gröne lebte offenbar in seiner eigenen Welt. Ob er jemals würde erkennen können, was für eine Schuld er auf sich geladen hatte?

Ennos Stimme riss die Kommissarin aus ihren Gedanken.

„Was geschah mit der Tatwaffe?“

„Die habe ich ins Meer geworfen.“

Ob diese Aussage stimmte? Immerhin hatten sie nun das Geständnis des Mörders, das Verfahren konnte seinen Lauf nehmen.

Mona war froh, wenn sie Gröne nicht mehr sehen musste. Und nun freute sie sich umso mehr über Ennos Weihnachtseinladung. Es würde gut sein, im Kreis seiner Familie diesen Fall vergessen und sich aufs Frühjahr freuen zu können.

ENDE

Ostfrieslandkrimi-Empfehlungen des Klarant Verlages

Lernen Sie die Ostfrieslandkrimi-Serie „Mona Sander und Enno Moll ermitteln“ von Sina Jorritsma kennen:

Friesische Inselidylle? Von wegen! Auf der ostfriesischen Insel Borkum lösen Kommissarin Mona Sander und ihr Kollege Enno Moll knifflige Mordfälle. Die emotionale Kommissarin geht bei der Verbrecherjagd gerne ihren eigenen Weg und scheut dabei kein Risiko … Bei der Krimireihe der Autorin Sina Jorritsma ist Hochspannung garantiert!

In der Serie sind bereits folgende Ostfrieslandkrimis erschienen:

„Friesenbraut“, Band 1
Taschenbuch ISBN: 978-3-95573-557-9
eBook ISBN: 978-3-95573-556-2

Auf der ostfriesischen Insel Borkum verschwindet eine Braut kurz vor der Eheschließung. Zunächst glauben die Kommissare Mona Sander und Enno Moll noch an einen dummen Streich. Aber wenig später wird das blutverschmierte Brautkleid gefunden. Ist die dunkelhaarige Schönheit einem Gewaltverbrechen zum Opfer gefallen? Die Inselkommissare finden Indizien, die aber nicht zusammenpassen. Hat der undurchsichtige Exfreund der Braut seine Hände im Spiel? Wer war an den geheimen Sex-Spielen im Ferienhaus beteiligt? Und welches Interesse verfolgt der machtbesessene zukünftige Schwiegervater? Dann findet die Polizei eine Leiche – und muss feststellen, dass die Dinge ganz anders sind, als sie auf den ersten Blick scheinen. Die Mörderjagd versetzt nicht nur die friedliche Nordseeinsel in Aufruhr, sondern wird auch zur persönlichen Herausforderung für Mona Sander. Sie wird selbst zur Zielscheibe des Mörders …

„Friesenkreuz", Band 2
Taschenbuch ISBN: 978-3-95573-552-4
eBook ISBN: 978-3-95573-600-2

Eine Leiche in den Dünen von Borkum gibt Kommissarin Mona Sander und ihrem Kollegen Enno Moll Rätsel auf. War es Mord? Wie lange liegt der Tote schon unter dem Sand begraben? Als die Identität des Mannes geklärt ist, nimmt der Fall erst recht an Fahrt auf. Plötzlich geschieht ein weiteres Verbrechen, und Mona Sander kommt einem Mordverdächtigen persönlich näher. In dem ostfriesischen Idyll gibt es viele Menschen, die etwas zu verbergen haben. Um den Täter entlarven zu können, muss die Kommissarin ein dunkles Geheimnis aus der Vergangenheit lösen …

„Friesenlauf", Band 3
Taschenbuch ISBN: 978-3-95573-553-1
eBook ISBN: 978-3-95573-618-7

Ein Jogger beißt ins Dünengras und stirbt scheinbar eines natürlichen Todes. Hat sich Hardy Lohmann beim traditionellen Meilenlauf auf Borkum einfach zu viel zugetraut? Kommissarin Mona Sander ist als Ersthelferin vor Ort und bemerkt verdächtige Symptome. Eine Obduktion des Toten schafft Gewissheit: Das Opfer wurde vergiftet. Hat seine junge schöne Geliebte ihre Hand im Spiel gehabt? Und welche Rolle kommt einem zwielichtigen Abmahnanwalt zu? Wem gehören die 100.000 Euro, die in Lohmanns Ferienhaus gefunden werden? Mona Sander und ihr Kollege Enno Moll beginnen mit der Untersuchung des Mordfalls. Doch als plötzlich ein undurchsichtiger Mann aus Monas Vergangenheit auftaucht, spitzen sich die Ereignisse dramatisch zu …

„Friesenflirt", Band 4
Taschenbuch ISBN: 978-3-95573-542-5
eBook ISBN: 978-3-95573-541-8

Ein rätselhafter Todesfall erschüttert die ostfriesische Insel Borkum. Im Hotel Teutonia wird eine junge Frau erhängt aufgefunden. Zunächst spricht einiges für einen Selbstmord, doch bei der Obduktion werden Spermaspuren von zwei Männern an der Toten entdeckt. Ist ihr ein scheinbar harmloser Flirt zum Verhängnis geworden?

Die Inselkommissare Mona Sander und Enno Moll ermitteln und finden heraus, dass die attraktive Blondine als Treutesterin gearbeitet hat. In Verdacht: Markus Winter, der dubiose Chef der Treuetest-Agentur. Er war zur Tatzeit auch auf Borkum und verstrickt sich immer mehr in Widersprüche… Andere Hinweise deuten auf ein mysteriöses Doppelleben der Toten. Kommissarin Mona Sander lässt nicht locker und kommt dem Täter dabei gefährlich nah …

„Friesenwahn", Band 5
Taschenbuch ISBN: 978-3-95573-622-4
eBook ISBN: 978-3-95573-623-1

„Friesenstalker", Band 6
Taschenbuch ISBN: 978-3-95573-688-0
eBook ISBN: 978-3-95573-701-6

„Friesenjuwel", Band 7
Taschenbuch ISBN: 978-3-95573-764-1
eBook ISBN: 978-3-95573-765-8

„Friesenwrack", Band 8
Taschenbuch ISBN: 978-3-95573-796-2
eBook ISBN: 978-3-95573-797-9

„Friesenbarbier", Band 9
Taschenbuch ISBN: 978-3-95573-833-4
eBook ISBN: 978-3-95573-832-7

„Friesenstrand", Band 10
Taschenbuch ISBN: 978-3-95573-875-4
eBook ISBN: 978-3-95573-876-1

Klarant Verlag

Lernen Sie die Ostfrieslandkrimi-Titel des Klarant Verlages kennen und besuchen Sie uns im Internet unter:

www.ostfrieslandkrimi.de

und

www.klarant.de

Sie können dort Näheres über unsere Autoren erfahren, viele weitere interessante Bücher und eBooks finden und Leseproben herunterladen. Mit dem kostenlosen Newsletter auf

www.ostfrieslandkrimi-lesen.de

erhalten Sie aktuelle Informationen rund um das Verlagsprogramm, wie beispielsweise spannende Neuerscheinungen und Gewinnspiele.